TED ALLBEURY · *Drecksarbeit*

Ted Allbeury

DRECKSARBEIT

Aus dem Englischen von
Werner Waldhoff

Schweizer Verlagshaus
Buchverlag

Die englische Originalausgabe erschien 1991 unter dem Titel
The Dangerous Edge
bei New English Library, London

Die Deutsche Bibliothek – CIP-Einheitsaufnahme

Allbeury, Ted:

Drecksarbeit / Ted Allbeury.
Aus dem Engl. von Werner Waldhoff. – Zürich :
Schweizer Verl.-Haus, Buchverl., 1995

ISBN 3-7263-6688-1

Schutzumschlag: Eberle & Kaiser, Freiburg i. Br.
Druck und Bindung: Offizin Andersen Nexö Leipzig GmbH

ISBN 3-7263-6688-1

2 4 6 5 3 1

Für Prof. McIntyre
vom Royal Free Hospital, London

Uns interessiert die finstere Seite der Dinge,
der ehrliche Dieb, der zärtliche Mörder,
der abergläubische Atheist.

Robert Browning

1. KAPITEL

Auf dem langen Eichentisch waren die neuesten Ausgaben sämtlicher Tageszeitungen verstreut. Toby Young stand am Fenster und schaute hinaus. Es war ein langer, aber milder Winter gewesen, und die Pessimisten, die geunkt hatten, dafür werde man später noch büßen, konnten jetzt behaupten, recht behalten zu haben. Es war Mitte April und es schneite. Große Flocken sanken träge auf die Fensterbänke. Die Dächer der Gebäude gegenüber vom Century House sahen aus wie auf einer altmodischen Weihnachtskarte. Young drehte sich zu Mike Daley um und sagte: »Sie haben Fogarty getroffen – glauben Sie, der weiß etwas, oder klopft er nur auf den Busch?«

Daley zuckte die Achseln. »Vermutlich ein bißchen von beidem.«

»In seinem Artikel steht keine einzige Tatsache. Kein Name, nicht einmal ein Hinweis – nur der immer gleiche alte Unsinn über Exnazis, die noch frei herumlaufen. In den Staaten, in Südamerika, in Europa – und hier. Warum kommen die jetzt damit an – über vierzig Jahre später? Die meisten dieser Mistkerle sind längst tot.«

»Und warum reden wir dann überhaupt darüber?«

Young runzelte die Stirn. »Spielen Sie nicht den Klugscheißer, Michael. Sie wissen verdammt genau, warum.«

»Uns sind nur drei Leute bekannt, die dem SIS etwas anhängen könnten, und wie Sie selbst sagten: Das ist alles lange her.«

»Sie könnten dennoch eine Geschichte daraus machen – ohne

Fakten natürlich, und jede Unterstellung sorgfältig mit einem ›wie behauptet wird‹ abgesichert. Im Moment gibt es keinen anderen Skandal, auf den sie sich stürzen könnten. Die anderen Blätter werden es aufgreifen, und die Opposition wird sofort Stellungnahmen oder gerichtliche Untersuchungen fordern – sie werden alles tun, um die Sache hochzukochen.«

»Was wäre das Schlimmste, was sie sagen könnten, Toby? Was könnte uns wirklich Ärger machen?«

»Daß der SIS nach der Kapitulation der Deutschen ehemalige Kriegsverbrecher zu geheimdienstlicher Arbeit heranzog, ihnen Schutz gewährte und dafür sorgte, daß sie nicht vor Gericht gestellt werden konnten.«

»Das haben doch alle gemacht, nicht nur wir. Die Russen auch. Und die Amerikaner haben Gehlen und seine ganze Organisation übernommen. Mit Mann und Maus.«

Young schüttelte den Kopf. »Gehlen ist niemals eines Kriegsverbrechens bezichtigt worden.«

»Das CIC hat viele andere benutzt, die welche waren.«

»Mit dem Unterschied, daß die amerikanische Öffentlichkeit hinter ihnen steht. Das sind Patrioten, keine Beckmesser wie unser Pack.«

»Haben Sie das beim Alten angesprochen?«

»Ganz kurz.«

»Und seine Reaktion?«

»Ganz vorsichtig.«

Daley lächelte. »Wahrscheinlich fürchtet er um seinen ›Schlag‹.«

Young machte keinen Hehl aus seinem Unmut über Daleys vorlauten Kommentar. Noch mehr ärgerte es ihn, daß ihm der gleiche Gedanke auch schon gekommen war. Es war üblich, daß jeder neue Direktor so rasch wie möglich in den Adelsstand erhoben wurde. Er seufzte bedeutungsvoll und sagte: »Ihr Kopf könnte genauso rollen wie jeder andere.«

Daley grinste. »Das ist Wunschdenken, Toby. Warum meiner?«

»Weil der Chef will, daß einer von Ihren Leuten die drei Jungs aufspürt, die uns Sorgen machen.«

Daley zuckte die Achseln. »Und wo ist das Problem?«

»Das Problem dabei ist, daß wir Ärger bekommen, falls einer von ihnen noch lebt – was sollen wir mit ihm machen, zum Beispiel?«

»Und warum sollte ich Ärger bekommen?«

»Weil es, wie Sie sehr wohl wissen, bei uns Leute gibt, die es nach wie vor für gut halten, dem Boten die Augen auszukratzen, wenn er schlechte Nachricht überbringt.«

Daley schüttelte langsam den Kopf. »Nicht diesem Boten, alter Freund.« Aber er lächelte nicht mehr.

»Wen gedenken Sie darauf anzusetzen?«

»Ich werde es mir überlegen. Wahrscheinlich Mallory.«

»Warum Mallory?«

»Er ist schlau, und er ist zu jung, um sich für den Ausgang zu interessieren – wie immer der auch aussehen mag. Er war noch nicht mal auf der Welt, als das alles passiert ist.«

Als Daley wieder weg war, ging Toby Young zu dem Tisch und stapelte die Zeitungen ordentlich übereinander; das Boulevardblatt, das ihnen Kopfzerbrechen bereitet hatte, legte er obenauf. Langsam und sorgfältig riß er die betreffende Seite heraus, setzte sich auf einen der Lehnstühle und las den Artikel nochmals. Vielleicht sollte Mallory zunächst einmal Kontakt mit diesem Journalisten, diesem Fogarty, aufnehmen und herauszufinden versuchen, was er wußte. Dann mußte er wieder an Daley denken. Sie waren beide zur gleichen Zeit vom SIS angeworben worden. Sie waren in derselben Ausbildungsgruppe gewesen, und Daley hatte sich als ausgesprochen fähiger Agent im Außendienst erwiesen. Kühn, einfallsreich, gute Führungsqualitäten. Und jetzt leitete er die erfolgreichste Gruppe für verdeckte

Einsätze. Doch es sah so aus, als hätte er damit das Ende der Fahnenstange erreicht. Und er wußte es. Wenn er weiter aufsteigen wollte, müßte er sich an den Schreibtisch hocken, und das wollte Daley nicht. Er wäre auf dieser Position auch nicht so gut. Feldagenten mußten rasch entscheiden; die Bürohengste saßen weitab vom Schuß, und da kam es auf Nachdenken und Abwägen an, nicht auf sofortiges Handeln.

Young reagierte oft ein wenig gereizt auf Daleys Verhalten. Er bewunderte den Mann, fand seinen ständigen Zynismus jedoch unreif und gewollt subversiv. Außerdem war das eine Pose, mit der man Anfänger beeindruckte. Der zynische Mann der Tat. Zudem nahm er an, daß Daley ihn ungern als Vorgesetzten hatte. Aber auch er hatte sein Pensum im Außendienst geleistet und sich dann für Schreibtisch statt Front entschieden. Immerhin konnte er dadurch den Druck nachvollziehen, unter dem die Feldagenten standen. Die Anspannung, die Einsamkeit und den Groll, wenn rechtliche oder politische Faktoren einen operativen Erfolg verhinderten. Auf dem Schachbrett der Geheimdienste wurden die Springer, Türme und Läufer von Bauern am Schreibtisch behindert, die ihrerseits einem sturen König unterstanden. Natürlich käme es Daley niemals in den Sinn, daß es zu seinen, Toby Youngs, Pflichten gehörte, Verständnis und Mitgefühl für Leute wie Daley aufzubringen.

Er schaute auf die Uhr und griff zum Telefon, um Penny zu sagen, daß er später zum Dinner kommen werde. Wieder einmal.

Daley rief Mallory an, aber man teilte ihm mit, daß er zu einem Handfeuerwaffenkursus in Hythe sei und erst in zwei Tagen zurückerwartet werde. Daley trug ihnen auf, Mallory am nächsten Tag zu ihm zu schicken, und begab sich dann in den kleinen Konferenzraum, wo die wöchentliche Besprechung seiner Abteilung gerade zu Ende ging.

Er setzte sich auf seinen freien Platz am Kopfende des Tisches und hörte zu, wie Harris die Anwendung der Software erklärte, mittels deren der Computer Hochgeschwindigkeitsmorsecodes in Standardzeichen umwandeln konnte. Lange Kabel führten von den Hauptanschlußbuchsen des auf dem Tisch aufgebauten Geräts zu Monitor und Computer. Über eine separate Verbindung war das Torch-Diskettenlaufwerk zugeschaltet. Daley mußte insgeheim lächeln, während Harris das neue Gerät großspurig wie ein Zauberkünstler vorführte.

Harris hielt die Magnetdiskette hoch. »Sie stellen den Computer an und legen die Diskette dann so in das Diskettenlaufwerk ein. Drücken Sie gleichzeitig Umschalt- und Leertaste.« Er machte es vor. »Auf dem Bildschirm wird jetzt von Ihnen ein Befehl verlangt. Sie geben LAMTOR ein, und prompt erscheint das Wort auch auf dem Schirm. Drücken Sie auf den Ein- und Ausschaltknopf hier – am Kantronics-Wandler.« Er beugte sich vor und schaltete das Kenwood R-5000 ein. »Jetzt stellen Sie das Funkgerät auf die Frequenz ein, die Sie überwachen wollen. Versuchen wir's mal mit 5208 Megahertz, einer der Hauptfrequenzen von Interpol.« Er hielt inne. »Ein paar Sekunden dauert es, bis die Software soweit ist, und dann – geht's auch schon los.« Er beugte sich vor. »Vom Bundeskriminalamt in Wiesbaden an alle Interpol-Dienststellen in Europa und dem Mittelmeerraum. Und auf dem Bildschirm stehen die Morsezeichen deutlich erkennbar.« Er wartete, bis alle die Nachricht gelesen hatten. »Gut. Noch eins: Schalten Sie niemals – ich wiederhole: niemals – das Laufwerk ab, solange die Diskette noch drin ist. Damit zerstören Sie die Diskette so gut wie sicher. Alles klar?« Einige nickten, worauf Harris sagte: »Noch Fragen?«

Mailer stellte immer Fragen, und auch diesmal machte er keine Ausnahme. »Was passiert, wenn einer die Diskette zerstört?«

Harris haßte Leute, die »einer« sagten, obwohl es grammatisch korrekt war. »Dann wird einer von der Fernmeldeabteilung gehörig den Marsch geblasen kriegen, und zweitens waren damit vier Arbeitsstunden umsonst. Solange dauert nämlich das Formatieren einer neuen Diskette.«

Daley unterbrach ihn. »Bevor ich es vergesse. Was hat sich wegen des verschwundenen Smith & Wesson ergeben?«

»Hat sich geklärt, Chef«, erwiderte Williams ruhig. »Wir haben das vorhin schon angesprochen. Er war gar nicht verschwunden. Logan hatte ihn vor einem Monat in der Waffenkammer abgegeben, damit die Einstellung überpüft wird, und ihn nicht wieder abgeholt.« Williams lächelte. »Er hatte es einfach vergessen. Ich bin mit ihm nach Hause gefahren und habe in einer Jackentasche die Empfangsbestätigung gefunden.«

»Sagen Sie ihm, daß ich ihn morgen früh Punkt neun sehen will. Was noch?«

»Nichts, Skipper. Das war der letzte Punkt.«

Daley stand auf. »Dann gehen wir jetzt in den Pub einen trinken.«

Der Ausbildungs-Sergeant in Hythe, ein dunkelhaariger Waliser, hielt seinen Unterricht in einem leiernden Singsang, der unheimlich an Dylan Thomas bei einer Dichterlesung erinnerte. Heutzutage war bei den Ausbildern der Army statt des alten formellen Rituals, das auf die meisten Zuhörer nur einschläfernd gewirkt hatte, eine lässigere Haltung angesagt.

An der langen Tafel hinter ihm hingen Großaufnahmen einer zerlegten Waffe, und auf dem Feldtisch vor ihm lagen zwei russische Sturmgewehre.

»Dies hier, Gentlemen ...« – er deutete auf eine der Waffen – »... ist die AK-47 – die 7,62 mm Automat Kalaschnikow, so benannt nach ihrem Schöpfer. Man bezeichnet sie oft als Maschinenpistole, wie die Sten oder die Uzi, aber das ist nicht korrekt.

Eine Maschinenpistole verfeuert Pistolenpatronen. Die AK-47 aber ist ein Sturmgewehr und verfeuert Gewehrmunition.

Die AK-47 ist bei den Russen immer noch in Gebrauch, wurde aber bei vielen Einheiten durch das AKM-Sturmgewehr ersetzt. Beides sind exzellente Waffen, und Sie werden an beiden praktische Erfahrungen sammeln dürfen.

Sie unterscheiden sich hauptsächlich in der Fabrikationsart, so daß man sie leicht erkennen kann. Kolben und Vorderschaft der AKM sind aus laminiertem Holz und nicht aus Buche oder Birke, wie dies bei der AK üblich ist. Bolzen und Schlitten der AKM bestehen aus parkerisiertem statt aus blankem Stahl. Die Lüftungsschlitze am Gasdruckzylinder der AKM sind halbrund …« Er unterbrach seinen Vortrag, als die Klassenzimmertür aufging und der Adjutant der Handfeuerwaffenschule hereinkam. Er nickte dem Ausbilder zu. »Entschuldigen Sie die Unterbrechung, Sergeant. Ist Mister Mallory hier … ah, ja. Der Kommandeur hat eine Nachricht für Sie. Es ist offenbar dringend.«

Mallory verließ seinen Tisch und nickte dem Ausbilder entschuldigend zu, als er die Tür von außen schloß.

Daley war erst weit nach Mitternacht wieder in seiner Wohnung an der Putney Bridge. Er schaute sich auf CNN die Nachrichten an und dachte über Toby Young nach. Er hatte nie herausfinden können, warum er ihn nicht mochte. Manchmal glaubte er, es läge an Youngs gutem Aussehen. Dem eisengrauen Haar, den klaren grauen Augen, der gebräunten Haut. Er wirkte wie dieser Kerl aus dem *Denver Clan.* Er hörte zu und legte sich seine Antworten so zurecht, daß er immer sauber aus allem herauskam. Doch im Grunde wußte Daley ganz genau, was er an ihm nicht mochte. Sie hatten auf derselben Ebene angefangen, und obwohl sie noch denselben Dienstgrad hatten, war er Young Rechenschaft schuldig. Als Profi wußte er, daß Toby Young seine Aufgabe gut machte, und dadurch wurde die ganze Sache noch schlimmer. Youngs Charme war nicht vorgetäuscht, er war echt. Und er funktionierte, sogar bei ihm.

2. KAPITEL

Mallory fuhr mit seinem Healey 3000 von Hythe aus über die kurvigen Straßen von Kent nach Ashford, nahm dort die Hauptstraße nach Maidstone und bog schließlich in einen unauffälligen Weg ein, der, wie es schien, zu mehreren Sozialbauten führte. Vor dem Wachraum der Templer-Kaserne, dem Hauptquartier des Intelligence Corps, hielt er an. Er trug Zivilkleidung, und deshalb überprüften die Posten sorgfältig seinen Ausweis. Danach durchsuchten sie den Healey, öffneten die Motorhaube und schauten in den Kofferraum. Nachdem sie den Inhalt seiner Reisetasche kontrolliert hatten, wiesen sie ihm einen Parkplatz auf dem Exerzierplatz zu. Er schloß den Wagen ab, ging zur Offiziersmesse, trug sich in die Anwesenheitsliste ein und begab sich dann zur Bar. Er bestellte einen Tomatensaft und schaute sich um. Die anderen Gäste, etwa ein Dutzend Männer, trugen alle Uniform. Die Sterne und Kronen auf den grünen Schulterstreifen verrieten, daß es sich um Offiziere des militärischen Nachrichtendienstes handelte.

Als Mallory sein Glas in Empfang nahm, kam ein Captain mit ausgestreckter Hand auf ihn zu. »Hallo, Charlie, was machst du denn hier?«

Mallory lächelte. »Wollte nur mal sehen, was ihr Jungs so treibt.« Er hielt inne. »Ich war in Hythe und habe gelernt, wie man mit Uzis und AK-47 rumspielt. Dachte mir, ich schaue auf dem Heimweg kurz auf einen Happen vorbei.«

Man fragte Offizierskameraden nicht, was sie machten. Das

verstieße nicht nur gegen die Sicherheitsvorschriften, es wäre auch schlechtes Benehmen, und außerdem würde einem ein gut geschulter Offizier sowieso nicht die Wahrheit sagen. Aber Mallory war Offizier außer Dienst, ein Zivilist. Das Intelligence Corps war ein Tummelplatz für Spezialisten, aus dem sich der SIS und andere Nachrichtendienste häufig ihre Leute aussuchten. Doch diejenigen, die sich abwerben ließen, blieben für gewöhnlich mit der alten Truppe in Verbindung.

Captain Mason lächelte. »Dann gehen wir doch hinein und essen etwas. Es ist Freitag – Curry-Tag.«

Nach dem Essen saßen sie beim Kaffee. »Bist du froh, daß man dich hier herausgeholt hat?« fragte Mason beiläufig.

Mallory zuckte mit der Schulter. »Schwer zu sagen, Joe. Es ist eine vollkommen andere Welt.« Er lächelte. »Ein bißchen so wie damals, als wir in Berlin waren. Politischer. Niemand garantiert dir, daß deine Kollegen auf deiner Seite stehen. Ich vermisse die Kameradschaft, die wir hier hatten. Aber vermutlich paßt das zu mir.«

»Themenwechsel – bist du noch mit dem Mädchen zusammen, das du am Tag der offenen Tür mitgebracht hast?«

»Ja.«

»Die ist wirklich was Besonderes. Alle haben nach ihr gefragt.« Er lächelte. »Bist du schon bei ihr eingezogen?«

Mallory lachte leise. »Nein. Sie ist bei mir eingezogen.«

»Du Glückspilz, du verdammter. Hat sie vor, dich zu heiraten?«

»Wer weiß? Abwarten und Tee trinken.«

Mallory stand auf.

»Bis bald, Joe. Halt die Ohren steif.«

Als Mallory nach London weiterfuhr, fragte er sich, was Joe Mason wohl denken würde, wenn er über seine Beziehung mit Debbie Harper genauer Bescheid wüßte. Debbie war zwanzig und stammte aus dem West Country, aus guter Familie. Sie war unglaublich hübsch, eine ehemalige Klosterschülerin und sowohl amoralisch als auch unmoralisch. Wenn sie die Wahl treffen müßte, würde sie sich ohne zu zögern für letzteres entscheiden. Sie sagte, sie verstünde nicht, was amoralisch bedeute, und außerdem mache es ihr Spaß, unmoralisch zu sein. Na gut, vielleicht nicht immer, aber irgendwie müsse ein Mädchen schließlich sein Geld verdienen, nicht wahr? Wenn sie wissen wollte, warum er sie auch für amoralisch halte, fragte er sie wiederum, weshalb sie so gut wie immer lüge. Darauf lachte sie und behauptete achselzuckend, das sei ein Schutzmechanismus. Wenn man lüge, könne man seine Meinung ändern und alles umkrempeln. Sage man aber die Wahrheit, dann sei man daran gebunden. Man stecke fest. Aber seine Analyse war nicht fair, und das wußte er auch. Sie war liebevoll, großherzig und lebhaft. Außerdem machte sie viele Menschen glücklich. In den zwanziger Jahren wäre sie vermutlich eine Lebedame gewesen, in den Sechzigern der erste Swinger. Einmal hatte sie ihn dazu gebracht zuzugeben, daß ihre Art von Unmoral niemanden unglücklich mache. Was war so schlimm daran, mit jemandem zu schmusen? Damals hatten sie beide nackt auf seinem Bett gelegen, und wenn Debbie Harper nackt war, zerbrach sich kein Mann den Kopf über eine genaue Definition moralischer Standpunkte. Aber Mallory konnte aufrichtig sagen, daß es nicht nur um Sex ging. Er mochte sie, ihre herzliche, lebendige, optimistische und extrovertierte Art, und ihre Verletzlichkeit rührte ihn. Eine Verletzlichkeit, deren sie sich nicht einmal bewußt war.

Es fing an zu nieseln, als Mallory die Battersea Bridge erreichte. Er hielt an und klappte das Verdeck hoch. Als er wieder einstieg, nahm er ein Handtuch und legte es auf den Beifahrersitz. Sollte es richtig regnen, müßte er es über seinen Schoß breiten, damit seine Kleidung nicht naß wurde. Doch als er in Chelsea ankam, schien schon wieder die Sonne.

Er parkte den Wagen in der Nähe der Sloane Street, holte seine Reisetasche heraus und ging zu seiner Wohnung an der King's Road. Sie lag über einem der wenigen alteingesessenen kleinen Läden, die die Mietpreisexplosion in Chelsea überstanden hatten. Dank der Gefälligkeit eines Mandanten seines Vaters wohnte er dort seit vier Jahren zu einer einigermaßen annehmbaren Miete.

Auf dem Anrufbeantworter waren zwei Nachrichten. Die erste war vom Diensthabenden im Century House. Mallory hatte am nächsten Morgen um elf Uhr einen Termin bei Daley. Die zweite Nachricht stammte von Debbie. Sie sei im Club zu erreichen, falls er sie sehen wollte.

Mallory fragte sich, warum Mike Daley ihn so dringend sprechen wollte. Bei Daley war immer alles dringend.

Er packte langsam aus, warf seine schmutzige Wäsche auf einen Haufen, stellte sein Rasierzeug und die Zahnbürste auf das Badezimmerregal und holte schließlich seine Notizbücher und den Kassettenrecorder heraus und legte sie auf den kleinen Schreibtisch am Erkerfenster. Dann ging er zum Telefon und wählte die Nummer des Crossfire Clubs. Ein Mann nahm ab. »Wer ist dran?« fragte er, als Mallory Debbie verlangte.

»Sagen Sie ihr, es ist Charlie.«

»Sie hat zu tun. Ich richte ihr aus, daß Sie angerufen haben.«

»Richten Sie es ihr gleich aus, und lassen Sie die Mätzchen.«

»Oder was?«

»Machen Sie keinen Scheiß, Louis. Sagen Sie ihr, daß ich sie gleich sprechen möchte.«

»Woher kennen Sie meinen Namen?«

»Weil ich schon in diesen Club gekommen bin, als Sie noch Ersatzfahrer für Hymies Bande waren.«

»Ah, ja. Jetzt erkenne ich Ihre Stimme. Charlie, nicht wahr? Charlie Mallory.« Er lachte. »Der ehrenwerte Charlie Mallory. Sie ist vor einer Stunde weggegangen. Zum Friseur.«

»Wann kommt sie zurück?«

»Meine Güte, in zwei, drei Stunden – wer weiß?«

»Sagen Sie ihr, ich komme gegen neun vorbei.«

»Okay, Euer Hochwohlgeboren.«

Mallory legte auf. Was für Idioten! Die glaubten doch tatsächlich, die Leute hielten sie wegen eines italienischen Namens für Mafiosi. Bei den gutbürgerlichen Geschäftsleuten, die den Club der Mädchen wegen aufsuchten, wirkte das auch einigermaßen. Die bezahlten hemmungslos überhöhte Preise für miese Drinks, während die Mädchen ihnen für ein weiteres Glas Champagner alles versprachen, was sie wollten. Und wenn Louis und Tony am Tisch auftauchten, beglichen sie anstandslos ihre Rechnung. Bot man den beiden aber die Stirn, schrumpelten sie zusammen wie angestochene Luftballons. Sie nannten ihn »den Ehrenwerten«, weil er keinen Cockney-Akzent hatte und sie immer noch nicht genau wußten, ob er mit Debbie schlief oder nicht.

Er schaute auf seine Uhr. Er hatte keine Zeit mehr, sich mit seinem Vater zu treffen, bevor er zum Club ging. Das Gespräch mit ihm würde länger dauern, auch wenn er ihm nicht viel erzählen konnte. Aber es würde guttun, einfach mit ihm zu reden.

Erst in den letzten zwei Jahren war ihm wirklich klargeworden, wieviel er dem großen, liebenswürdigen Mann schuldete. Er hatte soviel Zeit, Mühe und Verständnis für den fünfzehnjährigen Jungen aufgebracht, der völlig schockiert gewesen war, als seine Mutter die Familie verlassen hatte, um in Kalifornien mit einem anderen Mann ein neues Leben anzufangen. Geduldig hatte ihm sein Vater erklärt, daß Menschen manchmal von Kräften getrieben würden, auf die sie keinen Einfluß hätten. Nie hatte er ein Wort der Kritik über die hübsche Frau verloren, die sie beide auf ihre Art geliebt hatten. Heute fragte sich Mallory, ob sein Vater deshalb so geduldig und verständnisvoll gewesen war, weil er als Anwalt auf Scheidungs- und Familienrecht spezialisiert war. Auch er mußte manchmal einsam und unglücklich gewesen sein, aber er hatte es sich nie anmerken lassen, sondern immer gelächelt und lustige Begebenheiten aus dem Gerichtssaal erzählt.

Sein Vater war enttäuscht gewesen, als Mallory die Universität nach nur einem Jahr verlassen und sich zum Militär gemeldet hatte, aber über seine Beförderung zum Offizier und die Versetzung zum militärischen Nachrichtendienst hatte er sich gefreut. Allerdings war er schockiert gewesen, als er ihm später mitteilte, daß er sich dem SIS angeschlossen habe. Offenbar hatte sein Vater einmal einen ehemaligen SIS-Agenten verteidigt, der mit der Gesellschaft in Konflikt geraten war. Seit damals hielt sein Vater den SIS sowohl für unaufrichtig als auch für vollkommen unzuverlässig. Mallory hatte seinem Vater erklärt, wie vielschichtig der SIS sei und daß sein Mandant vermutlich nur das bekommen habe, was er verdiente. Doch sein Vater wollte das nicht gelten lassen und wetterte seitdem gegen den SIS, wann immer die Rede darauf kam. Und er riet seinem Sohn, den Leuten vom Geheimdienst niemals zu trauen, ganz gleich, was sie sagten.

Seltsamerweise war sein Vater vom ersten Moment an von Debbie eingenommen gewesen. Sie war es gewohnt, die Phantasie der Männer anzuregen, und wußte, wie man Richter für sich einnahm, von Anwälten ganz zu schweigen. Eine flüchtige Erwähnung des Ursulinen-Konvents und ein sittsames Senken der langen Wimpern hatten gereicht, und als sie gingen, sorgte sie dafür, daß sein Vater hören konnte, wie sie zu Mallory sagte: »Dein Vater ist ein richtiger Schatz.« Der alte Herr hatte sie sogar nach Ascot mitgenommen und war von seinen Altersgenossen glühend beneidet worden. Vier von ihnen hatten sie wiedererkannt und sich tunlichst bemüht, ihrem Blick auszuweichen, während sie verstohlen ihre Begleiterinnen musterten.

3. KAPITEL

Daley bedeutete Mallory, er möge sich setzen, während er weiter telefonierte. Suchend blickte er auf seinem mit Papieren übersäten Schreibtisch herum, schob schließlich mit einem Finger die Seite aus dem betreffenden Boulevardblatt zu Mallory und drehte sie so, daß dieser sie lesen konnte. Der Artikel war mit einem orangen Textmarker hervorgehoben, und Mallory, der mitbekam, wie Daley beim Telefonieren zunehmend ungehaltener wurde, las ihn. Schließlich knallte Daley den Hörer auf die Gabel.

»Das war Berlin. Kaum zu glauben. Die haben letzte Nacht am Savignyplatz zwei Typen aufgegriffen. Der eine war ein Dealer, und sie haben ihn mitsamt einem dicken Päckchen Heroin der Kripo übergeben. Sie haben die Polizei gebeten, den anderen als Komplizen festzuhalten, während sie seine Identität überprüfen wollten. Als sie wieder zur Kripo kommen, haben die ihn doch tatsächlich laufenlassen. Er war derjenige, den wir wollten. Eindeutig KGB. Diese Krauts glauben mehr an die Perestroika als die Russen.« Er schniefte. »Haben Sie das gelesen, ja?«

»Ja.«

»Nun, diesmal habe ich einen richtig beschissenen Auftrag für Sie, Charlie.«

»Danke.« Er lächelte. »Worum geht es?«

»Um diesen Zeitungsartikel über Exnazis, die ungeschoren herumlaufen. Könnte für den SIS problematisch werden. Nur im äußersten Fall, aber möglich wäre es.« Daley lehnte sich zurück. »Als die Deutschen kapitulierten, herrschte totales Chaos. Für unsere Jungs ebenso wie für die. Unsere Leute sollten Angehörige der Gestapo, des Sicherheitsdienstes, der Abwehr und die Parteibonzen dingfest machen, und darüber hinaus mußten sie auch noch die Entnazifizierung in unserer Besatzungszone durchführen.« Er zuckte mit der Schulter. »Folglich mußten unsere Leute Abstriche machen und, weil das die beste Methode war, ein paar der Böcke als Gärtner einsetzen.«

»Was soll das heißen?«

»Nazis benutzen, um Nazis zu fangen.«

»Und was ist daran falsch? Solange sie etwas liefern.«

»Nun, einige von ihnen waren möglicherweise Kriegsverbrecher. SS-Typen. Leute, die Tausende von Menschen in Konzentrationslager geschickt haben. Gott weiß, was die alles verbrochen haben. Es wurde unter den Teppich gekehrt. Aber jetzt, wo es längst vorbei ist, bekommen wir die Quittung dafür. Man will uns anklagen, weil wir Kriegsverbrecher geschützt haben. Sie davonkommen ließen, so daß sie nach Südamerika abhauen konnten.«

»Das ist doch eher das Problem der Südamerikaner.«

»Nicht in jedem Fall. Einige sind möglicherweise noch in Großbritannien. Wir haben drei Namen. Und wir möchten, daß Sie die Leute aufstöbern und uns einen Überblick geben.«

»Aber dafür sind der Special Branch und MI 5 zuständig, nicht wir.«

Daley seufzte. »Sagen Sie das bloß nicht. Denken Sie nicht einmal daran. Können Sie sich vorstellen, wie man sich bei MI 5 die Hände reibt und alles dem SIS anhängt? Wir haben derzeit zwar ein einigermaßen vernünftiges Verhältnis zueinander, aber die Versuchung wäre einfach zu groß für sie. Ein Wort zu einem Abgeordneten oder auch nur eine Andeutung gegenüber einem Journalisten, und im Nu bringt *Panorama* eine Sondersendung.«

»Aber all das ist doch über vierzig Jahre her, und außerdem war die Labour-Partei an der Macht, als es passierte.«

»Charlie, Sie verstehen das nicht. Die würden das so hinstellen, als hätten wir und die Regierung etwas verheimlicht. Wenn wir erklären, wir hätten nicht gewußt, was da passiert ist, dann heißt es, wir wären inkompetent. Wenn wir erklären, wir hätten es gewußt, dann sagen sie, es war eine Straftat und die Verantwortlichen müßten entweder gefeuert oder angeklagt werden. Ich möchte lediglich, daß Sie mich über die Fakten informieren.«

»Und es sind nur diese drei, die überprüft werden müssen?«

»Soweit uns bekannt ist. Vielleicht gibt es noch andere, aber die hier haben überlebt, und sie sind unseres Wissens die einzigen, die uns in Verlegenheit bringen könnten.«

»Bekomme ich Unterstützung?«

»Ihnen stehen alle Mittel zur Verfügung, aber kein Personal.«

»Und wann soll ich anfangen?«

»Jetzt.«

»Wie dringend ist es?«

»Ergebnisse sind wichtiger als Geschwindigkeit.« Daley machte eine kurze Pause. »Toby Young meinte, Sie könnten vielleicht bei diesem Fogarty herumschnüffeln, der den Artikel geschrieben hat.«

»Unmöglich. Das würde ihn nur aufschrecken. Wie oft wollen Sie einen Bericht?«

»Wöchentlich reicht, es sei denn, es gibt etwas wirklich Entscheidendes.«

»Darf ich Sie etwas fragen, Mike?«

»Sicher. Nur zu.«

»Warum setzen Sie mich darauf an? Habe ich etwas verbrochen?«

»Wie alt sind Sie, mein Junge?«

»Zweiunddreißig.«

»Das ist einer der Gründe, warum Sie das hier aufgedrückt kriegen. Sie waren damals nicht dabei und –« Daley lächelte. »Und ich kann Ihnen vertrauen. Reicht das?«

Lächelnd stand Mallory auf. »Ich glaube schon. Wer hat die Akten von den drei Leuten?«

Daley grinste und reichte Mallory zwei Schreibmaschinenseiten. »Akten gibt's nicht. Da drin steht alles, was wir haben.«

Mallory warf einen kurzen Blick auf die beiden Seiten und schaute dann Daley an. »Was ist mit Fotos?«

»Haben wir nicht. Sie würden Ihnen sowieso nicht viel nützen. Die sind jetzt vierzig Jahre älter. Das heißt, falls sie überhaupt noch leben.«

Mallory schien noch etwas sagen zu wollen, überlegte es sich dann aber anders und ging langsam zur Tür.

Auf dem Weg zu den Aufzügen fragte er sich, was man ihm verschwiegen hatte. Im ersten Monat seiner Grundausbildung hatten die Ausbilder ihnen eingetrichtert, daß sie niemandem trauen sollten. Alle logen. Die Lügen mochten harmlos sein oder nicht ins Gewicht fallen. Aber Lügen blieben Lügen, und Mallorys Mißtrauen setzte, wie bei vielen seines Ranges, vor der eigenen Tür ein. Direkt im Century House.

Mallory nahm die Unterlagen mit in seine Wohnung und setzte sich in die Küche. Bei Apfelsaft und Cheddarkäse auf Waffelbiskuits las er die Seiten dreimal, bevor er sich schließlich eingestand, daß er Hirngespinsten nachjagte. Die dürftigen Informationen betrafen fast ausnahmslos Ereignisse, die über vierzig Jahre zurücklagen. Alle späteren Angaben beruhten auf Vermutungen. Selbst die Kriegsverbrechen, die man ihnen unterstellte, waren nicht näher genannt. Er notierte sich zu jedem Namen die Fakten.

STEFAN WOLFF, *geb. 17. Januar 1920, Osterrode (Harz), Niedersachsen. Trat 1939 der NSDAP bei. Ging 1939 zur Wehrmacht. 1940 zur Waffen-SS abgestellt. Diente an der Ostfront, danach als stellv. Befehlshaber einer Einsatzgruppe in Krakau statio-*

niert. Verantwortlich für Massenfestnahmen von Juden und sog. Subversiven zum Abtransport nach Oswiecim (Auschwitz). Wird in einem CRASC-Dokument als Kriegsverbrecher aufgeführt. Vom britischen Sicherheitsdienst im September 1945 in Bremen verhaftet. Als Übersetzer angeworben und dann im Raum Hamburg als Informant eingesetzt. Nahm 1951 an einem Kameradschaftstreffen der Einheit in London teil. Vermutlicher Wohnort Birmingham, wo er als Wachmann bei Fisher & Ludlow arbeitete (wurde von Austin/Morris, jetzt British Leyland, übernommen).

ERICH KELLER, *geb. 24. Oktober 1919 in Berlin. Vater Anwalt, Mutter Schauspielerin (Singspiel). Besuchte Kunsthochschule in Berlin. Arbeitete an städtischen Bühnen in Braunschweig und in Hannover. 1939 eingezogen und wegen seiner Sprachkenntnisse (Englisch, Französisch) vom Sicherheitsdienst übernommen. Diente erst in Berlin, dann in Amsterdam. Verantwortlich für Deportation von Juden und Nichtjuden (nach Bergen-Belsen und Mauthausen). Wurde 1945 von der 103. Field Security in Peine (bei Hannover) verhaftet und ins Hauptquartier nach Hildesheim gebracht. Wurde von der Einheit bis 1950 in nachrichtendienstlicher Tätigkeit eingesetzt, danach an die 21. Army Group in Bad Oeynhausen überstellt und vermutlich im Raum Helmstedt für grenzüberschreitende Operationen in der sowjetischen Besatzungszone verwandt. Keinerlei Aufzeichnungen vorhanden. Letztmals erwähnt, als er kanadische Papiere und möglicherweise Pension erhielt. Vermutlich mit Empfehlungsschreiben an Verantwortliche bei Radiosender nach Toronto ausgewandert. Kanadische Papiere wahrscheinlich echt, nicht gefälscht. Wurde laut Bericht Ende der 50er Jahre von zwei ehemaligen britischen Nachrichtendienstoffizieren unabhängig voneinander in London gesehen.*

FRITZ DETTMER, *geb. Januar 1914 in Frankfurt. Vor Eintritt in die Gestapo im Jahr 1937 keine Erkenntnisse. Mutter Schottin. Geboren in Edinburgh, Mädchenname Mclean, Doris. Dettmer war möglicherweise bei der Kriminalpolizei. In Prag und Warschau eingesetzt. Wird beschuldigt, in Auschwitz Zivilisten und Gefangene gefoltert zu haben. War dort für 8 (acht) Blocks zuständig. Später war er Assistent des Gestapochefs von Magdeburg. Als das 30. Corps sich zu der bei der Konferenz von Jalta vereinbarten Zonengrenze zurückzog, wurde Dettmer Zugang zur britischen Zone gestattet. Wurde von der Field Security für grenzüberschreitende Operationen in der sowjetischen Besatzungszone angeworben. Unterstand vermutlich* KELLER, ERICH. *1952 wurde ihm Einreise nach Großbritannien gestattet. Vermutliches Ziel Glasgow oder Edinburgh. Keine weiteren Erkenntnisse. Besitzt vermutlich britischen Paß.*

Mallory beschloß, nach Birmingham zu fahren und zu sehen, was er über Stefan Wolff herausfinden konnte. Er packte seine Tasche und hinterließ Debbie eine Nachricht auf dem Anrufbeantworter.

Er bog von der M1 auf die M45 ab, fuhr an Coventry vorbei und nahm schließlich die Hauptstraße nach Castle Bromwich. An einem Zeitungsladen ließ er sich den Weg zu der alten, neben den Dunlop-Werken gelegenen Fabrik von Fisher & Ludlow zeigen. Sie gehörte jetzt zu British Leyland.

Am Haupteingang hielt ihn ein Wachmann an, und Mallory fragte nach dem Chef des Sicherheitsdienstes. Der Wachmann telefonierte mit dem Werkschutz und zeigte ihm dann auf einer Karte der ausgedehnten Anlage, wo sich die Verwaltung befand. Mallory war von den Ausmaßen des Werkes verblüfft. Es war so groß, daß es über einen eigenen Busdienst verfügte.

Er stellte den Wagen auf dem Besucherparkplatz ab und ging zum Hauptgebäude. Die Empfangsdame rief beim Werkschutz an, und eine Sekretärin kam herunter und geleitete ihn zu einem Fahrstuhl. Sie führte ihn einen langen Korridor im zweiten Stock entlang und dann durch einen Raum, in dem etliche Angestellte an Überwachungsbildschirmen saßen, bis sie in ein Büro kamen, das offenbar nur als Konferenzzimmer benutzt wurde. Der Mann, der ihn dort erwartete, schüttelte ihm die Hand und sagte: »Der Boß ist nicht da, aber vielleicht kann ich Ihnen helfen. Dem Ausweis nach zu schließen, den Sie an der Pforte vorgezeigt haben, sind Sie vom SIS.« Er lächelte. »Normalerweise haben wir es eher mit Spionen von der Konkurrenz zu tun.«

Mallory lachte. »Gibt's da so viele?«

»Mein Name ist Jack Heyford. Setzen Sie sich doch.« Als Mallory Platz genommen hatte, sagte Heyford: »Früher hatten wir hier ziemlich viel Werksspionage, aber wir haben dem Management eine neue Idee unterbreitet, und zu unserer Überraschung sind sie darauf eingegangen. Wir laden unsere Konkurrenten jetzt zu einer Besichtigung ein. Ingenieure, Designer, Leute, die für die Produktionsabläufe zuständig sind – die ganze Bande. Und damit hat das Herumspionieren aufgehört.«

»Bestimmt ein ziemliches Risiko, was?«

»Eigentlich nicht. Unsere Philosophie lautet: Sollen sie sich ruhig umsehen. Falls sie etwas von uns abschauen, dauert es sechs Monate, bis sie es in die Praxis umsetzen können. Und in der Zeit machen wir es längst anders. Schneller, besser, billiger – alles, was Sie wollen. Unsere Produktionsleiter müssen sich für jedes Gerät rechtfertigen, das älter als ein Jahr ist. Unser Motto lautet: Alles, was wir anpacken, läßt sich verbessern, ganz gleich, was es ist.«

Mallory grinste. »Vielleicht ringt sich die Regierung irgendwann auch zu dieser Haltung durch. Dann können wir den SIS dichtmachen.«

»Netter Gedanke. Nun, was können wir für Sie tun?«

»Ich versuche einen Mann namens Wolff aufzuspüren. Stefan Wolff. Wir nehmen an, daß er hier als Wachmann arbeitete.«

»Wann?«

»Damals nannte sich die Fabrik noch Fisher & Ludlow.«

»Das ist lange her. Wahrscheinlich ist er jetzt in Rente. Wollen Sie warten, während ich das überprüfe?«

»Gern.«

Heyford gab jemandem telefonisch Anweisungen und legte dann auf.

»Wir haben vor ein paar Jahren den Großteil unserer Unterlagen auf Computer gespeichert. Mit etwas Glück wird es nicht lange dauern.«

»Womit haben Sie hier hauptsächlich zu tun?«

»Werkschutzaufgaben – gegen Spinner, die glauben, daß Autos die Umwelt verschmutzen. Bagatelldiebstähle und organisierter Diebstahl. Meistens Ersatzteile. Und gelegentlich, wenn es um subversive Elemente geht, arbeiten wir auch mit dem Special Branch in der Stadt zusammen. Aber Streiks sind nicht mehr das Problem, das sie einmal waren.«

Ein Mädchen brachte einen Computerausdruck herein. Heyford nahm das Blatt entgegen und las es sorgfältig durch, als sie wieder weg war. Dann blickte er zu Mallory auf.

»Ihre Informationen waren richtig, Mister Mallory. Er hat hier gearbeitet. Scheint ein vorbildlicher Angestellter gewesen zu sein. Vor drei Jahren in Rente gegangen. Er ist vor fast genau einem Jahr gestorben. Seine Witwe erhält bis jetzt die übliche Betriebsrente. Anscheinend hatte er kurz hintereinander zwei Schlaganfälle und starb ein paar Stunden nach der Einlieferung ins Stadtkrankenhaus.«

»Wurde der Tod beglaubigt?«

»Ja. Wir haben den Befund des Hausarztes und eine Fotokopie des Totenscheins. Und einer unserer Mitarbeiter nahm an der Beerdigung auf dem Witton-Friedhof teil.«

»Haben Sie die Anschrift der Witwe?«

»Ja. Sie wohnt immer noch unter ihrer alten Adresse. Mere Road zweihundertfünf in Erdington – nicht weit von hier.«

Mallory notierte sich die Adresse. »Kann ich eine Fotokopie des Totenscheins bekommen?«

»Selbstverständlich.«

Das Haus an der Mere Road lag direkt hinter einer Hügelkuppe. Es war ein viktorianisches Backsteinhaus mit Erkerfenstern im Erdgeschoß und ersten Stock und einem ausladenden, über mehrere Treppenstufen zugänglichen Podest vor der mit bunten Glasfenstern und einem schweren Messingklopfer versehenen Haustür.

Die Frau, die die Tür öffnete, wischte sich die Hände an der geblümten Schürze ab. »Was wollen Sie?« fragte sie mit ausdrucksloser Miene.

»Sind Sie Mrs. Wolff?«

»Ja. Und wer sind Sie?«

»Könnten wir vielleicht kurz über Ihren verstorbenen Gatten reden?«

»Kommen Sie von der Prudential? Wegen der Versicherung?«

»Nein. Ich wollte nur von Ihnen wissen, wie Sie ihn kennengelernt haben und wie er so war.«

»Wozu wollen Sie das wissen?« Sie klang mißtrauisch.

»Aus rein persönlichem Interesse.«

»Haben Sie ihn gekannt?«

»Ich kannte ihn über andere.« Er lächelte. »Ich werde Ihre Zeit nicht lange in Anspruch nehmen.«

Sie zögerte einen Augenblick und sagte dann: »Aber machen Sie schnell. Ich muß in einer Stunde weg, putzen gehen.«

Sie führte ihn einen schmalen Flur entlang und öffnete die Tür zu einem Zimmer, in dem eine dreiteilige, mit Staubschonern abgedeckte Sitzgarnitur stand. Sie nahm die Schonbezüge von zwei

Armsesseln, faltete sie ordentlich zusammen und deutete auf einen der Sessel. Dann nahm sie die Schürze ab und setzte sich gegenüber von Mallory hin.

»Wo haben Sie Ihren Mann kennengelernt?«

»Im Clubheim an der Slade Road. Droben bei Stockland Green. Bingo und Tanzen, wie in der guten alten Zeit.« Sie lächelte. »Er war der beste Tänzer dort, obwohl er nicht mehr der Jüngste war.«

»Hat er damals schon bei Fisher & Ludlow gearbeitet?«

»Nein. Er war als Kassierer für die Prudential tätig. So sind wir an unsere Versicherung gekommen. Kurz vor unserer Hochzeit ist er dann in die Fabrik gegangen. Hat gesagt, die Arbeit würde besser bezahlt und wäre interessanter. Aber mit dem Fahrrad war es ein weiter Weg bis zur Tyburn Road.«

»Ist er in Birmingham geboren?«

»O nein. Er ist irgendwo in Deutschland geboren. Ich glaube, er war ein Flüchtling. Ist kurz vor dem Krieg rübergekommen. Bei Kriegsausbruch wurde er interniert. Feindliche Ausländer hat man damals dazu gesagt. Hat im Bergwerk gearbeitet, und als es dann vorbei war, ist er hierher gekommen, nach Birmingham. Hat den Job bei der Prudential gekriegt. Sie haben große Stücke auf ihn gehalten, wirklich. Er konnte mit den Leuten umgehen. Hat sich nie beschwatzen lassen von wegen ›Ich zahle nächste Woche‹ und so.«

»Haben Sie ein Foto von ihm?«

Sie lächelte und deutete auf ein gerahmtes Foto, das auf dem Klavier hinter ihm stand. Er hatte ein seltsam altmodisches Gesicht. Schwarze, glatt nach hinten gestriegelte Haare, dunkle Augen mit buschigen Brauen und tiefe Furchen von den Nasenflügeln bis zu den Mundwinkeln. Es war ein arrogantes Gesicht. Und er hatte ihr offensichtlich einen Haufen Lügen erzählt.

»Ein gutaussehender Mann, Mrs. Wolff.«

»Das war er bestimmt.« Sie lächelte. »Er hatte auch ein Auge für Frauen. Die waren alle ganz wild auf ihn.«

»War er ein guter Ehemann?«

»O ja.«

»Haben Sie Kinder?«

»Nein. Er hat gesagt, damit lädt man sich zuviel Verantwortung auf, so wie es heute in der Welt aussieht.«

»Nun denn, danke, daß Sie soviel Zeit erübrigen konnten, Mrs. Wolff.«

»Wozu waren die eigentlich, die ganzen Fragen?«

Lächelnd stand Mallory auf. »Reine Neugier. Ich wollte mehr über einen Mann erfahren, von dem ich bislang nur gehört hatte.«

Sie wirkte immer noch mißtrauisch, brachte ihn aber höflich zur Tür.

Es dauerte vierzig Minuten, bis er auf dem riesigen, weitläufigen Friedhof das Grab fand. Auf dem Stein aus poliertem Granit stand lediglich: Stefan Wolff, 1917–1984. Das Geburtsjahr entsprach nicht den Angaben in seinen Unterlagen, aber das konnte ein Flüchtigkeitsfehler sein. Schließlich handelte es sich nur um eine eher unwichtige SIS-Akte. Oder gehörte das zu Wolffs Täuschungsmanövern? Auch ohne eine Exhumierung konnte er ihn getrost von der Liste streichen.

4. KAPITEL

Der Eingang zum Crossfire Club lag an einer schmalen Seitengasse der Firth Street. Im vorderen Teil des Hauses befand sich eine Personalvermittlungsagentur für Partyservice, und der dahinter liegende Club nahm zwei Stockwerke und das Kellergeschoß ein. Der Stadtrat von Westminster hatte ihm eine Lizenz als Privatclub erteilt und den Ausschank von Getränken bis drei Uhr morgens gestattet, sonntags ausgenommen. Die beiden Inhaber hatten das Gebäude gekauft, als der Stadtrat hart gegen die gewerbliche Unzucht durchgegriffen hatte, worauf die Miet- und Immobilienpreise innerhalb einer Woche ins Bodenlose gefallen waren. Einer der Besitzer war ein erfolgreicher Börsenmakler, und der andere war Mitinhaber etlicher anderer, ähnlich einträglicher Clubs, in denen Touristen und einheimische Trottel von Hostessen mit maßlos überteuerten Getränken geneppt wurden. Nach dem behördlichen Durchgreifen schlossen Clubbesitzer und Stadtrat einen Waffenstillstand: weniger Aufsehen von der einen Seite und dafür nur geringfügige Belästigung von der anderen. Die Partner schätzten, daß sie, als die Mieten schließlich wieder auf das alte Niveau und höher stiegen, in zwölf Wochen knapp über 1,4 Millionen Pfund verdient hatten.

Neben dem Eingang des Clubs lag ein unordentlicher Haufen schwarzer Müllsäcke. Die Betreiber des Crossfire Clubs hatten sich geweigert, die ungeheuren Schmiergelder für die städtische Müllabfuhr zu bezahlen, und Louis hatte einen weitschweifigen Beschwerdebrief an die Stadtreinigung geschrieben. Louis und

Tony Fratelli, die den Club für ein Syndikat führten, bekamen einen prozentualen Anteil. Nicht vom Umsatz, sondern vom Gewinn. Sie mußten spuren, weil selbst ein nicht besonders schlauer Buchhalter dafür sorgen konnte, daß keinerlei Gewinn übrigblieb, wenn man ihn nicht bei Laune hielt. Glücklicherweise war der »abgebrühte Arthur«, der sich um die Bücher kümmerte, nicht nur schlau, sondern er hatte auch eine Vorliebe für hübsche Mädchen, so daß er leicht zufriedenzustellen war.

Der Rausschmeißer, ein ehemaliger Marineinfanterist, salutierte lässig, als er Mallory die Tür aufhielt. »Viel Vergnügen, Käpt'n.«

Mallory lächelte. »Ihnen auch, Sandy. Wie geht's Ihrer Gemahlin?«

»Gut beisammen, Käpt'n. Hat sich gestern die Zähne machen lassen.«

Der Innenraum war in gedämpftes rosa Licht getaucht. Rosa Glühbirnen über der Bar und rosa Lampenschirme an den Tischen. Er stellte sich mit seinem Whisky aus der unter dem Tresen verwahrten Flasche an die Bar und blickte sich um. Die meisten Tische waren besetzt, und er entdeckte Debbie, die mit zwei Männern an einem der Nischentische plauderte und sich offenbar gut amüsierte. Dann sah sie ihn, stand auf und kam zu ihm.

»Hi. Was machst du denn hier?«

»Ich nehme den Nachtzug nach Glasgow. Deshalb wollte ich kurz vorbeischauen und mich überzeugen, ob bei dir alles okay ist.«

»Ich habe heute beim Pferderennen in Lingfield fünfzig Piepen gewonnen.«

»Wer sind die zwei Typen an deinem Tisch?«

»Die sind wegen einer Vertreterkonferenz in der Stadt. Es sind Konzessionäre einer Fast-food-Kette.«

»Da fällt mir ein, ich habe den Kühlschrank mit Lebensmitteln vollgepackt, falls du dich in der Wohnung aufhalten willst.«

»Wie lange bist du weg?«

»Zwei Tage. Vielleicht drei. Du solltest lieber an deinen Tisch zurückgehen, Schatz.«

»Die können warten.« Aber sie drehte sich um und winkte lächelnd den beiden Männern zu, die ihrerseits zurückwinkten. Dann schaute sie wieder Mallory an. »Bist du einverstanden, wenn ich bei dir schlafe?«

»Selbstverständlich.«

Er holte seinen Schlüsselbund heraus, nahm den Schlüssel für das Sicherheitsschloß an der Tür ab und reichte ihn ihr. »Wenn ich vor Freitag zurückkomme, könnten wir übers Wochenende aufs Land fahren.«

Er sah, wie ihr Gesicht vor Freude strahlte. »Gern. Könnten wir wieder dahin fahren, wo wir das letzte Mal waren?«

»Meinst du das Hotel in Bath?«

»Ja. Genau dorthin.« Sie schlang die Arme um seinen Hals und küßte ihn auf den Mund.

Dann brachte sie ihn zur Tür, blieb in der Gasse stehen und sah ihm nach, als er wegging. Sie war etwas enttäuscht, daß er nicht zurückblickte.

Am Bahnhof angekommen, begab sich Mallory zum Schlafwagen der Ersten Klasse. Die Nachtfahrt mit dem Schlafwagen Erster Klasse nach Glasgow war eine der letzten Arten kultivierten Reisens, die es noch gab, und er schlief fest bis um sechs am nächsten Morgen, als ihm ein Schaffner eine halbe Stunde vor der Ankunft am Glasgower Hauptbahnhof eine Tasse Tee und ein Biskuit brachte.

Er verbrachte drei fruchtlose Tage in Glasgow und Edinburgh. Nirgendwo fand er eine Spur von einem Mann namens Dettmer. Er schlug in Telefonbüchern und Wahllisten nach, überprüfte Steuerdateien, Schufa-Unterlagen und die Karteien der Sozialämter, aber es gab keinen Dettmer. Das hieß, daß er sich auf die Suche nach den alten Akten sämtlicher Field-Security-Einheiten begeben mußte, die mit grenzüberschreitenden Operationen befaßt gewesen waren.

Als sie auf der M4 in Richtung Bath fuhren, deutete sie auf ein Hinweisschild nach Chippenham.

»Dort wohnt meine Familie.«

»Sollen wir die Ausfahrt nehmen und sie besuchen?«

»Meine Güte, bloß nicht! Sie wären entsetzt, wenn ich auftauche, ohne mich eine Woche vorher anzukündigen.«

Er lachte. »Du machst Witze, was?«

»O nein, Charlie. Ich bin das schwarze Schaf der Familie. Sie stellen mich meinen Schwestern immer als Beispiel hin, was aus ihnen wird, wenn sie nicht spuren.«

»Ich habe für uns im ›Francis‹ reserviert, dem gleichen Hotel, in dem wir letztes Mal gewohnt haben.«

»Ich mag es. Alle waren so freundlich und altmodisch.«

Sie sah zu, wie am Nebentisch etwas flambiert wurde, drehte sich dann zu Mallory um und lächelte. »Warum sind die Leute, die ihre Sachen flambieren lassen, bloß immer solche Widerlinge?« flüsterte sie.

»Das ist mir noch gar nicht aufgefallen.«

»Ist aber so. Ich habe es schon oft bemerkt.«

»Erzähl mir etwas über deine Familie.«

Sie lachte. »So was nennt man treffender formulieren – apropos Widerlinge, erzähl mir was über deine Familie.«

Er lächelte. »So habe ich das nicht gemeint. Muß eine Freudsche Fehlleistung gewesen sein oder so was Ähnliches.«

Sie zuckte die Achseln. »Mein Vater ist Finanzier. Er war früher bei einer Handelsbank in London und hat soviel Geld verdient, daß er sich selbständig machen konnte.«

»Und was macht ein Finanzier?«

»Ich weiß nur, was *er* macht. Er besorgt kleinen, aufstrebenden Firmen Kapital. Verdient dabei ebenfalls eine Menge Kohle.«

»Woher weiß er, daß sie Erfolg haben werden?«

»Sein Buchhalter geht ihre Bücher durch. Überprüft sie, und dann unterhält sich Daddy mit den Machern. Wenn sie ihm gefallen, beteiligt er sich an ihrem Unternehmen.«

»Wonach entscheidet er, ob sie ihm gefallen?«

»Anhand ihres ›Stils‹, wie er es nennt.« Sie lachte. »Daß sie zum Beispiel keine braunen Schuhe zu blauen Anzügen tragen. Und bestimmt keine Nuttentreter, wie du sie trägst.«

»Das sind Wüstenboots, meine Liebe.«

Sie schaute ihn einen Augenblick lang an und sagte dann leise: »Ich mag es, wenn du mich deine Liebe nennst. Selbst wenn du es nicht so meinst.«

»Du hast doch bestimmt schon ganz andere Schmeicheleien gehört als ›meine Liebe‹.«

»Es kommt darauf an, wer es sagt. Und wie es gesagt wird. Und wenn ich angezogen bin, zählt es doppelt.«

»Was für ein Mann ist er? Dein Vater.«

»Groß. Schnurrbart. Aufgeblasen. Selbstgefällig – habe mich selber durchbeißen müssen, ohne die Ausgangsposition, die ihr Mädels habt.«

»Ich habe noch nie jemanden kennengelernt, der ›Mädels‹ sagt.«

»Stehe jederzeit zur Verfügung – ein Wort genügt.«

»Was ist nach der Klosterschule passiert?«

»Interessanter ist das, was *auf* der Klosterschule passiert ist.«

»Erzähl's mir.«

»Das Übliche – Jungs.«

»Und dann?«

»Sie haben mich rausgeschmissen, und ich mußte als Tippse bei einem Immobilienmakler arbeiten, einem Freund von meinem alten Herrn.«

»Und?«

»Er hat mich angemacht, und ich mochte ihn nicht.«

»Warum nicht?«

Sie zuckte mit den Achseln. »Er war ein richtiges Arschloch.«

»Daher bist du gegangen.«

»Daher hat er mich gefeuert und Daddy erzählt, ich würde die Klienten anmachen.«

»Was dann?«

»Ich habe meinem alten Herrn hundertfünfzig Piepen aus der Portokasse geklaut und bin nach London gefahren.«

»Wie bist du im Crossfire gelandet?«

»Man könnte sagen, es war eine Entdeckungsreise.«

»Was hast du entdeckt?«

»Daß die einzigen Voraussetzungen, die ich mitbringe, ein hübsches Gesicht, große Möpse und das Talent sind, die Männer zu amüsieren, die in Läden wie das Crossfire gehen.«

»Und was wärst du gern, wenn du die entsprechenden Voraussetzungen mitbrächtest?«

Stirnrunzelnd dachte sie nach. »Manchmal wäre ich gern Schauspielerin, manchmal auch Nonne.«

»Was für eine Schauspielerin?«

»Am Theater. Eine richtige Schauspielerin.«

»Du bist noch jung. Geh auf die Schauspielschule oder übernimm einen Job als Regieassistentin und arbeite dich hoch.«

Sie lächelte. »Vielleicht überrasche ich eines Tages noch alle und mache etwas Vernünftiges.«

Beim Verteidigungsministerium verlangte man ein schriftliches Gesuch, bevor man irgendwelche Auskünfte über nachrichtendienstliche Einheiten herausrückte, die während der Besatzungszeit in Deutschland stationiert gewesen waren, und so fuhr Mallory zum Stützpunkt des Intelligence Corps in Ashford und verbrachte einen Tag im dortigen Museum.

Zu seiner Ausbeute gehörten die Namen von sechs Standorten sowie Einzelheiten über Field-Security-Einheiten, die entlang den Zonengrenzen im Einsatz gewesen waren. Darüber hinaus hatte er Namen, Dienstränge und Gruppenfotos. Der wertvollste Fund war seiner Ansicht nach jedoch die derzeitige Anschrift des Offiziers, der die für den Grenzübergang Helmstedt zuständige FS-Einheit befehligt hatte. Er schlug in der Liste des Kriegsministeriums nach und stellte fest, daß der Mann, ein Captain namens Carter, zum Major befördert worden war, als man ihn ins Hauptquartier des 30. Corps nach Bad Niendorf versetzt hatte. Der mittlerweile pensionierte Major Carter wohnte jetzt in Chichester.

Es war eines der wunderschönen Häuser in South Pallant; die Tür lag direkt an der Straße. Echt georgianisch mit Steinmetzarbeiten an den Schlußsteinen über den Fenstern. Würdevoll, aber nicht überladen. Auf dem Fenstersims stand ein Blumenkasten mit Primeln, die ungestört ihre ganze Pracht entfalten konnten. In London wären sie innerhalb weniger Stunden verwüstet worden.

Als er den Messingklopfer mit dem Löwenkopf betätigte, hörte er den Widerhall trotz der wuchtigen Tür durch das ganze Haus schallen. Dann ertönte das Klacken von hohen Absätzen auf Kacheln, bevor die Tür geöffnet wurde. Sie war um die Fünfzig, aber die Augen, der Mund und die Gesichtszüge garantierten, daß sie auch mit hundert noch gut aussehen würde, falls sie so lange lebte.

Sie lächelte, als sie sagte: »Sie sind bestimmt vom Kirchenbauverein. Ich bin ja so froh, daß Sie kommen. Unsere beiden Sammelbüchsen sind randvoll.«

Mallory erwiderte das Lächeln. »Tut mir leid, daß ich Sie enttäuschen muß. Eigentlich wollte ich fragen, ob Ihr Mann wohl ein paar Minuten für mich erübrigen könnte.«

Sie lächelte wie eine Frau, die daran gewöhnt war, Eindringlinge abzuwimmeln, die ihrem Mann die Zeit stehlen wollten. »Weshalb möchten Sie ihn bitte sprechen?«

»Wegen seiner Militärzeit.«

»Sind Sie beim Militär?«

Er lächelte. »Sozusagen. Ich war es, und in gewisser Weise bin ich noch immer dabei.«

»Wie interessant«, sagte sie. »Sie sollten lieber hereinkommen. Ich bringe Sie zu ihm. Er ist draußen im Garten und setzt die Zuckererbsenstecklinge. Kann nur hoffen, daß es keinen Frost mehr gibt.«

Der Garten war klein. Ein mit einer Mauer aus einheimischen Ziegeln umgebener Garten, der ebensogut angelegt und geschnitten war wie das Haus. Der Mann, der mit einer Pflanzkelle in der Hand am Boden kniete, wandte den Kopf, sah seine Frau und Mallory und stand langsam auf.

»Der junge Mann hier möchte dich sprechen, Eddie. Es geht ums Militär.« Sie lächelte Mallory an. »Ich lasse Sie beide damit allein.« Sie ging zum Haus zurück.

»Ich habe Ihren Namen nicht verstanden«, sagte Carter.

»Mallory. Charles Mallory.« Er griff in seine Jackentasche und reichte Carter seinen SIS-Ausweis, die grüne Mitgliedskarte der Intelligence Corps Association und die Mitgliedskarte des Special Forces Club.

Carter musterte jede genau und gab sie ihm dann zurück.

»Was kann ich für Sie tun? Auf der Terrasse stehen Stühle, und ein bißchen Limonade ist auch noch da.« Er lächelte. »Echte Limonade. Trixies Spezialität.«

Nachdem der Major ihnen beiden ein Glas eingeschenkt hatte, setzte er sich hin und schaute Mallory fragend an.

»Ich wollte mit Ihnen über einen Mann namens Dettmer reden.«

»Wer ist das?«

»Ich dachte, Sie erinnern sich vielleicht an ihn. Er hat, glaube ich, in Deutschland für Sie gearbeitet, nach der Kapitulation.«

Carter lächelte. »Ich bezweifle, daß ich mehr als ein oder zwei Leute meiner Einheit mit Namen nennen könnte. Es ist lange her.« Er schwieg kurz. »Wie sah er aus?«

»Keine Ahnung.«

»Und warum sind Sie zu mir gekommen?«

»Weil die Unterlagen darauf hindeuten, daß er für grenzüberschreitende Operationen in der sowjetischen Besatzungszone eingesetzt wurde. Und laut Akte war er vorher bei der Gestapo in Magdeburg, so daß er offenbar in dieser Gegend für uns gearbeitet hat. Ihre Field-Security-Einheit lag mehr oder weniger gegenüber von Magdeburg.«

Mallory sah, wie sich Carters Miene veränderte. Er war sich sicher, daß der Mann jetzt wußte, von wem er redete.

»Erzählen Sie mir mehr«, sagte Carter ruhig.

»Seine Mutter war Schottin, und vor dem Krieg war er bei der Kriminalpolizei. Für die Gestapo war er in Prag und Warschau.«

»Woher haben Sie Dettmers Namen?«

»Es ist einer von drei Namen, die ich erhielt. Und dazu einige Anmerkungen zu jedem von ihnen.«

»Wenn er derjenige ist, der ich glaube, dann hat er niemals Dettmer geheißen. Er hat ihn manchmal vielleicht als Deckname benutzt, aber geheißen hat er bestimmt nicht so. Warum interessieren Sie sich für ihn?«

»Wir glauben, daß er ein Kriegsverbrecher gewesen sein könnte.«

Carter hob die Hand. »Und jetzt habt ihr alle Schiß vor dem Schrott, der neulich in dem Schundblatt stand. Der britische Geheimdienst habe ehemalige Nazis eingesetzt und ähnlicher Mist.«

»Schiß nicht.« Er lächelte. »Wir ergreifen nur Vorsichtsmaßnahmen und überprüfen die Fakten.« Er hielt inne. »Lebt Ihr Mann noch?«

»Er ist quicklebendig.«
»Kann ich mit ihm reden?«
»Das glaube ich nicht.«
»Warum nicht?«
»Wer waren die anderen auf Ihrer Liste?«
»Ein gewisser Stefan Wolff. Er ist tot. Und ein Mann namens Keller. Erich Keller.«
»Wer hat Ihnen die Namen und die Unterlagen gegeben?«
»Mein Vorgesetzter im Century House.«
»Und die glauben, daß ich Leute den Bach runtergehen lasse, die für mich und britische Interessen gearbeitet haben, nur weil die Revolverblätter im Augenblick keinem Minister einen Sexskandal anhängen können?«
Carters blasses Gesicht war vor Empörung rot angelaufen.
»Ich sehe nicht ein, weshalb Sie Ihrer Meinung nach den Mann den Bach runtergehen lassen, nur weil ich mit ihm reden möchte.«
»Das sehen Sie nicht ein, was? Wie lange sind Sie schon beim SIS?«
»Zwölf Jahre.«
»Dann sollten Sie wissen, daß man einen alten Haudegen wie mich nicht so leicht verarschen kann.« Angriffslustig beugte er sich vor. »Worüber wollen Sie mit den Männern reden?«
»Ich möchte feststellen, ob sie tatsächlich Kriegsverbrechen begangen haben und wie und warum wir sie eingesetzt haben.«
»Und was kommt dann?«
»Das haben andere zu entscheiden.«
»Um Himmels willen, Mallory, was glauben Sie denn, was die sogenannten ›anderen‹ tun werden?« Er wartete einen Moment auf Mallorys Antwort, und als dieser weiter schwieg, schrie Carter: »Verschwinden würde er. Ein Leichnam mehr, den man aus irgendeinem Kanal zieht, weil die sich nicht trauen, ihn am Leben zu lassen.« Er lehnte sich zurück, war mit einem Mal wie-

der ganz ruhig. »Sie sollten lieber darüber nachdenken, mein Junge. So was hat nämlich zweierlei Auswirkungen.«

»Was soll das heißen?«

»Es heißt, daß Sie ebenfalls verschwinden könnten.«

»Wollen Sie mir drohen, Major?«

»Darauf können Sie Ihre Stiefel verwetten. Aber vor mir brauchen Sie keinen Schiß zu haben.«

»Schämen Sie sich dessen, was Sie getan haben?«

»Auf keinen Fall.«

»Warum können wir dann nicht darüber reden?«

»Weil Sie es nicht verstehen würden.«

»Warum nicht?«

»Es ist über vierzig Jahre her. Sie waren damals wahrscheinlich noch gar nicht auf der Welt. Wie sollten Sie das verstehen?«

»Sie könnten mir erzählen, wie es zu all dem gekommen ist.«

»Das würde zu lange dauern.«

»Ich hab's nicht eilig.«

Carter schien zu zögern. Dann sagte er: »Wie lauteten Ihre Befehle?«

»Herausfinden, ob die drei Männer noch leben, und feststellen, was damals geschehen ist.«

»Warum?«

»Weil der SIS den Schwarzen Peter bekommen wird, wenn irgendwelche Außenstehende herausfinden, daß etwas Illegales gelaufen ist, was immer das auch gewesen sein mag. Und der SIS hat schon genug Probleme, auch ohne daß man die Geister der Vergangenheit wieder aufscheucht.« Er hielt kurz inne und fuhr dann ruhig fort: »Wie wollen wir es also mit diesem Dettmer halten?«

»Vergessen Sie ihn, weil Sie ihn ohne mich niemals finden werden. Ebensowenig wie Keller.«

»Anhand der Unterlagen, die man mir gab, scheint es, als wäre Keller beim 30. Corps gelandet. Und Sie sind ebenfalls dort gelandet. Wurden Sie versetzt, weil Keller Ihr Mann war?«

»Mehr oder weniger.«

»Dettmer, oder wie immer er auch hieß, wurde von Keller geführt, ja?«

»Mehr oder weniger.«

»Wußten Sie, daß diese Leute Kriegsverbrechen begangen hatten?«

»Ja, in groben Umrissen.«

»Und Sie fanden nicht, daß es eine Rolle spielte?«

»Ich hab's Ihnen doch gesagt. Sie verstehen das nicht. Diese Männer haben Woche für Woche ihr Leben riskiert, um Informationen zu beschaffen, die wir dringend gebraucht haben. Für mich war das in etwa genauso, wie wenn die Polizei Kriminelle benutzt, um Verbrechen zu verhindern oder wenigstens diejenigen zu ermitteln, die dafür verantwortlich sind.« Er schwieg kurz. »Sie machen doch im Moment genau dasselbe. Sie glauben, ich hätte etwas Illegales oder zumindest Anrüchiges getan, aber Sie wollen mich dennoch benutzen, um an die gewünschten Informationen zu kommen.«

Mallory lächelte. *»Touché.«* Er schwieg einen Augenblick, dann sagte er: »Wäre es vielleicht möglich, daß ich inoffiziell mit Dettmer und Keller rede?«

»Zu welchem Zweck?«

»Ich bin mir nicht sicher. Aber vielleicht könnte ich die Sache dann realistischer sehen.«

»Wie kommen Sie darauf?«

»Durch Sie.«

»Das müssen Sie mir erklären.«

»Gut. Sie waren Offizier der britischen Armee, und Sie glauben, daß das, was Sie getan haben, richtig war. Meiner Ansicht nach sind Sie ein ziemlich aufrechter Mensch. Vielleicht haben Sie ja recht, wenn Sie glauben, das, was seinerzeit geschah, sei gerechtfertigt gewesen. Und wenn sich alles rechtfertigen läßt, brauchen wir nichts gegen diese Männer zu unternehmen. Und wenn die Medien die Sache trotzdem weiterverfolgen und alles herauskommt, dann haben wir sämtliche Fakten und können nachweisen, daß unser Verhalten gerechtfertigt war.«

»Würden sich Ihre Vorgesetzten dieser Haltung anschließen?«

»Im Augenblick nicht, weil sie an die Vorurteile der Öffentlichkeit denken. Aber die Öffentlichkeit hat sich auch damit abgefunden, daß deutsche Wissenschaftler, die an den Raketen mitarbeiteten, durch die viele unserer Leute getötet wurden, von uns und den Amerikanern weiterbeschäftigt wurden.«

»Fahren Sie heute abend nach London zurück?«

»Nein. Ich habe im ›Ship‹ reserviert.«

»Müssen Sie täglich Bericht erstatten?«

»Nein. Wöchentlich.«

»Sie müssen also nicht sofort über das heutige Gespräch berichten?«

»Nein.«

Carter stand langsam auf. »Lassen Sie mich die Sache überschlafen, und dann können wir uns morgen zusammensetzen und noch mal darüber reden. Einverstanden?« Bevor Mallory antworten konnte, fuhr Carter fort: »Es wäre in vielerlei Hinsicht nützlich, wenn uns etwas einfiele, wie wir dieses Problem lösen können.« Er lächelte kurz, während er ihm die Hand reichte. »Wollen mal sehen, was wir tun können.«

Mallory ging zu Fuß zum Hotel zurück und fragte sich, ob er hereingelegt worden war. Der alte Mann hatte schon grenzüberschreitende Operationen gegen die Sowjets geleitet, als er noch nicht einmal auf der Welt war. Trotz seiner unschuldigen Miene, der hellblauen Augen und der bei Rothaarigen üblichen Sommersprossen war der alte Knabe auch jetzt noch mit allen Wassern gewaschen. Carter wußte nur zu genau, wie das Räderwerk beim SIS funktionierte, und es gab noch andere, Colonels und Brigadekommandeure der 21. Army Group, die bereits verdeckte Einsätze hinter dem Eisernen Vorhang durchgeführt hatten, bevor Winston Churchill den Begriff überhaupt geprägt hatte. Sie wußten, wie sie sich und andere, die für sie gearbeitet hatten, schützen konnten. Jemand an höchster Stelle mußte sein Einverständnis zum Einsatz dieser Deutschen gegeben oder zumindest beide Augen zugedrückt haben. Bei den Ehrentagen im Stützpunkt des Intelligence Corps hatte er Männer dieser Altersgruppe kennengelernt. Männer, die wie alt gewordene Schuljungen aussahen, schallend über Schuljungenwitze lachten und Spitznamen wie Jumbo, Tiny und Lofty hatten. Aber diese Männer trugen hohe Orden und Auszeichnungen, und ein paar von ihnen waren sogar in den Adelsstand erhoben worden. Das waren keine Dummköpfe, weder damals noch jetzt. Sie waren Patrioten und von sich überzeugt, bereit, alles zu tun, was man von ihnen verlangte. Und die Aussicht, daß sie ihr Leben in einer Zelle des NKWD in der sowjetischen Besatzungzone verlieren könnten, war ihre geringste Sorge gewesen.

Vom Hotel aus rief er Debbie an, aber weder in seiner Wohnung noch bei ihr nahm jemand ab. Er aß allein. Dann fuhr er nach Birdham und sah sich im Schaukasten vor dem Maklerbüro neben der Jachtwerft die Fotos von Booten an, die zum Verkauf standen. Unter anderem wurde eine zehn Meter lange Jacht angeboten, und wie um Carters Worte zu unterstreichen, stand in der Beschreibung, sie sei eines der Boote gewesen, die bei der Evakuierung des britischen Expeditionscorps aus Dünkirchen eingesetzt worden waren. Das Foto zeigte ein robustes, beinahe häßliches Boot, doch es wurde als »sehr zuverlässig« beschrieben. Für jemanden wie Carter wären diese beiden Worte und der Verweis auf Dünkirchen ausschlaggebend. Mallory hatte es zuvor nie so betrachtet, doch die Männer, die im Krieg gekämpft hatten, bildeten eine Art Club. Einen abgeschotteten Zirkel. Man brauchte kein Wort zu sagen. Man war im Krieg gewesen, also gehörte man dazu. Wie es in der Rede Heinrichs V. anläßlich der Schlacht von Azincourt hieß – »Und Edelleut in

England, jetzt im Bett, verfluchen einst, daß sie nicht hiergewesen …«

Als er nach Chichester zurückfuhr und die Hauptstraße nach Portsmouth überquerte, sah er ein Hinweisschild nach Tangmere, dem Flugplatz, von dem die Spitfires zur Luftschlacht um England gestartet waren. Über diesen sattgrünen Feldern waren die Kämpfe ausgetragen worden. Vielleicht war es ein Zeichen, daß er darauf achten sollte, was Carter zu sagen hatte.

5. KAPITEL

Carter rief Mallory gleich nach dem Frühstück im Hotel an und schlug vor, er solle im Verlauf des Vormittags zu ihm nach Hause kommen. Als Mallory eintraf, führte Carter ihn ins Eßzimmer, wo auf dem Tisch zwei Karten in großem Maßstab ausgebreitet waren. Anscheinend Generalstabskarten, nur daß sie mit diversen Symbolen übermalt und die Erklärungen und Anmerkungen auf deutsch statt auf englisch waren.

Als Mallory sich über die Karten beugte, deutete Carter mit einem Bleistift darauf.

»Sie können sehen, daß hier keine zweispurige Straße nach Portsmouth eingezeichnet ist und die Straßen in ost-westlicher und nord-südlicher Richtung direkt durch den Stadtkern von Chichester führen, obwohl der ganze Bereich um das Market Cross jetzt als Fußgängerzone ausgewiesen und für den Verkehr gesperrt ist.

Das kommt daher, weil diese Karten aus dem Jahr 1938 stammen, und die Erklärungen sind alle auf deutsch, weil diese Karten vom deutschen Generalstab für das ›Unternehmen Seelöwe‹ angefertigt wurden – die Invasion von England.

Jetzt schauen Sie sich mal das hier an. Fishbourne. Anderthalb Kilometer außerhalb der Stadt gelegen. Ein kleines Dorf. Aber Sie können auch sehen, daß ein langer, schmaler Bach direkt vom Kanal zum Dorf führt. Das sollte der Hauptlandepunkt für eine amphibische Panzerdivision werden.«

Er fuhr mit dem Finger über die Landkarte nach oben.

»Und hier ist Midhurst, gleich nördlich von uns. Dort sollte am Abend des ersten Tages das vorgeschobene Hauptquartier für alle deutschen Truppen aufgeschlagen werden. Ein Bauernhaus am Military Canal in der Nähe von Appledorn in Kent sollte das Hauptquartier der zweiten Gruppe werden, und die Rennbahn von Goodwood ist als Lager für britische Kriegsgefangene ausgewiesen.« Carter richtete sich auf und schaute Mallory an. »Sie werden sich fragen, weshalb ich Ihnen das zeige.«

»Nein. Ich glaube, ich weiß, warum.«

»Sagen Sie's mir.«

»Vermutlich haben Sie das Gefühl, daß die jungen Leute von heute nicht begreifen, welche Opfer im Krieg gebracht wurden, und den Mut und die Aufopferung der Beteiligten nicht zu schätzen wissen. Und Sie meinen, ich würde das, was damals geschehen ist, nach heutigen Maßstäben beurteilen.«

»Es ärgert mich, Mallory. Es waren nicht nur die Männer und Frauen, die gedient haben. Auch die Zivilisten waren betroffen. Halb verhungert haben sie in den Fabriken Überstunden geleistet, und nachts mußten sie in die Luftschutzbunker. Und jetzt kommen ein paar Jammerlappen daher und raufen sich die Haare, weil wir die Bombe auf Hiroshima und Nagasaki abgeworfen haben. Oder wegen der Bombardierung von Hamburg und Dresden. Die Bomben auf Coventry und Birmingham erwähnen sie nicht. Und sie verlieren auch kein Wort darüber, wie die Welt aussähe, wenn wir verloren hätten. Weil es nämlich, und merken Sie sich meine Worte, genau diese Mistkerle sind, die die Deutschen willkommen geheißen hätten.«

»Die Leute nehmen sie gar nicht zur Kenntnis, Major.«

»Glauben Sie nur das nicht, mein Junge. Warum, zum Teufel, sitzen Sie denn jetzt hier in meinem Eßzimmer?« Er hielt inne und schaute Mallory an. »Weil irgendein Widerling von einem Revolverblatt schnell ein bißchen Geld mit sogenannten Enthüllungen verdienen will, indem er schildert, wie wir die Russen sechsundvierzig daran gehindert haben, über die Grenze vorzurücken.«

»Hatten sie denn wirklich vor, über die Grenze vorzurücken?«

Carter schaute Mallory eine Zeitlang an, dann sagte er: »Sie müssen noch eine Menge lernen, junger Mann.«

Mallory lächelte leicht. »Vielleicht können Sie es mir beibringen.«

»Genau das wollte ich vorschlagen. Wenn Sie einverstanden sind.«

»Sie sagten, es würde eine ganze Weile dauern, bis ich es verstünde. Wie lange?«

»Mehrere Stunden. Vielleicht Tage.«

»Dann muß ich erst meine Chefs um Erlaubnis fragen.«

»Sie brauchen sie nicht zu fragen.«

»Ich fürchte, doch.«

»Ich habe bereits mit ihnen gesprochen, und sie sind einverstanden. Nicht gerade Feuer und Flamme, muß ich zugeben. Aber sie sind einverstanden.«

»Mit wem haben Sie gesprochen?«

»Mit Toby Young und anschließend mit Mike Daley.«

»Macht es Ihnen etwas aus, wenn ich mich bei ihnen rückversichere?«

»Das wäre nicht klug.«

»Warum nicht?«

»Benutzen Sie doch Ihren Grips. Die haben Ihnen einen Auftrag gegeben. Und das entscheidende dabei war doch, daß Sie unabhängig sind. Nicht einfach Befehle ausführen. Die versuchen, das Spiel ehrlich zu gestalten. Wenn Sie letzten Endes berichten, daß es für das, was da geschehen ist, keine Rechtfertigung gibt, dann wissen sie wenigstens, wo sie stehen. Wenn aber in Ihrem Bericht steht, daß es notwendig und Ihrer Überzeugung nach vollkommen gerechtfertigt war, dann haben sie eine Antwort, die die meisten Menschen akzeptieren werden.«

»Nicht die Opposition.«

»Seien Sie da mal nicht so sicher. Die können es sich nicht leisten, allzu unpatriotisch dazustehen.«

»Und die Medien?«

»Die haben die Wahl, ob sie eine anti-britische Story bringen oder über Mut und Opferbereitschaft berichten wollen. Letzteres wird wesentlich länger nachwirken als ein Skandal, der eigentlich jedem scheißegal ist.«

Mallory lächelte. »Und wie sollen wir all das bewerkstelligen?«

»Wir unternehmen eine Art Pilgerfahrt. In die Vergangenheit.«

»Und was ist, wenn ich es letzten Endes doch nicht so sehe wie Sie?«

»Gar nichts. Aber Sie werden es so sehen wie ich.«

»Woher wollen Sie das wissen?«

»Weil Sie selbst bei der Army waren. Wenn auch eher in einem kalten Krieg als in einem heißen. Aber das ist fast dasselbe.«

Carter ging zur Anrichte, ergriff ein ledergebundenes Fotoalbum und brachte es an den Tisch. An zwei Stellen waren Papierstreifen zwischen die Seiten geklemmt. Carter schaute Mallory einige Sekunden schweigend an und sagte dann: »Ich möchte Ihnen drei Dinge zeigen, bevor wir anfangen. Um sicherzugehen, daß wir unsere Reise nicht mit einem falschen Eindruck Ihrerseits beginnen.«

Er schlug das Album beim ersten Lesezeichen auf und deutete auf eine Seite mit Fotos. »Das ist das, was von einer deutschen Stadt namens Hildesheim übriggeblieben ist, nachdem sie von der US Air Force bombardiert worden ist. Sie wurde bei einem vierzigminütigen Flächenbombardement zu achtzig Prozent zerstört. Es war eine mittelalterliche Stadt, so ähnlich wie Stratford-on-Avon. Keinerlei Truppenstationierung, keine Fabriken.« Er deutete auf ein Bild, auf dem ein großes Haus samt Grundstück zu sehen war, vor dem zwei Jeeps und eine Mercedes-Limousine standen. »Das war mein Hauptquartier, unmittelbar nach der Kapitulation.« Dann deutete er auf das dritte Foto. Es zeigte einen jungen Mann im Kampfanzug. Sein Gesicht war ernst, so als ließe er sich nur ungern fotografieren. »Das bin ich«, sagte Carter. »Ich kam gerade von hier zurück ...« Er blätterte zu dem zweiten Lesezeichen. Auf dem Bild sah man einen Trupp britischer Soldaten, die auf einen Haufen nackter Leichen starrten. Im Hintergrund stand eine Gruppe Männer in gestreiften Uniformen. »Ich stehe rechts außen, unter den Soldaten. Der Ort heißt Bergen-Belsen, ein Konzentrationslager. Zwei Stunden nach der Befreiung.«

Mallory schaute sich das Bild lange an. Es ähnelte denen, die er in Illustrierten und Büchern gesehen hatte. Nur daß auf dem hier ein Mann zu sehen war, den er kannte. Das jugendliche Abbild des Mannes, der neben ihm stand. Er wandte sich an Carter. »Sie sprachen von drei Dingen.«

»Allerdings.«

Er legte die Hände mit der Innenseite nach oben auf den Tisch. »An beiden Daumenwurzeln können Sie zwei ähnliche Narben sehen. Die weißen Stellen. Die hat mir das NKWD zugefügt. Ich wurde damals beim Grenzübertritt erwischt. Aber ich bin davongekommen. Dort, wo die Narben sind, haben sie meine Hände auf einen Tisch genagelt. Und wie Sie sehen können, ist mit meinen kleinen Fingern etwas nicht in Ordnung. Sie haben sie beide gebrochen. Normalerweise haben sie sie nach hinten gebogen und am unteren Gelenk gebrochen. Das ist zwar schmerzhaft, aber die Sanitäter kriegen das wieder hin. In meinem Fall haben sie sie am oberen Gelenk zur Seite gebogen. Da kann man nichts mehr machen.« Er zuckte die Achseln. »Das gehörte zum Spiel. Aber damals war niemand dabei, der die Grundregeln festlegte.«

Mallory nickte. »Danke, daß Sie mir das alles gezeigt haben ... Ich habe es kapiert.«

»Das haben Sie nicht, mein Junge. Noch nicht. Noch lange nicht. Ich habe erst ein paar Hinweise für Sie ausgelegt. Wegweiser sozusagen.«

»Und wann fangen wir an?«

»Heute abend. Kommen Sie her, und essen Sie mit Trixie und mir zu Abend. Danach können wir uns in meinem bescheidenen Arbeitszimmer unterhalten.«

Trixie hatte Getränke, Gläser, Tassen und ein Service mit Zuckerdose und Milchkännchen bereitgestellt. Carter schenkte sich einen Glenlivet ein, Mallory nahm Kaffee.

Carter lehnte sich in seinen Armsessel zurück. »Wir fangen am besten am Anfang an. Der Krieg mit Deutschland war am achten Mai neunzehnhundertfündundvierzig um Mitternacht zu Ende. Ich war Offizier beim Intelligence Corps, dem militärischen Nachrichtendienst, damals noch als Captain, und war dem Hauptquartier des 30. Corps zugeteilt.«

6. KAPITEL

Es wurde allmählich dunkel, und drohend schoben sich die blauschwarzen Wolken vor die untergehende Sonne. Vor einer provisorischen Straßensperre wartete eine lange Fahrzeugschlange auf die Abfertigung durch die Militärpolizei.

Der MP-Sergeant mit dem roten Käppi fragte Carter, wohin er wolle, und als er erwiderte, er sei auf dem Weg zum Hauptquartier des 30. Corps in Bad Niendorf, bemerkte der Sergeant die grünen Abzeichen an seiner Uniform und schaute auf den dicken Papierstapel an seinem Klemmbrett. Nachdem er etliche Seiten durchgeblättert hatte, sagte er: »Sämtliche Nachrichtendienstoffiziere des 30. Corps, die nicht anderweitig eingeteilt sind, müssen sich in Bad Salzuflen melden. Dort befindet sich das Hauptquartier des Nachrichtendienstes sowohl für das 30. Corps als auch für die 21. Army Group. Tut mir leid, Sir, aber Sie müssen umkehren.«

»Herrgott noch mal. Wo, zum Teufel, ist Bad Salzuflen?«

»Fahren Sie auf dieser Straße zurück nach Minden ...«

»Aus Minden komme ich doch gerade, verflucht noch mal.«

»Fahren Sie durch Minden hindurch, und Sie werden feststellen, daß Sie Bad Oeynhausen umgehen können. Sie fahren geradeaus weiter bis Herford, und dort werden Sie auf Hinweisschilder stoßen, die östlich nach Bad Salzuflen weisen. Liegt etwa fünfzehn Kilometer hinter Herford. Der Großteil des Verkehrs ist in entgegengesetzter Richtung unterwegs, daher sollten Sie gut vorankommen.«

»Kann ich hier wenden?«

»Wenn Sie fix machen.«

Die letzten fünfundzwanzig Kilometer regnete es in Strömen, aber er schaffte die Fahrt in zwei Stunden. Ein Sergeant der Field Security wies ihm den Weg zu den Offiziersmessen. Es gab eine für Stabsoffiziere und eine für Captains und niedrigere Dienstgrade. Eine Unterteilung, die um so lächerlicher war, als es im Intelligence Corps keine einfachen Leutnants gab.

Es war ein großes, weitläufiges Haus, und der Messekorporal brachte ihn in einem Zimmer mit zwei Feldbetten unter, das er sich mit einem alten Bekannten aus dem Ausbildungslehrgang in Winchester teilte, einem Waliser namens Lewis. Carter nahm das freie Bett und schob seinen Kram neben die auf der Matratze zusammengefalteten Armeedecken.

»Was geht hier vor, David? Warum sind wir nicht im Hauptquartier des 30. Corps?«

»Das hier soll das ständige Hauptquartier für sämtliches Nachrichtendienstpersonal werden. Die teilen uns hier ein und schicken uns dann zu unserem Einsatzort.«

»Weißt du schon, wohin du kommst?«

»In ein Kaff namens Celle. Die jeweiligen Standorte sind am Schwarzen Brett im Korridor angeschlagen.«

»War mein Name auch dabei?«

»Weiß ich nicht mehr. Schau doch nach.«

Vor dem Schwarzen Brett standen einige Offiziere, und an der Wand daneben hing eine Landkarte in großem Maßstab mit den Gebieten, für die das 2. und das 30. Corps zuständig sein sollten. Die Namen waren nicht in einer bestimmten Reihenfolge aufgeführt, und Carter brauchte eine Weile, bis er seinen fand.

CARTER, E. *10350556. Int. Corps. Lieutn. Zu OC 103 Field Security Section. Hildesheim. Ernennung zum Captain mit sof.*

Wirkung. Bei Major Hargreaves melden. GSO II I(b), Haus Waldheim, Bad Salzuflen.

Er trat vor die Landkarte und stellte fest, daß Hildesheim südöstlich von Hannover lag. Über den Daumen gepeilt mußten es etwa achtzig Kilometer sein, wenn die Nebenstraßen passierbar waren.

Die Messe war voller Offiziere, und auf langen Tischen war Essen aufgetragen. Büchsenfleisch, Brot, Butter und etwas matschig aussehender Schinken. Es gab keine Sitzgelegenheiten, und trinken konnte man nur Bier oder Apfelsaft. Trotz der Neuigkeiten von der Kapitulation am Tag zuvor drehten sich die Gespräche hauptsächlich um die angeblichen Pläne zur Demobilisierung. Um Punkte für abgeleistete Dienstzeit und Extrapunkte für den Dienst in Übersee. Gerüchten zufolge sollten Offiziere des Intelligence Corps mit besonderen Erfahrungen oder Qualifikationen von der Demobilisierung ausgenommen sein.

Dai Lewis schlief schon, als er wieder auf seine Stube kam.

Haus Waldheim war einst der Wohnsitz eines einheimischen Geschäftsmannes gewesen. Zwölf Schlafzimmer, in denen man Behelfsbüros eingerichtet hatte, während das Erdgeschoß den höheren Offizieren als Wohnquartier diente. In einem der umgewandelten Schlafzimmer, das mit einem schlichten Holzschreibtisch, aber zwei bequemen Armsesseln aus dem Besitz des vormaligen Eigentümers ausgestattet war, führte Major Hargreaves das Antrittsgespräch mit Carter.

Major Hargreaves blieb an seinem Schreibtisch sitzen und deutete auf einen Holzstuhl.

»Setzen Sie sich, Carter.« Er wartete, bis Carter saß, und sagte dann: »Zweifellos haben Sie schon gesehen, wo Sie stationiert werden. Hildesheim. Liegt größtenteils in Schutt und Asche, wie ich mir habe sagen lassen, aber Sie werden schon was finden, das

Sie für Ihre Jungs in Beschlag nehmen können. Der Stadtkommandant wird das für Sie erledigen.

Sie erhalten eine ganze Abteilung. Sergeant-Major, zwölf Sergeants und einen Fahrer.« Er griff zu einem hektographierten Blatt Papier. »Sie haben dieselben Instruktionen wie alle anderen FS-Einheiten bekommen. Entnazifizierung lautet das Stichwort. Es gibt ein Buch, das Sie sich bei einer Dienststelle namens CRASC besorgen können. Steht für Commander, Royal Army Service Corps. Darin sind die Namen von Zehntausenden von Gesuchten aufgelistet. Wir möchten, daß Sie uns täglich über Ihre Festnahmen berichten. Keine Namen, nur allgemeine Einstufungen: Gestapo, Sicherheitsdienst, Abwehr, Waffen-SS, Allgemeine SS, hohe Parteimitglieder ...« Er lächelte. »Damit sollten Sie ein, zwei Wochen beschäftigt sein.«

»Wohin soll ich die Gefangenen bringen?«

»Sie führen ein kurzes Verhör durch. Falls es noch steht, können Sie das örtliche Gefängnis benutzen. Aber wenn Sie, sagen wir mal, zwanzig Mann aufgegriffen haben, geben Sie uns Bescheid, und wir schicken Ihnen ein Fahrzeug und holen sie ab. Wir haben ein paar deutsche Lager übernommen. Ihre Gefangenen kommen in ein Kaff namens Westertimke. Von dort beziehen Sie auch Ihre Verpflegung, aber Sie können sich auch vor Ort eindecken, wenn es frische Ware gibt. Noch Fragen?«

»Nein, Sir.«

»Noch eins. Man hat Sie zum Captain befördert, aber lassen Sie sich das nicht zu Kopf steigen. Sie haben es nicht mit Trotteln zu tun. Ihre Leute sind klug und intelligent. Wir erwarten von Ihnen ein straffes Regiment, soweit es die Jerries betrifft, aber auch für die gilt der Gesetzesweg und all dieser Mist. Eine große Verantwortung für einen jungen Burschen wie Sie, also versieben Sie es nicht. Okay?«

»Ja, Sir. Danke, Sir.«

»Wenn Sie unten einen Lieutenant Thomson sehen, dann schicken Sie ihn bitte herauf.«

Carter setzte die Mütze auf, salutierte, und der Major nickte. Carter merkte, daß hier kein Kasernenhofgehabe erwartet wurde, daher stampfte er nicht mit dem Fuß auf, als er sich umdrehte und hinausging.

In der Schreibstube suchte der Sergeant-Quartermaster auf einer Liste seinen Namen und Dienstgrad. Dann schaute er Carter an. »Ihre Männer warten ein Stück die Straße runter, Sir. Ihr Sergeant-Major war schon da und hat Ihren G1098-Vorrat samt Verpflegung für zwei Wochen aufladen lassen. Sie haben die Erlaubnis, ihre Motorräder zu behalten ...« – er lächelte – »... mit Ausnahme der Harley-Davidson, die sie in Venlo organisiert haben. Sie bekommen einen Pritschenwagen und einen Fahrer vom Service Corps.« Er hielt inne, dann lächelte er erneut. »Sie brauchen noch ein Paar zusätzliche Sterne, stimmt's?« Er ging zu einem Aktenschrank und holte ein Paar grüne Schulterstücke aus einer Schublade. »Da sind sie schon, Sir.« Er schob Carter ein vorgedrucktes Formular hin. »Wenn Sie für die Waren gegenzeichnen würden. Die unterste Zeile.«

Carter unterschrieb. »Wo sind meine Männer?« fragte er.

»Der Sergeant-Major, Phillips, wartet nebenan auf Sie. Ich glaube, sie sind bereit zum Abrücken.«

»Besteht vielleicht die Möglichkeit, mit dem Stadtkommandanten von Hildesheim zu telefonieren?«

»In dieser Gegend sind alle Verbindungen zusammengebrochen. Die einzigen verfügbaren Leitungen haben die Royal Signals, und die sind nur für dringenden Dienstgebrauch. Tut mir leid.«

»Danke.«

Der Stadtkommandant hatte ein großes Haus mit Grundstück für sie requiriert. Ein Haus, dessen einziger Vorzug darin bestand, daß es über genügend Zimmer für ihre Unterbringung sowie für Büro- und Verhörräume verfügte. Im Erdgeschoß gab es zudem einen großen Raum, der als Messe dienen konnte. Das von hohen Kiefern umstandene Haus war solide gebaut, wirkte aber düster und gedrungen. Dunkle, feldsteinartige Ziegel, massive Schiebefenster. Das Mobiliar, das die früheren Bewohner hatten zurücklassen müssen, war solide, und Teppich und Vorhänge waren noch in gutem Zustand. Es erinnerte Carter an einen Film, den er einmal gesehen hatte: *Das alte dunkle Haus* mit Boris Karloff.

Über acht breite Stufen gelangte man zur Haustür und von dort in einen geräumigen Vorsaal mit geschwungenen Treppen an beiden Seiten, die zu einer Empore hinaufführten.

Der Sergeant-Major wies den Leuten die Schlafräume und Büros zu, und gegen Abend wirkte ihre Unterkunft bereits halbwegs offiziell und funktionsfähig.

Jacko, der Fahrer, hatte Carters Sachen in das große Schlafzimmer gebracht, das für ihn reserviert worden war. Er wusch sich das Gesicht und trat, während er sich die Hände abtrocknete, an das dreiteilige Fenster. Draußen war es noch hell, und auf der anderen Straßenseite sah er einen haushohen Trümmerhaufen, dessen Ausläufer wie ein Lavastrom bis zum Eingang eines Nachbarhauses reichten, anscheinend ein öffentliches Gebäude. Junge Frauen schaufelten Schutt in Schubkarren und fuhren ihn über eine Holzplanke auf die Ladefläche eines Lastwagens. Über der ganzen Stadt hatte Verwesungsgeruch gehangen, als sie sich einen Weg zu dem großen Haus gebahnt hatten. Carter hatte keine Ahnung, wie zum Teufel sie in diesem Trümmerhaufen Nazis und andere Kriminelle aufspüren sollten. Am Stadtrand standen zwar noch ein paar Häuser, aber es gab keinerlei Straßen mehr. Vielleicht sollte er sein Hauptquartier lieber in eins der Dörfer verlegen. Er drehte sich um, als es an der Tür klopfte, und rief: »Herein!«

Es waren sein Fahrer und der Sergeant-Major.

»Was gibt's, Jacko?«

»Wollte Ihnen bloß sagen, daß ich einen schönen Mercedes für Sie organisiert habe, Sir.«

»Woher?«

»Hab' ihn in einer Garage gefunden.«

»Das ist Plünderung, Jacko.«

»Nein, Sir. Der Stadtkommandant hat ihn für uns requiriert.« Er grinste. »Alles ganz offiziell und ordnungsgemäß.«

»Darüber reden wir später.«

Jacko lächelte und ging hinaus, doch der Sergeant-Major blieb.

»Ich habe mich kurz in der Stadt umgesehen, Sir. Ist nicht ganz so schlimm, wie es aussieht. Die Pioniere sagen, sie schaffen ein paar Schaufelbagger her und in zehn Tagen haben sie den Großteil weggeräumt. Die Gegend hier hat's am schlimmsten erwischt, aber der südliche Teil der Stadt ist nur beschädigt, nicht zerstört.«

»Das Buch, das ich Ihnen gegeben habe, die Liste mit den gesuchten Männern. Setzen Sie die ganze Abteilung darauf an, während wir warten, und lassen Sie Karteikarten anlegen. Nur die Namen aus unserem Abschnitt.«

»Okay, Sir. Dürfte ich Sie vielleicht wegen der Einteilung der Messe fragen?«

»Ich dachte, Sie haben den großen Raum im Erdgeschoß dafür ausgesucht?«

»Ich denke dabei an Sie, Sir. Sie brauchen eine eigene Messe. Ich möchte sichergehen, daß Ihnen der Raum recht ist, den ich dafür vorgesehen habe.«

»Sergeant-Major, ich werde mit Ihnen und den anderen speisen. Ich weiß, daß ich ihnen im Weg sein werde, aber damit müssen sie sich abfinden.«

»Und was ist, wenn Sie Besuch von der 21. Army Group bekommen?«

Carter lächelte. »Die werden nicht so schnell in dieses Kaff kommen. Warten wir's ab.«

7. KAPITEL

Zwei Monate später waren diese ersten Tage so gut wie vergessen. In der Stadt war inzwischen fast der Normalzustand eingekehrt, und wo die Bausubstanz erhalten geblieben war, entstanden bereits wieder Häuser. Noch wichtiger aber war, daß sich die Karteikartensammlung mit den Namen gesuchter Männer, die sie während der ersten drei untätigen Wochen angelegt hatten, allmählich bezahlt machte. Sie hatten so gute Arbeit geleistet, daß ihm das 30. Corps zusätzliche Leute gegeben hatte, so daß jetzt auch die Abteilungen in Peine, Göttingen, Holzminden und Osterode im Harz seinem Kommando unterstanden.

Seine Einheit machte Überstunden, aber sie konnte Ergebnisse vorweisen, und niemand beschwerte sich. Es gab keine rechtlichen Formalitäten, die man bei der Festnahme eines Verdächtigen beachten mußte. Wenn sie einen aufgespürt hatten, brachten sie ihn einfach ins Hauptquartier, verhörten ihn und prüften nach, ob er der Mann auf der Liste war. Dann wurde er ins örtliche Gefängnis gesteckt, bis das 30. Corps oder die 21. Army Group einen Bus vorbeischickten, mit dem der Mann zum weiteren Verhör in ein Lager gebracht wurde.

Die Militärregierung setzte eine rudimentäre deutsche Stadtverwaltung ein, damit die Leute Arbeit fanden und die Grundversorgung wiederhergestellt werden konnte. Für die Einheit bedeutete dies eine zusätzliche Belastung. Sie mußte die Unbedenklichkeitserklärungen für die in Frage kommenden deutschen Beamten ausstellen.

Drei Monate später standen die Field-Security-Einheiten entlang der Demarkationslinien zur sowjetischen Besatzungszone vor einer neuen Aufgabe. Auf der Konferenz von Jalta war Deutschland in einzelne Besatzungszonen aufgeteilt worden, aber nach der Kapitulation standen die alliierten Truppen tief in dem Gebiet, das den Russen zugesprochen worden war. Mancherorts mußten sich die Amerikaner über 250 Kilometer weit zurückziehen und dabei Städte wie Leipzig, Chemnitz und Weimar preisgeben. Die Briten wiederum mußten kleinere Gebiete südöstlich von Hamburg und einen breiten Landstrich westlich von Magdeburg räumen. Inzwischen war das Verhalten der sowjetischen Besatzungstruppen bekannt, und obwohl der Abzug der Alliierten geheimgehalten wurde, gerieten die Deutschen in Panik und flohen in die westlichen Zonen. Aus lauter Furcht ließen sie ihre Häuser und ihre Habe zurück und strömten zu Zehntausenden über die Grenzen. Eine Bürde, mit der die neue einheimische Verwaltung nicht fertigwurde.

Die 21. Army Group gab Anweisungen heraus, wonach die Flüchtlinge überprüft werden sollten, bevor man sie passieren ließ. Und in einer strenggeheimen Nachricht wurde davor gewarnt, daß die Russen möglicherweise den Flüchtlingsstrom dazu benutzen könnten, NKWD-Agenten in die westlichen Zonen einzuschleusen. Carter hatte ein eigenes Team aufgestellt, dessen Mitglieder sowohl Russisch als auch Deutsch sprachen und diejenigen verhören sollten, die von dem Überprüfungsteam als verdächtig eingestuft worden waren.

Sämtliche Verhörräume waren klein, weil die Schalldämpfung soviel Platz einnahm.

In diesem hier stand ein kleiner Holztisch, dessen Beine mit Winkeleisen im Betonboden verankert waren. Sergeant Harper saß gegenüber dem Mann, der verhört werden sollte, und Carter hatte am Ende des Tisches Platz genommen, gleich neben der Tür. Er hörte zu, während der Sergeant die Fragen stellte.

»Wie heißen Sie?«

»Lübke. Ernst Heinrich Lübke.«

»Geburtsdatum?«

»Erster Januar neunzehn-zwölf.«

»Geburtsort?«

»Berlin.«

»Wann sind Sie in die Partei eingetreten?«

»Neunzehn-dreiunddreißig.«

Der Sergeant blickte von seinem Notizblock auf. Bis 1937 mußte man der Partei beigetreten sein, wenn man seine Arbeit behalten wollte. Aber wenn jemand bereits 1933 beigetreten war, mußte er schon früh überzeugter Nazi gewesen sein.

»Andere Parteiverbindungen?«

»Ich war Mitglied des NSKK.«

Das NSKK war eine Unterorganisation der Partei, der die Lastwagenfahrer angehörten.

»Was sind Sie von Beruf?«

»Fernfahrer.«

»Kriegsdienst?«

»Wehrmacht. Panzerbrigade.«

»Wo haben Sie gedient?«

»In Holland, in Belgien, an der Ostfront.«

»Wurden Sie an der Ostfront gefangengenommen?«

»Ja. Ich war bei der Heeresgruppe von General von Paulus.«

»Von Paulus und seine Männer sind noch in russischer Gefangenschaft. Wieso sind Sie hier?«

»Ich wurde nach Polen geschickt, um Panzer für die Rote Armee zu reparieren.«

»Nur zu.«

»Sie haben mich mitgenommen, als sie auf Berlin vorrückten. Ich habe mich abgesetzt und bin entkommen.«

»Wohin?«

»Ich habe einen Zug nach Hannover erwischt. Ich glaube, es war der letzte, der Berlin verlassen hat.«

»Und dann?«

»Habe ich eine Mitfahrgelegenheit nach Magdeburg bekommen.«

»Warum nach Magdeburg?«

»Ich hatte dort Verwandte.«

»Wie heißen sie?«

»Westphal. Arnold Westphal.«

»Adresse?«

»Er hat einen Bauernhof, am Stadtrand.«

»Wie heißt der Hof?«

»Weiß ich nicht mehr.«

»Wie haben Sie ihn dann gefunden?«

»Ich wußte ungefähr, wo er liegt, und habe mich durchgefragt.«

»Was für Tiere gibt es auf dem Hof?«

Der Mann zögerte. »Rinder und Schweine.«

»Wie lange waren Sie da?«

»Drei Monate.«

»Haben Sie auf dem Hof gearbeitet?«

»Ja.«

»Was für Rinder waren das?«

»Milchkühe.«

»Ich meine, welche Rasse?«

»Das weiß ich nicht. Ich glaube, er hat gesagt, es wären friesische.«

»Welche Farbe hatten sie?«

»Alles mögliche, aber die meisten waren braun.«

Carter wich dem Blick des Sergeants aus. Selbst er wußte, daß friesische Rinder schwarzweiß gescheckt waren.

Der Sergeant schlug eine Landkarte auf und schaute den Mann an.

»Zeigen Sie mir auf der Landkarte, wo der Hof liegt.«

Der Mann blickte auf die Landkarte und zuckte dann mit der Schulter. »Ich kann keine Karten lesen.«

»Sie wollen behaupten, Sie waren in einer Panzerbrigade, aber Sie können keine Karten lesen?«

Wieder zuckte der Mann die Achseln, aber er erwiderte nichts.

»Bei welcher Einheit der Roten Armee waren Sie?«

»Habe ich Ihnen doch gesagt – bei einer Panzerbrigade.«

»Bei welcher?«

»Weiß ich nicht. Ich kann kein Russisch.«

»Und wie haben die Ihnen dann klargemacht, was Sie tun sollen?«

Der Mann zitterte, und Carter sagte ruhig: »Wovor fürchten Sie sich?«

»Die haben gesagt, Sie bringen mich um, wenn Sie mir auf die Schliche kommen.«

Carter übernahm. »Was hat man Ihnen aufgetragen?«

»Sie wollten über die britischen Truppen entlang der Grenze Bescheid wissen. Was für Abzeichen sie auf ihren Jacken und auf den Fahrzeugen haben.«

»Wie wollten sie sich mit Ihnen in Verbindung setzen?«

»Sie haben Leute hier drüben. Sie haben gesagt, jemand setzt sich mit mir in Verbindung.«

»Haben Sie ein Losungswort?«

»Ja.«

»Wie lautet es?«

»Der Mann von ihnen sagt: ›Wo sind die Blumen?‹, und ich antworte: ›Drei rote Rosen‹.«

»Drei rote Rosen« war ein beliebter deutscher Filmschlager.

Carter wandte sich an den Sergeant und sagte: »Besorgen Sie ihm etwas zu essen, und schicken Sie ihn dann zur 21. Army Group. Ich sage Bescheid, daß er kommt.«

Nach dem Essen saß Carter in seinem Zimmer und las seine Post. Eine seiner Freundinnen hatte ihm geschrieben, um ihm mitzuteilen, daß sie einen Leutnant der US Army heiraten werde. Ein anderer stammte von einem Mädchen namens Trixie, das wissen wollte, wann er Heimaturlaub bekäme und ob er etwas bräuchte, das sie ihm schicken könne. Die Boots-Bücherei in Winchester schrieb ihm einen pampigen Brief wegen eines überfälligen Buches, verbunden mit der Aufforderung, er solle einen Shilling Strafgebühr bezahlen und das Buch umgehend zurückgeben. Es handelte sich um einen Roman von P. G. Wodehouse, aber der Titel sagte ihm nichts.

Seine Mutter teilte ihm in einem langen Brief den neusten Klatsch aus Familie und Freundeskreis mit, und sein Vater hatte handschriftlich ein paar Zeilen hinzugefügt, in denen er ihn vor Lasterhaftigkeit und der unvermeidlichen Strafe warnte. Coutts Bank hatte ihm einen Kontoauszug gesandt, in dem seine letzte Soldzahlung und sein Guthaben aufgeführt waren – 197.10,6 Pfund Sterling. Mehr, als er jemals zuvor besessen hatte. Er legte den Auszug in sein Tagebuch und zerriß die Briefe. Sie kamen aus einer Welt, an die er sich kaum erinnern konnte und die nichts mehr mit der harten Wirklichkeit seines jetzigen Lebens zu tun hatte. Für die Menschen zu Hause waren die Soldaten der Roten Armee noch immer Helden, doch hier waren sie als Trunkenbolde und Vergewaltiger gefürchtet; sie hatten die Arme voller Armbanduhren, die sie verängstigten Deutschen abgenommen hatten, und man sagte ihnen nach, daß sie Toilettenschüsseln herausrissen und nach Hause schickten. Hier benahmen sie sich nicht mehr wie Alliierte, sondern wie Feinde, sie legten es darauf an, Unruhe in den westlichen Zonen zu stiften, und verstießen offen gegen sämtliche während des Krieges geschlossenen Vereinbarungen. Sie waren feindselig und zu keiner Zusammenarbeit bereit. Ihrer

Ansicht nach hatten sie den Krieg allein gewonnen, während die Briten und Amerikaner auf seiten der deutschen Aggressoren gestanden hatten.

8. KAPITEL

Carter wollte gerade zu seinem Mercedes gehen, als ein BMW in die geschwungene Auffahrt vor dem Haus einbog. Er blieb stehen, schirmte die Augen vor der Sonne ab und wartete, wer der Besucher war. Der Mann, der aus dem Wagen stieg, war Tony Hughes, ein Major der 21. Army Group. Er kam lächelnd auf ihn zu und streckte die Hand aus.

»Haben Sie meine Nachricht bekommen?«

»Nein.«

»Oh, na ja, im Moment geht es in der 21. AG ein bißchen drunter und drüber. Wo können wir reden?«

»Gehen wir ins Haus. Möchten Sie einen Kaffee oder ein Sandwich?«

Hughes lächelte. »Beides, wenn möglich.«

Als sie in Carters Büro saßen, hatte es Hughes anscheinend nicht eilig, auf den Grund seines Besuchs zu sprechen zu kommen.

»Wie läuft es hier so?«

»Wir kommen klar – gerade eben.«

»Was würde Ihnen am meisten helfen?«

»Mehr Leute, und vielleicht eine bessere Aufgabenverteilung.«

»Was für Aufgaben?«

»Im Augenblick sind wir für das gesamte Entnazifizierungsprogramm verantwortlich, wir müssen die Flüchtlinge überprüfen, die Beschäftigten bei der Militärregierung und die für die örtliche Verwaltung vorgesehenen Deutschen, und wir müssen über die Moral und die Einstellung der Zivilbevölkerung Bericht erstatten. Ein Großteil davon sollte eigentlich unter die Zuständigkeit der Militärregierung fallen. Einer unserer Männer dort könnte denen beim Überprüfen ihrer eigenen Leute und der für die örtliche Verwaltung vorgesehenen Deutschen beistehen.«

»Eine großartige Idee. Ich schlage vor, wir machen es so. So. Und nun zu Ihren anderen Pflichten. Was kostet Sie die meiste Zeit?«

»Unser ursprünglicher Auftrag war die Entnazifizierung. Wir haben der 21. AG und dem 30. Corps über tausend Verdächtige geschickt. Das hat uns eine Menge Überstunden gekostet.« Er hielt inne. »Vielleicht sollte man darauf hinweisen, daß die Mehrzahl unserer Festnahmen aus offensichtlichen Gründen mitten in der Nacht stattfindet. Und jetzt geht fast die Hälfte unserer Zeit für die Überprüfung der Grenzgänger drauf. Folglich kommen wir mit der Entnazifizierung nur noch langsam voran. Bei der 21. AG hat man deswegen schon Bauchschmerzen. Außerdem haben sie Bauchschmerzen, weil die Grenzkontrolle so zeitaufwendig ist. Und sie beschweren sich über die geringe Anzahl mutmaßlicher Agenten, die wir enttarnen.«

Major Hughes lächelte. »Die 21. AG und das 30. Corps stehen unter demselben Druck wie Sie. Und überdies stecken auch noch die Politiker ihre Nase hinein.« Er schwieg kurz. »Wir möchten Sie abziehen. Wir brauchen Sie für etwas Wichtigeres.«

»Als da wäre?«

»Wir möchten, daß Sie eine grenzüberschreitende Operation in der sowjetischen Besatzungszone leiten. Alles in allem sind es vier Teams. Sie sollen den Raum Magdeburg übernehmen.«

»Warum ich?«

»Weil Sie bei der Infiltration der zurückgebliebenen italienischen Verbände in Afrika gute Arbeit geleistet haben.«

»Meine Güte, im Vergleich mit den Russen war der Einsatz gegen die Spaghettis ein Kinderspiel.«

»Möglich, aber wir müssen unbedingt erfahren, was sie vorhaben. Die Sache gefällt uns im Augenblick ganz und gar nicht. Aber wir können uns nur auf Gerüchte stützen, und die stammen auch noch von Leuten, die einen Panzer nicht von einem Mannschaftswagen unterscheiden können.«

»Wann soll ich anfangen?«

»Wir haben bereits einen Ersatzmann für Sie ausgeguckt – so schnell wie möglich also. Es wird eine Weile dauern, bis Sie ein Team zusammengestellt und ausgebildet haben.«

»Woher, zum Teufel, soll ich die Leute nehmen?«

»Wir haben etwa zwanzig Kandidaten, unter denen Sie Ihre Leute aussuchen können. Wir schlagen ein Netz mit nicht mehr als einem halben Dutzend Männern vor. Erst einmal abwarten, wie es läuft.« Er hielt inne. »Es ist ein freiwilliges Kommando. Keinerlei Auswirkungen auf Ihre Beförderungschancen, falls Sie ablehnen sollten.«

»Stehen die anderen Netze schon?«

»Nein. Wir wollten es erst mit Ihnen probieren.« Er lächelte. »Möchten Sie ein paar Tage Bedenkzeit?«

»Nein.« Carter zuckte mit der Schulter. »Wenn ich drüber nachdenke, mache ich vielleicht einen Rückzieher.«

»Es bedeutet, daß sich Ihre Entlassung um mindestens sechs Monate verschiebt, vielleicht sogar ein Jahr.«

»Ich habe mir noch keine Pläne fürs Zivilleben gemacht«, erwiderte Carter achselzuckend.

»Der SIS würde Sie mit Kußhand übernehmen, wenn Sie wollen.«

»Warten wir erst mal ab, wie sich die Sache hier entwickelt.«

Major Hughes blieb zum Dinner, und hinterher wollte er die Stadt gezeigt bekommen. Carter führte ihn zum Fluß, und als sie am Ufer entlanggingen, fragte ihn Hughes: »Wie sind die Einheimischen so?«

Carter lächelte. »Sie bezeichnen uns als die britische Gestapo.

Eine wirklich erbärmliche Bande. Frauen denunzieren ihre Ehemänner. Anonyme Briefe, in denen man die Nachbarn verpfeift, weil man sich Hoffnung auf deren zwei Zimmer macht. Sie suchen nach wie vor nach allem, was eßbar ist. Dazu der übliche Schwarzmarkt, hauptsächlich Kaffee und Zigaretten.«

»Wie verhalten sich die örtlichen Truppen?«

»Etwas durchwachsen.«

»Wie funktioniert das Fraternisierungsverbot?«

Carter lachte. »Das hat nie funktioniert. Es war eine Schnapsidee.«

»Warum?«

»Nun ja, wir wollten damit zeigen, daß wir die Krauts viel zu sehr verachten, um auch nur ein Wort mit ihnen zu wechseln. Aber die haben ganz andere Sorgen, als sich an so etwas zu stoßen. Folglich lassen sich einige unserer Jungs mit den Einheimischen ein, um mal in andere Gesellschaft zu kommen, und sei es nur, damit einem jemand die Socken stopft. Andere vögeln wie verrückt herum, weil man für eine Schachtel Zigaretten alles bekommt, was das Herz begehrt.

Ich bitte Sie. Unsere Bande lernt schnell dazu, und die begreifen auch ohne die Schulung beim Army Education Corps, daß es keinen großen Unterschied zwischen den Einheimischen und ihren Leuten daheim in Liverpool und Birmingham gibt.«

»Trotz der Konzentrationslager?«

»Viel zu schrecklich, so daß es die meisten gar nicht fassen können. So ähnlich, wie wenn man von einem furchtbaren Erdbeben irgendwo in Südamerika hört. Psychologisch betrachtet, meine ich, die wollen es einfach verdrängen, weil sie einen Krieg überlebt haben und jetzt etwas erleben wollen.«

»Unternimmt die Militärregierung etwas, um der Bevölkerung die Sache mit den Konzentrationslagern klarzumachen?«

Carter blieb stehen, stemmte die Hände in die Hüfte und starrte Major Hughes an.

»Hören Sie. Gott sei davor, daß ich jemals ein anerkennendes Wort für diese Schleimer bei der Militärregierung verliere.« Er holte tief Luft. »Wissen Sie, was die in diesem Kaff versuchen? Die versuchen, das Abwassersystem soweit in Ordnung zu bringen, daß kein Typhus ausbricht. Die versuchen, dafür zu sorgen, daß es nachts wenigstens zwei Stunden lang Strom gibt. Sie versuchen, die polnischen Flüchtlinge daran zu hindern, unschuldige Krauts wegen eines Laibes Brot umzubringen und aus Jux und Tollerei einfach ihre Frauen und Töchter zu vergewaltigen. Sie versuchen, Baracken für Obdachlose zu errichten. Sie versuchen, für die Leute, die in Löchern zwischen Schutthaufen hausen, Arbeit zu besorgen.« Er warf einen Blick zu seinem Vorgesetzten. »Und bei der 21. AG hat man keine anderen Sorgen, als sich den Kopf darüber zu zerbrechen, wie man den Einheimischen die ganze Scheiße unter die Nase reiben kann, die ein paar verfluchte Psychopathen angerichtet haben. Ihre Leute sollten mal ein paar Wochen herkommen und sich anschauen, wie es hier aussieht. Hier holen sie immer noch die Leichen von Kindern aus den Ruinen zerbombter Häuser. Warum schaffen wir nicht die Bomberpiloten hierher oder in andere deutsche Städte, damit sie sehen, was sie angerichtet haben?«

»Sie haben auf Befehl gehandelt.«

»Wissen Sie, wir haben zig SS-Männer und -Frauen hopsgenommen, die als Wachpersonal in Auschwitz, Bergen-Belsen und Treblinka waren – und genau das haben sie auch alle gesagt: ›Ich war gezwungen. Befehl ist Befehl.‹ Ich habe es satt, mir diesen Quatsch anzuhören.«

»Wann waren Sie das letzte Mal auf Heimaturlaub?«

»Labern Sie mich nicht voll. Darauf kann ich verzichten. Ihr hockt in Bad Oeynhausen und führt ein angenehmes Leben. Ihr kümmert euch um die Probleme auf höchster Ebene. Um Demokratisierung und all das. Die Leute von der Field Security versuchen sich nur in der Scheiße zurechtzufinden, die übrigbleibt, wenn jemand einen Krieg verliert.« Er lachte kurz auf. »Tut mir leid. Bevor Sie den Deckel vom Topf genommen haben, wußte ich nicht einmal, daß mich diese Gedanken bewegen. Erzählen Sie mir lieber was von Willaby. Was ist mit ihm passiert?«

»Man hat ihn in die Kaserne zurückgeschickt. Unehrenhafte Entlassung, aber mit einem einigermaßen guten Zeugnis, damit er Arbeit bekommt.«

»Was hat er eigentlich getan?«

»Was haben Sie gehört?«

»Er soll irgendeinem Kraut ein Musikinstrument gestohlen haben.«

»Das Musikinstrument war ein Bechstein-Flügel, und er hat einen Piloten der Royal Air Force überredet, ihn mit einer Transportmaschine nach Großbritannien zu fliegen. Und zufällig war der Kraut, bei dem er ihn geklaut hat, ein Verwandter der holländischen Königsfamilie.«

Carter lachte leise. »Tja nun. Wie man uns schon in der Kaserne beigebracht hat: Die Zeit, die man zur Erkundung aufwendet, ist selten vergeudet.« Er hielt kurz inne. »Wir sollten lieber zurückgehen, sonst müssen Sie im Dunkeln fahren. Manchmal spannen sie hier in der Gegend Drähte zwischen den Bäumen. Gerade so hoch, daß einem Kradmelder der Kopf abgerissen wird, wenn er dagegen fährt. Und sie können auch eine Windschutzscheibe zertrümmern.«

»Nette Leute.«

»Das ist die Hitlerjugend. Und die ganzen Parteibonzen. Lauter alte Knacker um die Sechzig. Haben Schuldgefühle, weil sie nicht bei der Wehrmacht oder der Luftwaffe waren.«

»Allmächtiger Gott. Diese Kerle müssen wirklich krank sein.«

Sie gingen zum Haus zurück. Als sie in die Auffahrt einbogen, deutete Hughes mit dem Kopf auf einige Blütenpflanzen. »Hübsche Rhododendren haben Sie da.«

»Sind das welche? Sind mir noch nie aufgefallen. Normalerweise ist es dunkel, wenn wir von einer Razzia zurückkommen.«

»Halten Sie es immer noch für effektiver, sie mitten in der Nacht aufzugreifen?«

Carter grinste. »Und ob. Wenn man schlaftrunken und im Nachthemd einem hellwachen Uniformierten gegenübersteht, ist man schneller bereit zu plaudern. Was wir bei diesem ersten Verhör nicht rauskriegen, kriegen wir vermutlich überhaupt nicht raus.«

Als sie neben dem BMW standen, fragte Hughes: »Und Sie möchten es sich nicht noch anders überlegen?«

»Nein. Sie etwa?«

Hughes schüttelte lächelnd den Kopf. »Nein. Ich bin froh, daß ich Sie habe. Sie sind genau der Richtige.«

In den folgenden Wochen hatte Carter wenig Zeit, über seinen neuen Auftrag nachzudenken, während sie weiterhin scharenweise Kriegsverbrecher aufspürten, festnahmen, sie verhörten und dann an die 21. Army Group überstellten. Noch schlimmer wurde es, als man in London beschloß, im September Zehntausende von deutschen Kriegsgefangenen freizulassen, nachdem sich die Militärregierung beklagt hatte, es gebe nicht genügend deutsche Männer, um die Ernte einzubringen, was wiederum hieße, daß trotz allgemeiner Hungersnot das Korn auf den Feldern faulen werde. Für die Field-Security-Einheiten bedeutete diese »Operation Barleycorn« noch mehr Arbeit.

Als die verschlüsselte Nachricht eintraf, er solle sich bei der 21. Army Group melden, gab es weder eine Feier noch eine Erklärung, nicht einmal eine offizielle Amtsübergabe an seinen Nachfolger. Er brach in den frühen Morgenstunden auf, als seine Leute noch die Verdächtigen verhörten, die sie über Nacht aufgegriffen hatten. In Hameln unterbrach er seine Fahrt für zehn

Minuten und sprach kurz mit seinem Nachfolger. Als er in Bad Oeynhausen ankam, war es immer noch dunkel.

Der diensttuende Offizier brachte ihn zu einem gemütlichen Zimmer in einem der etwas abgelegeneren Häuser. Nachdem er zwei Stunden lang unruhig geschlafen hatte, sah ihn der Messekorporal auf dem Gelände herumlaufen und bot ihm ein Frühstück an.

Hughes holte ihn kurz nach neun ab und fuhr mit ihm zu einem großen Haus außerhalb der Stadt.

»Kennen Sie Colonel Stafford?«

»Nur dem Namen nach.«

»Er wird den ganzen Tag bei uns bleiben. Er leitet alle vier Operationen, und er wird Sie einweisen. Er versteht sein Geschäft, und er bleibt am Boden – keinerlei Bockmist.«

»So was hört man gern.«

»Er ist ausgesprochen ruhig und gesetzt, aber unterschätzen Sie ihn nicht. Er wurde für besondere Verdienste ausgezeichnet.«

9. KAPITEL

Colonel Stafford trug keine Uniform. Er war dreißig Jahre alt, doch in dem Flanellhemd, der grauen Gabardinehose und den ausgetretenen Tennisschuhen wirkte er eher jünger.

»Freut mich, Sie kennenzulernen, Carter«, sagte Stafford, nachdem sie Platz genommen hatten. »Von nun an tragen Sie Zivil. Spesen und Kleidungsbezugsscheine sollten für Ihre Bedürfnisse mehr als genügen. Okay?«

»Ja, Sir.«

Stafford schaute Major Hughes an. »Ich nehme an, Sie haben ihm erzählt, daß die Sache hier nur was für Freiwillige ist.« Er wandte sich an Carter. »Niemand macht Ihnen einen Vorwurf, falls Sie zu dem Entschluß kommen, daß sie Ihnen nicht liegt.«

»Ja, ich weiß, Sir.«

»Gut. Dann kommen wir zur Sache.

Von seiten der Army Group weist man London schon seit geraumer Zeit darauf hin, daß die Russen in ihrer Besatzungszone Truppen stationieren, deren Stärke weit über die Erfordernisse zur Kontrolle der einheimischen Bevölkerung hinausgeht. Aus diplomatischen Gründen war eine Luftaufklärung durch die RAF nur in sehr begrenztem Umfang möglich, aber was dabei herauskam, bestätigt unsere Lagebeurteilung.

In London – im Kabinett – kam man überein, daß es an der Zeit sei herauszufinden, was da drüben wirklich vor sich geht. Man überließ uns die Entscheidung, wie wir das machen wollen.« Er lächelte. »Sie wollen nur die Fakten. Wie wir da rankommen, ist unsere Sache. Die wollen es gar nicht wissen. Die meisten Politiker leben immer noch im Wolkenkuckucksheim – das Schwert von Stalingrad und all dieses Zeug.« Er machte eine Pause. »Heißt im Klartext: Wenn wir Mist bauen, lassen sie uns den Bach runtergehen. Unerhörtes Verhalten von seiten einer eigenmächtigen und mit keinerlei Befugnissen ausgestatteten Gruppe von Männern, die einen weiteren Krieg vom Zaun brechen wollen.« Wieder lächelte er. »Sie wissen, wie so was läuft.« Er zog die Augenbrauen hoch. »Soweit noch Fragen?«

»Gehöre ich weiterhin dem Intelligence Corps an?«

»Offiziell sind Sie ausgemustert und vom SIS übernommen worden.« Wieder ein Lächeln. »Ab jetzt verdienen Sie Ihr Geld steuerfrei. Eine Sicherheitsvorkehrung von seiten der Army, damit man Ihnen nichts vorwerfen kann, falls die Sache auffliegt. Carter – nie von ihm gehört. Ach ja, aber der ist doch schon seit Monaten wieder Zivilist.« Er zuckte die Achseln. »Also. Kommen wir zur Sache. Sie werden ein größeres Gebiet zu betreuen haben als die anderen Agentennetze, weil Ihnen das Terrain besseren Schutz bietet. Der unübersichtliche Verlauf der Zonengrenze durch den Harz kommt uns dabei entgegen. Wir möchten, daß Sie sich auf Magdeburg konzentrieren. Im Süden bis Quedlinburg und im Norden bis Haldensleben. Nebenan hängt eine Karte. Wir werden sie uns nachher vornehmen.«

»Wo werde ich sitzen?«

»In Bad Harzburg. Ein paar Kilometer von der Grenze entfernt. Liegt im Einsatzgebiet Ihrer alten FS-Einheit.«

»Werden die über die Operation Bescheid wissen?«

»Nein. Nur eine Handvoll Leute wird etwas davon wissen.«

»Wie viele?«

Stafford schloß die Augen und dachte nach. »Vier Mann hier bei der 21. AG. Vier Leute, die zu Ihrer Verfügung stehen werden, hauptsächlich für Funkverbindung und Transport. Ihre eigenen Leute und noch zwei in London. Die anderen in London wissen nur, daß eine Operation durchgeführt wird – möglicherweise.«

»Wer finanziert die Operation?«

»Eine Dienststelle, von der Sie nichts zu wissen brauchen. Aber seien Sie beruhigt: Sie werden alle Mittel und Möglichkeiten bekommen, die Sie wollen.«

»Und was erwarten Sie von meinen Leuten?«

Stafford beugte sich vor. »Ich möchte einen vollständigen Aufmarschplan sämtlicher sowjetischer Streitkräfte in diesem Gebiet«, erklärte er. »Die Namen der kommandierenden Offiziere bis hinunter zum Hauptmann und sämtliche persönlichen Daten, die Sie bekommen können. Außerdem einen Überblick über die NKWD-Niederlassung in Magdeburg. Namen und Dienstränge sowie Namen der Deutschen, die mit ihnen zusammenarbeiten.« Er hielt inne. »Und einen Bericht über die Moral sowohl bei der Truppe als auch bei der Zivilbevölkerung.«

»Wieviel Zeit habe ich?«

»Soviel Sie brauchen.«

»Wann fange ich an?«

»Sobald Sie aus dem Kreis der Kandidaten Ihre Leute ausgesucht haben.«

»Was für Kandidaten sind das?«

Stafford grinste. »Nun, es ist ein ziemlich gemischter Haufen. Einige sind gebildet und intelligent. Einige nur gerissen. Aber eins haben sie alle gemeinsam. Sie haben etwas zu verbergen und sind zu allem bereit, wenn wir sie decken.« Er stand auf. »Für den Anfang steht Ihnen dieses Haus zur Verfügung, und wenn Sie startbereit sind, haben wir eine andere Unterkunft, die Sie als Hauptquartier benutzen können.«

»Wo genau wäre das?«

»Es handelt sich um eine außerhalb von Bad Harzburg im Wald gelegene alte Jagdhütte. Wir richten sie her. Sie bietet Ihnen jede Menge Platz, und außerdem können wir sie sicher machen.«

Stafford hielt Carter die Hand hin, und als dieser einschlug, sagte der Colonel: »Ihre Beförderung zum Major wird nächste Woche im Tagesbefehl bekanntgegeben: Gleichzeitig mit Ihrer Entlassung aus dem Militärdienst.«

»Ist das auch nur Tarnung?«

»Der Major ist echt. Die Entlassung dient zur Tarnung.«

Carter brauchte neun Tage für die Sondierungsgespräche mit den zwanzig Kandidaten. Er legte ihnen nicht dar, was sie zu tun hätten, falls sie ausgewählt werden sollten, aber er machte ihnen klar, daß es sich um eine riskante und gefährliche Arbeit handelte.

Nach diesen Vorgesprächen war er sich nur bei zwei Männern so gut wie sicher, daß er sie übernehmen würde. Zwei weitere kamen in die engere Wahl.

Als die neun Tage vorüber waren, traf er sich mit Stafford und Hughes zum Abendessen. Nachdem sie sich eine Weile unterhalten hatten, kam Stafford auf das Thema zu sprechen.

»Bislang haben Sie keine großen Fortschritte gemacht, Eddie.«

»Das würde ich nicht sagen, Sir. Selbst ein negativ verlaufenes Sondierungsgespräch ist ein Fortschritt. Ich habe zwei sichere und zwei mögliche Kandidaten, und für eine Operation, bei der wir auf keinerlei Auswahlkriterien zurückgreifen können, die ein Mann erfüllen muß, ist das ein recht guter Anfang.«

»Schön und gut. Nennen Sie mir die Gründe, aus denen Sie Leute abgelehnt haben.«

»Ich habe vor allem die Leute abgelehnt, die keinerlei militärische Erfahrung haben.«

»Warum?«

»Mangelnde Disziplin. Nicht gewohnt, sich an Befehle zu halten.« Er lächelte. »Und Vorurteile, nehme ich an. Mit Soldaten oder ehemaligen Soldaten kann ich umgehen.« Er seufzte. »Demnach wären zwar neun in Frage gekommen, aber mindestens vier davon waren abgebrühte Kriminelle. Denen könnte ich kein Wort glauben, und ich werde nicht die Zeit haben, jede Mitteilung auf ihren Wahrheitsgehalt zu überprüfen.«

»Sie könnten sie jederzeit loswerden, wenn sie Ihnen absichtlich falsche Informationen liefern.«

»Nein, kann ich nicht. Bis dahin wissen sie schon zuviel. Ich will von Anfang an mit Leuten arbeiten, die mir ein Risiko wert sind.«

Stafford nickte. Offenbar war er einverstanden. »Nennen Sie uns Ihre Zweifel an den beiden unsicheren Kandidaten.«

Carter lächelte. »Im Grunde geht es bei beiden um dasselbe Problem, aber bei gegensätzlicher Ausgangslage. Es sind persönliche Probleme. Bei dem einen ist die Ehe heillos zerrüttet. Seine Frau wohnt diesseits der Grenze. Er betrachtet die Grenzüberschreitung als Ausweg aus seinen Problemen. Der andere ist unglücklich verliebt. Er liebt ein Mädchen, das früher mal in Magdeburg wohnte. Er weiß nicht, wo sie jetzt steckt. Könnte sein, daß er sich zuviel mit ihr beschäftigt.«

»Und wie gedenken Sie das Problem zu lösen?«

»Oh, ich werde noch einmal mit ihnen reden. Offen und ehrlich. Ich möchte ihren Standpunkt hören. Und ich möchte meine beiden Sicheren um ihre Ansicht fragen. Wir müssen zusammenhalten. Keiner von uns hat Erfahrung mit dieser Arbeit, und jeder von uns hat seine Schwächen. Solange wir sie kennen, können wir auch damit fertigwerden.«

»Und was, würden Sie sagen, sind Ihre Schwächen?« sagte Stafford.

Carter dachte einen Moment nach. »Erstens mein Alter. Ich bin noch ein bißchen jung, um diese Männer herumzukommandieren. In der Army geht das, da gibt es einen festen Rahmen. Aber nicht bei dieser Aufgabe. Und zweitens kenne ich mich mit den russischen Streitkräften nicht gut genug aus, um einschätzen zu können, was sie mir liefern.«

»Soll ich Ihnen einen britischen Offizier zur Seite stellen, der sich damit bestens auskennt?«

»Vorausgesetzt, er mischt sich nicht ein.«

»Das hängt von Ihnen ab. Sie sind der Boß.«

»Haben Sie schon jemanden im Sinn?«

»Ja. Ich werde dafür sorgen, daß Sie ihn kennenlernen. Und jetzt erzählen Sie uns von Ihren beiden Sicheren, wie Sie sie nennen.«

»Beide intelligent. Der eine ein Intellektueller, der andere einfallsreich. Beide starke Persönlichkeiten. Ich habe mit ihnen sogar schon über die Operation gesprochen. Einzeln und mit beiden gemeinsam. Beide sind geborene Führungspersönlichkeiten, aber jeder auf eine andere Art. Der eine ist ein Antreiber, der andere kann überzeugen.«

»Wer sind die beiden?«

»Der eine heißt Becker, der andere Keller.«

Stafford lächelte. »Das dachte ich mir doch. Was ist mit ihrer Nazi-Vergangenheit? Beide fallen zweifellos unter die Kategorie Kriegsverbrecher.«

»Colonel, Sie haben mir einen Auftrag gegeben, und ich suche mir die Männer aus, mit denen ich meiner Meinung nach etwas bewerkstelligen kann. Das ist mein einziges Kriterium. Wenn ich bei einem Mann sehr unentschieden wäre und eine Alternative hätte, dann könnte seine Vergangenheit vielleicht den Ausschlag geben. Aber ich kann mich nicht um jeden Grenzfall kümmern. Ich rücke lieber mit voller Stärke vor, als mich selbst zu schwächen, indem ich Leute ablehne, weil sie im Krieg irgend etwas getan haben. Ich will es, ehrlich gesagt, gar nicht wissen.«

»Aber Ihnen ist offensichtlich bewußt, daß diese Taten der Hauptgrund für ihre Bereitschaft zur Mitarbeit sind.«

»Ja.«

»Würden Sie ihnen das vorhalten, wenn es nötig sein sollte?«

»Wenn es sein müßte – ja.«

Stafford schwieg ein paar Sekunden lang. Dann sagte er: »Gehen wir nach nebenan und werfen einen Blick auf den Plan der Jagdhütte. Mal sehen, ob Sie mit den baulichen Veränderungen einverstanden sind.«

10. KAPITEL

Erich Keller war wie immer leger, aber elegant gekleidet. Er trug ein Tweedsakko, ein hellblaues Hemd und eine hellbraune Hose. Fritz Becker hatte einen schwarzen Pullover mit Polokragen und eine schwarze Hose an, und mit seinem düsteren Gesicht wirkte er wie ein Gangster aus einem alten amerikanischen Schwarzweißfilm. Keller lehnte sich entspannt zurück, während Becker sich mit geballten Fäusten vorbeugte, als er seinen Standpunkt vertrat.

»Meiner Meinung nach sind sie beide in Ordnung. Wenn wir soviel Zeit zum Entscheiden brauchen, dauert es noch Monate, bis wir anfangen.«

Keller lächelte. »Es könnte vorbei sein, bevor wir angefangen haben, wenn sie nicht dafür geeignet sind, Fritz.«

»Was spricht denn gegen Vorster?« Becker klang gereizt. »Er will aus einer miesen Ehe raus. Er war wenigstens ehrlich und hat uns das als Motiv genannt. Wir hätten nichts davon erfahren, wenn er es uns nicht gesagt hätte.« Er hielt inne. »Und bei Heinz Schmidt ist es genau dasselbe. Schön, vielleicht sucht er eine Zeitlang nach diesem Mädchen. Na und? Wir haben alle irgendeine Macke, auch wenn wir uns ihrer nicht bewußt sind.«

Keller lachte. »Was ist deine, Fritz? Das würde ich liebend gern wissen.«

Becker zuckte die Achseln. »Weiß Gott was ...« Er lächelte. »Und wenn ich's wüßte, würde ich's dir bestimmt nicht sagen.«

Carter stand auf und holte zwei Dosen Bier von der Anrichte. Während die Deutschen ihre Gläser füllten, goß sich Carter aus der Thermosflasche eine weitere Tasse Tee ein.

»Okay. Angenommen, sie hätten diese Probleme nicht. Oder wir wüßten nichts davon – hätte dann einer von Ihnen etwas dagegen, daß wir die beiden übernehmen?«

Becker schüttelte den Kopf. »Nein. Ich nicht.«

»Ich auch nicht«, sagte Keller.

»Okay. Ich werde sie heute abend einweihen, und morgen setzen wir uns dann zu viert zusammen. Haben Sie sich schon entschieden, was für einen Beruf Sie als Tarnung annehmen wollen?«

»Irgend etwas in der Verwaltung«, sagte Becker. »Ich nehme alles. Da fähige Männer knapp sind, sollte ich keinerlei Schwierigkeiten haben.«

»Haben Sie mir die Kamera und die Sachen für die Dunkelkammer besorgt?« fragte Keller.

»Ja. Eine Leica 3C. Ist das in Ordnung?«

»Bestens. Wie teuer war die?«

»Vierhundert Lucky Strike.«

Keller lächelte. »Nicht schlecht. Und die Sachen für die Dunkelkammer?«

»Die liegen oben im Schlafzimmer.« Er zögerte. »Sie sollten heute abend lieber bei mir bleiben. Und wenn die beiden anderen zu uns stoßen, ziehen wir morgen alle nach Bad Harzburg um. In zwei, drei Tagen können wir mit der Schulung über Uniformen und Waffen der Roten Armee anfangen. Und Sie sollten sich beide Gedanken machen, wohin Sie sich auf der anderen Seite drüben wenden wollen.«

»Ich möchte nach Magdeburg. Woanders finde ich keinen Lebensunterhalt.« Keller schien mit Widerspruch zu rechnen, aber keiner sagte etwas.

»Haben wir Geheimnisse voreinander?« wollte Becker wissen.

Carter schüttelte den Kopf. »Nein. Wir arbeiten als Team. Aber wir werden untereinander nicht über unseren Aufenthaltsort oder unsere neue Identität reden. Nur über das militärische Zeug. Wir sollten uns von Anfang an darüber im klaren sein, daß wir entweder durchkommen oder gemeinsam untergehen.«

Keller lachte. »Klingt ja wie eine kommunistische Zelle.« Lächelnd schaute er Carter an. »Wie sollen wir Sie nennen?«

»Ich heiße Eddie. Nennen Sie mich einfach so.«

»Haben wir heute abend vielleicht zufällig Zigaretten hier?«

»Bedienen Sie sich. Auf der Anrichte liegen reichlich.« Carter zögerte kurz. »Ich dachte, Sie rauchen nicht?«

Becker lachte. »Die nimmt dich aus, Erich. Ist es die Kleine, die neben unserer Unterkunft arbeitet?«

»Geht dich gar nichts an, mein Freund. Du bist bloß eifersüchtig.«

Als Carter auf sein Zimmer zurückging, war ihm klar, daß die beiden wesentlich raffinierter waren als er. Ihr Land lag in Schutt und Asche. Sie hatten den Krieg verloren. Aber sie kannten bereits die Regeln, auf die es neuerdings ankam. Und er sollte ihnen sagen, wo es langging. Vielleicht sollte er die Regeln erst mal selber lernen.

Carter sprach mit Schmidt und Vorster gemeinsam. Soweit es ihn anging, hatten sie ein ähnliches Problem, aber ansonsten waren sie völlig geeignet.

Nachdem sie es sich bei einem Bier bequem gemacht hatten, fragte er sie, ob ihrer Meinung nach die Gefahr bestünde, daß ihre Arbeit durch die persönlichen Probleme beeinträchtigt werden könnte. Paul Vorster antwortete zuerst.

»Ich kann in meinem Fall *keinerlei* Nachteile erkennen. Genaugenommen sehe ich es sogar als Vorteil, daß ich aus einer verkorksten Ehe raus will.«

»Sie könnte so wütend über Ihr Verschwinden sein, daß sie sich irgendwie an Ihnen rächen möchte. Sie könnte Sie denunzieren, weil Sie bei der SS waren.«

Vorster lächelte. »Das wird sie nicht. Die hat mehr Dreck am Stecken als ich.«

Schmidt mischte sich ein. »Sag's ihm, Paul. Er sollte es wissen.«

Vorster zuckte die Achseln und schaute Carter an. »Ist nichts Besonderes. Ich habe sie geheiratet, nachdem ich mit der SS am Blitzkrieg gegen die Niederlande teilgenommen hatte. Ich war in Norwegen und in Polen stationiert. Bei meinem ersten Heimaturlaub habe ich entdeckt, daß sie herumvögelt. Sie hat es nicht mal abgestritten, sie schien sogar regelrecht stolz darauf zu sein. Dann habe ich erst wieder was von ihr gehört, als sie die Wohnung und die Möbel verkauft hat und mit einem Schwarzhändler nach Hamburg gezogen ist. Als ich nach der Kapitulation zurückkam, habe ich mir in Hannover ein Zimmer besorgt, und eines Tages ist das Luder reinspaziert und hat gesagt, da wär' sie wieder. Gerichte gibt es nicht, also kann ich mich nicht von ihr scheiden lassen. Folglich habe ich sie sitzenlassen und bin nach Magdeburg gegangen. Als ich hörte, daß die Roten kommen, bin ich wieder über die Grenze zurück, wo ich wegen meines Dienstrangs bei der SS verhaftet wurde – ich war Hauptsturmführer.« Er zuckte mit der Schulter. »Das ist alles.«

Carter schaute Schmidt an. »Was halten Sie davon?«

»Ich weiß nicht, warum Sie sich daran stoßen. Irgendeinen Haken wird es immer geben.«

»Was ist denn mit Ihnen?«

»Ich mußte schleunigst über die Grenze, und meine Freundin war gerade bei Verwandten in Dresden zu Besuch. Ich konnte sie nicht erreichen. Sie mochte Magdeburg nicht, deshalb habe ich keine Ahnung, wo sie jetzt steckt. Ich möchte sie schon finden, aber ich werde sie nur suchen, wenn ich Zeit dafür habe.«

»Und wenn Sie sie finden?«

»Dann bringe ich sie über die Grenze, wenn Sie ihr Papiere besorgen.«

»Und dann?«

»Dann gehe ich zurück, solange ich weiß, daß sie in Sicherheit ist.«

»Okay«, sagte Carter. »Morgen bringe ich Sie beide zu unserem neuen Stützpunkt. Wir müssen allerhand planen, bevor Sie über die Grenze gehen.«

Es schneite, als Carter von der Straße auf den kleinen Waldweg abbog, der zu der Jagdhütte führte. Obwohl er die Fotos und den Lageplan gesehen hatte, war er von ihrer Größe überrascht, als er schließlich auf einen kleinen Hof fuhr.

Hughes hatte ihm erzählt, sie habe früher einmal dem Herzog von Braunschweig gehört und dann als Erholungsheim für SS-Offiziere gedient, die sich von ihren Kriegsverletzungen erholten. Seit der Besetzung hatte sie leergestanden, war aber auf Staffords Befehl hin renoviert worden.

Das Hauptgebäude war ein langes, gedrungen wirkendes einstöckiges Haus aus Feldsteinen und Baumstämmen. Aus dem gleichen Material bestanden auch die Nebengebäude. Die ganze Anlage war von dichten Kiefern- und Eichenbeständen umgeben.

Drinnen wartete Hughes schon auf sie. Er führte Carter herum. Es gab sieben große und fünf kleinere Schlafzimmer, in denen einstmals die Jagdhelfer und Hausangestellten untergebracht waren. Hughes stellte ihm einen Sergeant des Royal Army Service Corps vor, der ihnen als Koch dienen würde, und einen Corporal vom Auxiliary Territorial Service, dem weiblichen Hilfsdienst des Heeres. Sie war für den Haushalt zuständig, sprach sehr gut Deutsch und hatte bereits sämtliche Versorgungsmöglichkeiten in Bad Harzburg ausgekundschaftet. Den Großteil ihrer Lebensmittel aber würden sie direkt vom

Hauptquartier einer am Ort stationierten Infanteriebrigade beziehen. Auf einem handgemalten Schild vor dem Blockhaus stand: NO. 3 SIGNALS UNIT.

Im Erdgeschoß befanden sich das Eßzimmer, zwei normale Wohnzimmer und ein Einsatzraum, der nur durch eine Stahltür zugänglich war.

Hughes aß mit ihnen zu Abend und ließ sich vorsichtig darüber aus, welche Ziele man mit einer derartigen grenzüberschreitenden Operation verfolgte und welche Informationen man benötigte. Sie waren gerade mit dem Essen fertig, als ein Lieutenant eintraf. Lieutenant Maclean von den Scots Guards war Experte für Abzeichen und Ausrüstung der Roten Armee. Eine Stunde später fuhr Hughes weg, und Carter war auf sich allein gestellt. Er hatte zu bestimmen, wie lange die Schulung dauern sollte und wann sie mit dem eigentlichen Einsatz beginnen wollten.

Der Einsatzraum mit den sechs einzeln stehenden Schreibtischen sah aus wie ein Klassenzimmer. Auf jedem Tisch lag ein Aktenordner mit Beschreibungen und Illustrationen sowjetischer Uniformen und Abzeichen. Sobald die Vorhänge zugezogen waren, wurden Dias mit den neuesten Uniformen und Panzerfahrzeugen auf eine Leinwand projiziert.

Als Lieutenant Maclean fertig war, übernahm Carter und erklärte, wie sich auch über scheinbar weniger ergiebige Quellen Informationen beziehen ließen. Zum Beispiel durch Deutsche, die Hilfsdienste in den Kasinos und Sportclubs der Sowjetarmee leisteten. Aus Erlassen und Mitteilungen auf öffentlichen Anschlagtafeln, durch Genehmigungen und Passierscheine. Über Auskünfte von Lieferanten und Zivilbediensteten der sowjetischen Einheiten, von Schwarzmarkthändlern und Prostituierten. Es gebe viele Quellen, über die man an Informationen herankommen könne, und wenn man sie alle nutzte, ließe sich vielleicht ein Gesamteindruck gewinnen.

Als die erste Woche zu Ende ging, war Carter überrascht, wieviel die vier Deutschen bereits gelernt hatten, und so wandte er sich der Frage zu, wie die gewonnenen Erkenntnisse an ihn weitergeleitet werden könnten. Zu diesem Zweck konnte man entweder tote Briefkästen benutzen, oder seine Mitarbeiter mußten über die Grenze zurückkommen. Wie sie es letztendlich anstellen wollten, ließe sich aber erst entscheiden, wenn die vier auf der anderen Seite Fuß gefaßt hatten.

Nach Ablauf der zweiten Woche erhielten die Männer ihre Papiere, einen Code und Bargeld, damit sie am Sonntag, wenn es normalerweise ruhig war, über die Grenze gehen konnten.

Eigentlich war es gar keine richtige Grenze, sondern eine mit weiß bemalten Steinen gekennzeichnete Demarkationslinie, an manchen Stellen auch ein doppelter Drahtzaun, der aber eher eine Markierung als ein Hindernis darstellte. An den Haupt- und den Nebenstraßen, die nach Westen führten, patrouillierten zwar Soldaten mit Hunden, aber anscheinend erwartete niemand, daß jemand freiwillig aus der britischen in die sowjetische Zone überwechselte.

Am frühen Sonntagmorgen brachen sie in halbstündigem Abstand auf, nachdem Carter sie bis zu dem vorher ausgesuchten Ausgangspunkt in Grenznähe begleitet hatte. Zwei nahmen ihre Fahrräder mit, und als alle weg waren, wartete Carter, bis der Kleinlaster eintraf, der ihn und die Fahrräder abholen sollte, die die beiden anderen zurückgelassen hatten.

Lieutenant Maclean kehrte noch an diesem Tag zur 21. Army Group zurück, stand aber jederzeit zur Verfügung, falls Carter ihn brauchen sollte. Die Jagdhütte wirkte seltsam ohne die anderen. Sie waren sich in den beiden Schulungswochen nähergekommen, hatten festgestellt, welche Eigenarten und Schrullen jeder von ihnen hatte, und sich darüber lustig gemacht. Jetzt hatte er keine Möglichkeit mehr, sich mit ihnen in Verbindung zu setzen, bis sie geeignete Stellen für tote Briefkästen gefunden hatten, damit sie hinterher nur noch alle zwei Wochen zur Lagebesprechung über die Grenze zurückkommen mußten. Bis dahin mußte er einfach abwarten.

11. KAPITEL

Erich brauchte drei Tage, bis er die siebzig Kilometer von der Zonengrenze bis Magdeburg zurückgelegt hatte. Dort angekommen, strebte er auf den großen Dom am Marktplatz zu. Die bunten Glasfenster waren zerstört, ansonsten aber war er noch intakt. Auf den Bänken vor dem Altar saß etwa ein halbes Dutzend Frauen. Ein Priester sprach ein Gebet, und ab und zu fielen die Frauen murmelnd ein. Keller wartete im hinteren Teil des Kirchenschiffs, bis der Priester schließlich mit den Frauen den Mittelgang entlangkam. Als die Frauen weg waren, sprach Keller den Priester an und fragte ihn, ob er wüßte, wo er sich ein Zimmer mieten könne.

»Woher kommst du?«

»Aus Berlin, Hochwürden.«

»Hast du Papiere?«

»Nein, Hochwürden.«

Der Priester warf einen Blick auf Kellers schwarz gefärbten Wehrmachtsmantel. »Welchen Dienstrang hattest du, mein Sohn?«

»Feldwebel.«

»Du hast aber einen Offiziersmantel an.«

»Ich habe ihn von einem Toten, Hochwürden. Hätte ich ihn nicht genommen, hätten ihn sich die Russen geschnappt.«

»Sieht es in Berlin sehr schlimm aus?«

»Berlin ist erledigt. Nichts als Schutt und Leichen.«

Der Priester seufzte. »Es gibt da eine alte Dame, Frau Hartmann. Sie hat ein altes Haus an der Einbeckstraße Nummer siebenundfünfzig. Sag ihr, Pater Simon hätte dich geschickt. Ich glaube, sie hat noch ein Zimmer zu vermieten.«

»Danke, Pater.«

»Gott segne dich.«

Der Priester wandte sich jählings ab, so als sei sein Segensspruch zu einem bloßen Ritual geworden, an das er nicht mehr glaubte.

Frau Hartmann war um die Fünfzig. Ihre großen, braunen Augen zuckten unstet hin und her, so als rechne sie ständig mit dem nächsten Schlag. Sie musterte eine ganze Weile sein Gesicht und sagte dann: »Was können Sie mir für das Zimmer bieten? Keine Reichsmark bitte.«

»Ich könnte Ihnen pro Woche zehn Zigaretten geben.«

Sie schloß die Augen, bewegte die Lippen, und Keller nahm an, daß sie nachrechnete, wieviel zehn Zigaretten auf dem Schwarzmarkt wert waren. Dann schlug sie die Augen wieder auf und sagte: »Für zwölf Zigaretten wäre ich einverstanden. Wöchentlich und im voraus. Falls Sie an Kaffee rankommen sollten, können wir noch mal drüber reden.«

Das Zimmer war ziemlich groß, verfügte über ein Einzelbett, eine Garderobe, ein Waschbecken mit Ablage und einen kleinen Nachttisch. Es lag im obersten Stockwerk und war ziemlich dunkel, da das ziegellose Dach, von dem nur mehr die Sparren stehengeblieben waren, und die Fenster mit einer Plane abgedeckt waren.

Frau Hartmann hatte einen Verwandten, der auf einem Bauernhof in der Nähe der Stadt wohnte, und sie bot Keller an, Eier, Butter und Milch zu besorgen, wenn er ihr dafür Zigaretten gebe. Schon nach einer Woche war sie von ihrem neuen Untermieter mehr als angetan. Er war charmant und höflich, und da er sich an den Lebensmittelkosten beteiligte, bekochte sie ihn, und sie aßen zusammen in der Küche im Souterrain.

Nach dem zweiten gemeinsamen Abendessen fragte er sie, ob es in der Stadt einen Fotografen gebe. Sie erkundigte sich und besorgte ihm Adresse und Namen.

Es war ein gewisser Herr Franke, ein alter Mann, der in den Überresten eines kleinen Lagerhauses wohnte. Keller klopfte an die Haustür, und als niemand antwortete, öffnete er sie und trat ein. Der Großteil des Raumes diente offensichtlich als Studio. Ein Drehstuhl, ein weißes Laken als Hintergrund und zwei Wolframlampen mit verbeulten Reflektoren deuteten darauf hin, daß hier hauptsächlich Porträts aufgenommen wurden. Die eine Ecke des Raums war abgeteilt und mit einem handgeschriebenen Zettel als Dunkelkammer ausgewiesen.

Als Keller an die Tür klopfte, kam der alte Mann heraus. Seine Drahtgestellbrille hatte er auf die Stirn geschoben.

»Tut mir leid, mein Herr. Kriege erst nächste Woche wieder Filme. Probieren Sie's am Mittwoch noch mal.«

»Sind Sie Herr Franke, der Inhaber des Studios?«

»Allerdings, und zwar sowohl als auch.«

»Herr Franke, ich bin Fotograf. Ich habe eine Kamera, Filme, Fotopapier und Chemikalien. Meinen Sie, wir könnten vielleicht zusammenarbeiten?« Er öffnete die Hand, so daß der Alte die beiden Kleinbildfilmdosen sehen konnte.

Sie redeten über eine Stunde miteinander, und der Alte schien erleichtert, daß er einen Partner mit Unternehmungsgeist gefunden hatte, der offenbar auch noch Zugang zu dringend benötigten Materialien hatte. Die Arbeit spielte sich hauptsächlich in der Dunkelkammer ab, wo sie Dokumente ablichteten, Geburts-, Sterbe- und Heiratsurkunden, Testamente, Gesellenbriefe und Zeugnisse. Er hatte jede Menge Aufträge, aber nur wenig Film und andere Materialien. Und das wenige, das er hatte, war kaum noch zu gebrauchen, nachdem er es aus den Trümmern seines alten Studios in der Innenstadt ausgebuddelt hatte.

Gegen Mitte der zweiten Woche bekam Keller etliche Aufträge von mehreren einheimischen Fabriken, die unter sowjetischer Führung die Produktion wiederaufnahmen und Fotos für die Betriebsausweise ihrer Mitarbeiter brauchten. Darüber hinaus half er dem alten Mann beim Ablichten von Dokumenten.

12. KAPITEL

Keller tauchte als erster wieder in der Jagdhütte auf. Wenig später folgten Becker und Vorster.

Keller hatte allerlei Paß- und Passierscheinfotos mitgebracht, die Carter zum Kopieren an die 21. Army Group weiterleitete. Er hatte zwar noch keinerlei Erkenntnisse über die sowjetischen Truppen, aber er kannte die Namen von etwa zwei Dutzend russischen und deutschen Amtspersonen und ihren offiziellen Posten.

Vorster hatte nur wenig zu berichten, außer daß er ein Zimmer und Arbeit in einer Autowerkstatt gefunden hatte. Aber aufgrund seiner juristischen Ausbildung beriet er Leute, die Schwierigkeiten mit sowjetischen oder deutschen Behörden hatten, entwarf für sie Briefe und erklärte ihnen die von der sowjetischen Besatzungsmacht erlassenen neuen Bestimmungen. Es hatte sogar eine indirekte Anfrage von seiten der Stadtverwaltung gegeben, ob er nicht eine Beratungsstelle für die Allgemeinheit einrichten wolle.

Becker hatte Unterlagen über eine Anzahl sowjetischer Militärfahrzeuge und ihre Kennzeichen. Er hatte zwar ein Zimmer, aber noch keine Arbeit. Allerdings setzte sich seine Vermieterin bei einem im Rathaus beschäftigten Verwandten für ihn ein und hoffte, ihm dort eine Stelle besorgen zu können.

Als sie ihre Berichte beendet hatten, sagte Carter: »Sie alle haben Ihre Sache erstaunlich gut gemacht. Lassen Sie uns über ein paar Randthemen reden. Wie steht es mit der Moral der Deutschen?«

»Sie haben Angst vor den Russen«, sagte Keller. »Sie hassen sie. In den ersten paar Wochen hat die militärische Führung die Truppen plündern und vergewaltigen lassen, und obwohl sie sich jetzt ein bißchen beruhigt haben, wird es eine ganze Weile dauern, bis die Bevölkerung vergißt, was vorgefallen ist.« Er zuckte die Achseln. »Einige Leute arbeiten mit ihnen zusammen. Hauptsächlich Beamte, beispielsweise Polizei und öffentlicher Dienst. Und die einheimischen Kommunisten natürlich, die kriegen von den Sowjets Sonderrationen.«

Vorster lachte bitter auf. »Nicht mal mit Bezugskarten kommt man an Lebensmittel ran. Die Russen schicken Furagiertrupps los, die auf den Bauernhöfen nach Lebensmitteln suchen sollen. Sie erwischen nicht viel. Die Bauern haben unter den Nazis gelernt, wie man so was versteckt, und die neuen Jungs beherrschen nicht mal die Sprache.«

»Wie steht's mit der Moral der Sowjettruppen?«

Niemand wußte genauer Bescheid, doch Keller sagte: »Soweit ich gehört habe, haben die Sowjets den Großteil ihrer Truppen an den Stadtrand verlegt.«

Carter warf einen Blick auf seine Uhr und schaute dann die anderen an. »Es ist Mittag. Was, glauben Sie, ist aus Schmidt geworden?«

Keiner hatte eine Ahnung, und so fuhr Carter fort: »Ich habe Zigaretten und Bargeld für Sie. Möchte jemand sonst noch was?«

Keller nickte. »Ich brauche Filme, Papier und Chemikalien. Bei Agfa und Kodak gibt es Dosen mit 200 Metern Filmmaterial, die ich zerschneiden und in meine Leica-Kassetten einlegen kann. Agfa wäre mir lieber, weil man mich sonst fragen könnte, wie ich an Kodakfilme rankomme. Wäre auch ganz nützlich, wenn Sie mir ein Ladegerät für Leica-Kassetten besorgen könnten.«

Carter machte sich eine Notiz und schaute Keller an. »In zehn Tagen können Sie jederzeit kommen und Ihre Filme abholen. In der Zwischenzeit besorge ich Ihnen Papier, Chemikalien und vier Dutzend Kassetten.«

Keller lächelte. »Und wie viele Zigaretten? Die sind besser als Bargeld.«

»Vier Stangen für jeden. Achthundert Zigaretten. Marlboro oder Luckies – Sie haben die Wahl.«

»Wann ist das nächste Treffen?« wollte Vorster wissen.

»Von jetzt an können Sie rüberkommen, wann immer Sie wollen. Ich werde hier sein.« Er wandte sich an Keller. »Wenn Sie vielleicht die toten Briefkästen fotografieren könnten, Erich, dann könnte ich hinüberkommen und Ihre Berichte selbst abholen. Dann müßten Sie nicht jedesmal das Risiko eingehen und die Grenze überschreiten.«

Keller runzelte die Stirn und zuckte die Achseln. »Dazu brauche ich Zeit, Eddie.« Er lachte. »Klingt verrückt, aber ich stecke bis zum Hals in der Arbeit. Ich bin dabei, mir Kontakte aufzubauen, und ich muß Aufträge erledigen.«

Carter lächelte. »Okay. Das überlasse ich Ihnen, aber vergessen Sie den Standort der Briefkästen nicht.«

Sie aßen alle gemeinsam, und dann brach Vorster mit Zigaretten und einem Kilo Bohnenkaffee in einer Segeltuchreisetasche auf. Becker ging kurz danach, aber Keller schien es nicht eilig zu haben. Als Carter einen Waldspaziergang vorschlug, wirkte Keller erleichtert. Anscheinend wollte er unter vier Augen mit ihm sprechen.

»Machen Sie sich Sorgen, weil Schmidt nicht gekommen ist?«

Keller schüttelte den Kopf. »Nein. Den haben Sie vermutlich zum letzten Mal gesehen.«

»Wie kommen Sie darauf?«

»Ein hübsches Mädchen zu lieben ist eine Sache. Ihr zu verfallen eine ganz andere. Schmidt ist ein Romantiker, und für die ist zur Zeit kein Platz. Im Augenblick geht's nur ums Überleben, einfach darum, am Leben zu bleiben, mehr kann man nicht erwarten. Wenn's einem besser geht – schön. Eine Zugabe. Aber auf andere Menschen darf man derzeit nicht angewiesen sein.«

»Ich bin auf Sie angewiesen, Erich. Und auf die anderen.«

»Nein, sind Sie nicht. Sie *verlassen* sich vielleicht darauf, daß wir unsere Aufgabe erledigen, daß wir nicht überlaufen. Aber es ist ein großer Unterschied, ob Sie auf uns angewiesen sind, oder ob Sie sich auf uns verlassen.« Er hielt inne und blieb auf dem schmalen Pfad zwischen den Bäumen stehen. »Wenn wir alle verschwinden, Eddie, dann wäre das verdammt ärgerlich. Sie hätten eine Menge Zeit vergeudet. Aber Sie werden nicht vor Gram sterben. Genau das aber wird unser Freund Schmidt tun, wenn er das Mädchen nicht findet. Und selbst wenn er sie findet und heiratet, vielleicht sogar vier Kinder mit ihr hat, wird ihm das nicht genügen. Er möchte, daß sich all seine Probleme in Luft auflösen. Der verlorene Krieg, der Trümmerhaufen, in dem wir hausen, die Schuld, die er auf sich geladen hat. Er braucht einen Priester, keine Freundin.«

»Und warum waren Sie dann damit einverstanden, ihn ins Team aufzunehmen?«

Keller zuckte die Achseln. »Weil es letztlich nicht darauf ankommt. Er wird nicht über diese Operation reden – davon bin ich überzeugt. Wenn er das tut, was Sie von ihm verlangen – schön. Wenn Sie nie wieder etwas von ihm hören – was soll's? Und selbst wenn er redet – was könnte er denen schon verraten? Anhand seiner vagen Beschreibungen werden die Russen nie und nimmer drei Männer unter einer Bevölkerung von mehreren Millionen Menschen finden. Allenfalls erfahren sie, daß wir Leute über die Grenze schleusen, um sie auszuspionieren. Sie können davon ausgehen, daß die längst dasselbe machen.«

»Ich hoffe, Sie haben recht, Erich.«

»Bestimmt, Eddie. Machen Sie sich wegen Schmidt keine Sorgen.« Er lachte. »Vielleicht stellt sich ja heraus, daß er erfolgreicher als wir alle ist.« Er seufzte. »Ich mache mich lieber auf den Weg.«

Carter begleitete ihn zur Grenze und blickte ihm nach, bis er im Nebel verschwand, der von den Feldern aufstieg.

Keller betrachtete gerade einige postkartengroße Hochzeitsbilder, als der Mann hereinkam. Er trug den khakifarbenen Uniformrock und die an den Oberschenkeln ausgestellte blaue Hose eines Sowjetoffiziers, und die Schulterklappen wiesen ihn als Hauptmann der Panzertruppe aus. Er war jung, vielleicht Ende Zwanzig, und hatte flachsgelbe Haare und blaue Augen.

»Kann ich Ihnen helfen?« fragte Keller.

»Ich sprechen sehr schlecht Deutsch. Ich in zwei Tagen wollen Hochzeitsfoto bei mir. Du können machen für mich?«

»Wo ist das?«

»Einunddreißigstes Panzerregiment.«

Keller runzelte die Stirn. »Und wo ist das stationiert?«

»Ist Bauernhof. Gut Hohenburg. Zehn Kilometer auf Straße nach Leipzig. Ich schicken Auto für dich.«

Keller lächelte. »Ist das Ihre Hochzeit?«

Der Hauptmann erwiderte das Lächeln. »Ja. Auto hier um elf Uhr, ja.«

»Ich werde hier sein.«

Das Auto, mit dem er abgeholt wurde, war ein verbeulter Willys-Knight-Jeep, auf dem noch die weißen Abzeichen der US Army prangten. Der Fahrer war fesch gekleidet, sprach aber kein Deutsch, und Keller ließ sich schweigend die zehn Kilometer lange Strecke zum Hauptquartier der russischen Einheit in einem Bauernhaus unmittelbar neben der Straße nach Leipzig chauffieren. Der Bräutigam kam zu ihm und erklärte in holprigem Deutsch, daß die Fotos an seine und die Familie des

Mädchens daheim in Kiew geschickt werden sollten. Die Feier werde sofort beginnen.

Die Braut war Unteroffizier bei einer Gardeeinheit. Sie trug ein Männerhemd mit Rang- und Waffengattungsabzeichen auf den Schulterklappen. Das einzige weibliche Kleidungsstück, das sie trug, war ein blauer Rock mit enggeschnalltem Gürtel, der ihre Taille betonte. Über der rechten Brust befand sich das heißbegehrte Gardeabzeichen, und an ihrer Schiffchenmütze funkelte ein goldener Stern.

Die Feier fand unter freiem Himmel statt, und alle standen beisammen, während ein Mann in Zivil von einem vorgedruckten Blatt die Trauformel ablas. Keller fand später heraus, daß es sich um den politischen Kommissar der Einheit handelte.

Hinter dem Bauernhaus hatte man Tische voller Speisen und Getränke aufgestellt. Keller fotografierte das Paar zusammen mit dem Kommandeur, dann mit dem Kommissar und schließlich mit einer Gruppe von Offizierskameraden des Bräutigams.

Dann ging die Trinkerei richtig los, und ein Mann mit einer Ziehharmonika spielte eine langsame, schwermütige Weise, bevor er zu einem Csárdás und schließlich zu wilden, ausgelassenen Melodien überging, zu denen die Männer tanzten.

Keller führte das Paar zu dem kleinen Obstgarten neben dem Bauernhaus und fotografierte es händchenhaltend inmitten der Apfelblüten. Dann kamen andere Offiziere her, und der Bräutigam dolmetschte, daß sie ebenfalls fotografiert werden wollten. Keller machte ein paar Aufnahmen vom Kommandeur, darunter auch zwei Porträts, da er so ein markantes, gutgeschnittenes Gesicht hatte.

Dann erklärte er ihnen, er werde die ganze Nacht über arbeiten, und der Fahrer könne die Abzüge am nächsten Tag, einem Sonntag, zu fortgeschrittener Morgenstunde abholen.

Am Montag kam der begeisterte Bräutigam eigens bei Keller vorbei, um sich für die Fotos zu bedanken und nicht nur seine, sondern auch die Bilder seiner Kameraden zu bezahlen. Die Bezahlung erfolgte in Rubeln und Tabak, und Grigor Lewtschenko, der Panzerhauptmann, sagte, er werde Keller auch den Offizieren anderer Einheiten empfehlen. Jeder von ihnen wolle ein Foto nach Hause schicken.

Es waren, wie sich herausstellte, keine leeren Worte gewesen, und die Nachfrage nach Kellers Diensten wollte nicht mehr abreißen. Manchmal wurden sie im Studio in Anspruch genommen, mitunter auch bei den Einheiten. Aber erst durch die persönliche Einladung von Generaloberst Katusow, verbunden mit der Bitte, er möge Fotos von ihm und seinem Stab in einer Villa am Stadtrand von Magdeburg aufnehmen, sollte sich Kellers Leben in vielerlei Hinsicht ändern.

Die Fotos, die er in der herrlichen Villa aufnehmen sollte, waren nicht für einfache Soldaten bestimmt, die sie nach Hause schicken wollten, in die Ukraine, nach Georgien oder Usbekistan. Es handelte sich um Fotos von einem mächtigen Mann, der nicht nur für Hunderttausende Sowjetsoldaten und -flieger Herr über Leben und Tod war, sondern auch für Millionen unterworfener Zivilisten. Generaloberst Iwan Iwanowitsch Katusow war ein Zar, ein Herrscher. Ein Herrscher, der nach eigenem Gesetz regierte. Die deutsche Rechtsprechung galt zwar noch. Genauso wie das Straf- und das bürgerliche Gesetzbuch von 1922 noch für die Sowjets galt, sei es daheim oder im Ausland. Von einem Cäsaren aber, der stark genug war, konnten die Gesetze beiseitegefegt werden. Und stark genug war Generaloberst Katusow ganz gewiß. Im Krieg hochdekoriert, ein schlauer Kopf, und durch die Ferne zu Moskau verfügte er über alle Macht, die er benötigte. Nur sein Ehrgeiz bewegte ihn dazu, der Musik, die in Moskau gespielt wurde, ein geneigtes Ohr zu schenken, auch wenn sein persönliches Leitmotiv die offizielle Partitur vernehmlich durchdrang.

Der Generaloberst hatte lange vor dem Krieg die deutsche

Sprache beherrscht. Auf der Militärakademie in Frunze hatte er als Nebenfach lieber Deutsch als Jura gewählt. Wie viele andere Absolventen der Akademie hatte er nie daran geglaubt, daß der Molotow-Ribbentrop-Pakt für die Sowjetunion mehr Sicherheit bedeutete. Generaloberst Katusow wurde immer als typischer Soldat dargestellt, aber seine Karriere hatte er nicht weniger raffiniert geplant als ein Mitglied des Politbüros.

Den ganzen ersten Tag über hatte Keller die Stabsoffiziere fotografiert, bis er schließlich den General persönlich vor die Kamera bekam.

Als er in dieser Nacht in der Dunkelkammer arbeitete, ließ er sich viel Zeit beim Vergrößern eines Porträts des russischen Generals. Als er es aufgenommen hatte, war nur durch ein Fenster an der Seite etwas Licht in das Zimmer gefallen, und das Gesicht, das ihm aus dem Entwicklerbad entgegenblickte, war einfach herrlich. Es war das Gesicht eines Kosaken, ein stolzes Adlergesicht mit stechenden Augen und Hakennase. Die tiefen Schatten auf der einen Seite betonten die furchterregende Energie dieses Mannes. Keller zog zwei weitere Vergrößerungen ab, betonte die Augen stärker und hellte den Schatten seitlich am Gesicht etwas auf. Er verbrauchte einen Gutteil seines mageren Papiervorrats, doch sein kreativer Instinkt sagte ihm, daß er hier etwas Besonderes vor sich hatte. Es war ein herrliches Gesicht, aber der Fotograf hatte mehr als nur die gutgeschnittenen Züge abgelichtet. Was er darüber hinaus abgebildet hatte, war schwer zu beschreiben, aber Keller wußte, daß dieses Porträt mehr über den Mann verriet, als dieser möglicherweise von sich preisgeben wollte.

Zwei Tage später ließ der General wieder von sich hören. Er schickte einen Wagen samt Fahrer, der Keller zu der Villa brachte. Als er ankam, führte ihn ein Hauptmann der Roten Armee in die private Unterkunft des Generals.

Es war früher Abend, und kaum hatte Keller das große Wohnzimmer betreten, als auch der General hereinkam. Er trug einen Bademantel, trocknete sich die Haare mit einem groben Handtuch, und sein Gesicht war naß und erhitzt. Offenbar hatte er gerade ein Bad genommen. Er deutete auf einen Ledersessel, und als Keller sich gesetzt hatte, nahm er ebenfalls Platz und legte die Füße auf den gläsernen Couchtisch.

»Wie lange fotografieren Sie schon?«

»Meinen Sie beruflich oder einfach nur Fotos machen?«

»Sowohl als auch.«

»Beruflich erst ein paar Monate, aber schon als Kind hatte ich immer eine Kamera.«

»Wie alt sind Sie?«

»Nächsten Monat werde ich fünfundzwanzig.«

»Und was haben Sie vor dem Krieg gemacht?«

»Ich war in Berlin auf der Kunsthochschule, und danach habe ich als Regieassistent am Theater gearbeitet.« Er lächelte. »Klingt eindrucksvoll – Regieassistent. Ich habe für andere den Dreck weggeräumt und gelernt.«

»Sie scheinen ein sehr einfühlsamer und intelligenter junger Mann zu sein – stimmt das?«

Keller zuckte mit der Schulter. »Das weiß ich nicht, Herr General. Darüber müssen andere befinden.«

»Wieviel verdienen Sie pro Woche?«

»Es reicht gerade so zum Leben, für Miete und Material.«

»Aber Sie können kein Geld zurücklegen?«

Keller lächelte. »Leider nein.«

»Und natürlich hassen Sie die Russen. Wie alle Deutschen.«

»Letzte Woche war im Rathaus ein kleines Konzert. Lauter Amateure. Sie haben eine Cellosonate von Rachmaninow gespielt, das Violinkonzert von Tschaikowsky und das Violinkonzert von Glasunow. Das Orchester bestand nur aus Deutschen.«

»Worauf wollen Sie hinaus?«

»Daß es nur darauf ankommt, was die Russen, die man kennt, getan haben. Man mag vielleicht den Mann hassen, der wehrlose Frauen vergewaltigt, aber dennoch kann man einen großen Musiker bewundern.«

»Das sollten Sie mal der Waffen-SS erzählen, die unsere Frauen getötet und vergewaltigt hat. Die haben keinen Brahms gespielt, als sie in unser Land eingefallen sind. Sie waren wie die Tiere.« Abfällig schüttelte er den Kopf. »Ich hätte es gern, daß Sie meine Leute zwei, drei Wochen lang beim Alltagsleben fotografieren. Ich möchte eine Dokumentation darüber, wie wir in diesem Land gelebt haben. Ich möchte keine Propagandafotos, dafür kann ich aus Moskau Hunderte von Männern bekommen. Ich möchte, daß Sie von meinen Männern ebenso einfühlsame Fotos machen wie das, das Sie von mir aufgenommen haben.« Er schwieg kurz. »Wir stellen Ihnen sämtliches Material und Gerät zur Verfügung, das Sie wünschen. Und wir bezahlen Sie gut – alles, was Sie wollen, Rubel, Zigaretten, Sie können es sich aussuchen.«

»Wann soll ich anfangen?«

»Sobald Sie können.«

»Ich brauche fünf Tage, bis ich meine Aufträge abgearbeitet habe.«

»Das geht in Ordnung. Ich lasse Sie am Samstag abholen.«

Eddie Carter war überrascht, als Keller hereinkam. Er frühstückte gerade und blickte von seinem Teller auf.

»Alles in Ordnung, Erich?«

Keller lächelte. »Das weiß ich nicht. Wir müssen uns unterhalten.«

»Frühstücken Sie mit mir.«

»Okay.«

Carter rief den Koch, und Keller bestellte sich Spiegeleier mit Schinken und setzte sich zu Carter an den Tisch.

»Sagen Sie mir, was los ist.«

Keller griff in seine Jackentasche und schob ihm einen dicken braunen Briefumschlag zu. Carter griff danach und öffnete ihn vorsichtig. Minutenlang betrachtete er die Fotos lange. »Namen und weitere Einzelheiten stehen auf der Rückseite«, sagte Keller. »Manches habe ich nicht herausbekommen.«

Carter warf ihm einen Blick zu. »Wie sind Sie an diesen Packen gekommen?«

Keller erzählte es ihm, und Carter sagte leise: »Mein Gott. Die 21. Army Group wird sich wundern. Und wo liegt das Problem?«

Keller berichtete von dem neuesten Auftrag des Generalobersten.

»Aber das ist doch unschätzbar wertvoll, Erich. Worüber machen Sie sich Sorgen?«

»Wenn die in meiner Vergangenheit herumschnüffeln, habe ich nicht die geringste Chance. Die erschießen mich auf der Stelle.«

»Was haben Sie ihnen bislang erzählt?«

»Im Grunde gar nichts. Bis jetzt haben sie nicht nach meinen Kriegserlebnissen gefragt. Aber ich fürchte, das kommt noch.«

»Was ist mit den Papieren, die wir Ihnen ausgestellt haben?«

»Bisher gab's keinerlei Probleme, wenn sie überprüft wurden. Aber wenn ein Russe, der kaum Deutsch spricht, einen flüchtigen Blick darauf wirft, zählt das nicht. Eine sorgfältige Überprüfung durch Profis ist etwas ganz anderes. Sie könnten jede verfluchte Einzelheit nachprüfen.«

»Wie lange können Sie hierbleiben?«

»Er will mich am Sonnabend abholen lassen, allenfalls also drei Tage. Aber mir wäre es lieber, wenn ich mindestens einen Tag früher zurück sein könnte.«

»Okay. Essen Sie weiter, und ich rufe bei der 21. AG an.«

»Was können die machen?«

»Weiß ich nicht, aber ich möchte es rauskriegen.«

Eddie Carter war etwa zwanzig Minuten weg, aber er wirkte

zufrieden, als er sich wieder an den Tisch setzte. »Sie schicken noch heute morgen einen Spezialisten los. Er ist Fachmann für Lebensläufe und die entsprechenden Papiere. Er wird Sie eingehend danach fragen, was Sie im Krieg gemacht haben, daraus eine passende Geschichte zurechtschneidern, und die Dokumentationseinheit wird Sie mit Papieren versorgen, die jeder Überprüfung durch die Russen standhalten.«

Keller lächelte. »Gott sei Dank sind die deutschen Unterlagen zum größten Teil vernichtet.« Er hielt inne. »Könnte ich vielleicht ein bißchen schlafen, bevor der Mann von der 21. Army Group kommt?«

»Selbstverständlich. Ihr Zimmer steht nach wie vor zu Ihrer Verfügung. Ich wecke Sie, wenn er eintrifft. Sie haben zwei, drei Stunden Zeit.«

Colonel Stafford brachte aus Bad Oeynhausen einen Zivilisten mit, den er nur als George vorstellte. George sprach mit einem leichten Akzent, den Carter nicht recht unterbringen konnte.

Stafford stellte klar, was die 21. AG wollte.

»Ihr Mann, dieser Keller, könnte unsere wertvollste Informationsquelle auf der anderen Seite der Grenze werden. Diese Gelegenheit dürfen wir uns nicht entgehen lassen. Aber zweierlei macht mir dabei Sorgen.« Er schwieg kurz. »Erstens die Sicherheit des Mannes. George hier wird ihn mit einer hieb- und stichfesten Geschichte ausstatten, aber wir sollten ihn vorwarnen, daß die keine Gnade kennen, wenn sie ihn enttarnen.«

»Ich glaube, das ist ihm bewußt. Deshalb ist er ja zurückgekommen. Was ist der zweite Punkt, der Ihnen Sorgen macht?«

»Sind Sie ganz sicher, daß er noch auf unserer Seite steht?« fragte Stafford ruhig. Er wartete einen Augenblick, bevor er fortfuhr. »Sie könnten ihn umgedreht haben. Das funktioniert auch umgekehrt, müssen Sie wissen.«

»Vielleicht sollten Sie selbst mit ihm reden.«

»Was glauben Sie?«

»Nach dem, was ich von dem Mann weiß, halte ich es für höchst unwahrscheinlich, daß sie ihn umgedreht haben könnten. Und abgesehen davon ist er viel zu zufällig an den General rangekommen, als daß die Geschichte nicht glaubwürdig wäre. Wenn er umgedreht worden wäre, hätten die ihn mit einer besseren Legende versorgt, und eine Bekanntschaft mit einem russischen General, mag sie auch noch so oberflächlich sein, wäre darin bestimmt nicht vorgekommen.«

Stafford nickte. »Okay. Ich werde selbst mit ihm plaudern. Ist er hier?«

»Er schläft. Ich wecke ihn.«

»Wieviel Zeit haben wir?«

»Zwei Tage. Er muß am Freitagmorgen wieder zurück sein.«

Stafford plauderte etwa eine Stunde mit Keller, dann übergab er ihn an George und ließ die beiden allein.

Stafford wirkte zufrieden, als er wieder zu Carter stieß. »Sicher kann man nie sein, aber ich glaube, wir liegen hier richtig.« Er schaute Carter an. »Da wir wissen, was er im Krieg getan hat, haben wir ohnehin eine Art Rückversicherung.«

»Wenn *wir* uns nicht um seine Vergangenheit scheren, könnte sie denen genauso egal sein.«

»Auch wieder wahr. Jedenfalls sollten wir so weitermachen, als sei seine Sicherheit das einzige Problem. George wird das übernehmen.«

»Wie lange braucht er? George meine ich.«

»Bis heute abend wird er alles haben, was er braucht. Dann fährt er zurück zur 21. AG, tüftelt eine Legende aus, besorgt Papiere und Hintergrundmaterial, und übermorgen sollte er wieder hier sein.« Er schwieg kurz. »Ich habe Keller erzählt, daß er bislang erstklassiges Material geliefert hat. Und ich habe ihm auch gesagt, daß wir uns um eine großzügige Belohnung kümmern werden, wenn die Operation vorüber ist.«

Stafford und George reisten gegen ein Uhr nachts ab, und Keller schien es nicht eilig zu haben, ins Bett zu kommen. Er warf Carter einen Blick zu. »Kommt mir vor, als wär's eine Ewigkeit her, als wir alle hier zusammensaßen und uns gefragt haben, ob wir drüben überleben würden. Dabei sind es nur ein paar Monate. Haben Sie irgendwas von unserem Freund Schmidt gehört?«

»Nein. Kein Wort. Ich glaube, wir können ihn abschreiben.«

»Ich glaube, Ihr Kamerad, dieser Stafford, der fragt sich, ob Sie mich ebenfalls abschreiben sollten.«

»Keineswegs, Erich. Er ist von Ihnen begeistert.«

»Dieser George. Welche Nationalität hat der denn? Das ist ein ganz Ausgekochter.«

»Ich weiß es nicht. Ich weiß überhaupt nichts über ihn.«

»Er sagt, morgen abend ist er wieder da.«

»Mir wird wesentlich wohler zumute sein, wenn Sie eine bessere Tarnung haben.«

»Mir auch.« Er hielt inne. »Was wollen Sie von dem Generaloberst?«

»Alles, was Sie bekommen können. Insbesondere interessieren wir uns dafür, was die Russen in ihrer Zone vorhaben.«

»Wissen Sie, ich darf nichts überstürzen. Ich bin bloß ein einfacher Fotograf. Ich darf keine zu brisanten Fragen stellen. Ich kann nur Augen und Ohren offenhalten.«

»Die Arbeit, die er von Ihnen verlangt, diese Fotos vom Alltag seiner Truppen. Glauben Sie, Sie kriegen das einigermaßen hin?«

»Jaja. Kein Problem. Das wird gut werden.«

»Nicht zu gut, hoffe ich doch.«

»Ich werde so gut arbeiten, wie ich kann, Eddie. Als Sie uns eingewiesen haben, sagten Sie, wir sollten niemals daran denken, daß wir unter einer Tarnung leben. Wir müßten genau das sein, wofür wir uns entscheiden. Nun, ich bin Fotograf, und zwar ein guter.«

»Haben Sie sich schon immer fürs Fotografieren interessiert?«

»Eigentlich nicht.«

»Wie kommt es dann, daß Sie so gut sind?«

»Vor dem Krieg habe ich als Anfänger am Theater gearbeitet. Als ich mal die Chance bekam, Regie zu führen, habe ich stundenlang die Charaktere in dem Stück analysiert. Ich wollte sie verstehen. Begreifen, warum sie sich so verhalten. Die Art und Weise, wie man die Menschen sieht, macht einen zu einem guten Fotografen. Die Kamera ist nur das Mittel zum Zweck. Von Ihrem Gefühl und Ihrem Verstand hängt es ab, ob Sie gute Bilder machen. Die meisten Menschen schauen sich ihre Umwelt nur an. Wenn man aber kreativ ist, schaut man nicht nur – man sieht.«

»Erzählen Sie mir etwas von Ihrer Familie.«

»Was wissen Sie denn schon alles?«

»Sie sind in Berlin geboren. Ihr Vater war Anwalt und Ihre Mutter Schauspielerin. Ich glaube, in Ihrer Akte steht, daß Sie auf die Kunsthochschule gegangen sind.«

»Das wär's im großen und ganzen auch schon. Mein Vater ist gleich am Anfang in die Partei eingetreten. Mama war viel jünger als er, aber sie haben sich gut verstanden. Sie hat sämtliche Politik gehaßt. Wollte nicht in die Partei eintreten. Nicht mal, um meinem alten Herrn eine Freude zu machen. Nicht mal aus beruflichen Gründen.«

»Was ist aus ihnen geworden?«

»Weiß ich nicht genau. Das letzte, was ich gehört habe, war, daß mein alter Herr in Berlin von den Franzosen festgenommen wurde. Von meiner Mutter habe ich keinerlei Nachricht. Sie war in Berlin, als die Stadt gefallen ist. Vielleicht hat sie überlebt.« Er zuckte die Achseln. »Wer weiß?«

»Warum sind Sie zum Sicherheitsdienst gegangen?«

Keller lachte. »Man *geht* nicht zum Sicherheitsdienst. Wenn man die Fähigkeiten hat, die sie wollen, ist man drin. Und das war's dann.«

»Welche Fähigkeiten hatten Sie?«

»Sprachen. Englisch und Französisch.« Er lächelte. »Sie mochten aufgeweckte junge Männer mit einigermaßen guten Manieren. Sie waren die Konkurrenz von der Abwehr, und die Abwehroffiziere waren Kavaliere. Folglich mußten wir auch ein paar Kavaliere haben. Die dachten, ich wäre einer.«

Carter wußte, daß es unklug wäre, weiter in Kellers Vergangenheit zu bohren. Das war Staffords Sache, nicht seine.

George kam am Donnerstagnachmittag zurück, setzte sich mit Keller zusammen und ging zwei Stunden lang seine neue Legende mit ihm durch. Als sie fertig waren, sagte Keller: »Was ist, wenn sie die Papiere überprüfen?«

»Das ärztliche Attest ist von einem Herzspezialisten unterschrieben. Der Name stimmt, die Unterschrift wurde von einem Fachmann gefälscht. Das Krankenhaus gibt es tatsächlich, und alle dort befindlichen Unterlagen wurden zerstört.

Das Theater, an dem Sie während des Krieges angeblich gearbeitet haben, wurde ebenfalls zerstört. Die Lohnstreifen sind genauestens kopiert. Niemand kann das nachprüfen. Die Geburtsurkunde ist echt. Der Zeitungsausschnitt mit der Theaterkritik ist auf dem entsprechenden Papier gedruckt und künstlich gealtert.« Er lächelte. »Ich glaube nicht, daß Sie sich irgendwelche Sorgen machen müssen.«

Becker traf am späten Donnerstagabend ein, und vor dem Zubettgehen saßen sie alle drei bei belegten Broten und Kaffee zusammen. Carter schenkte ihnen gerade die letzte Tasse ein, als Becker sagte: »Ich habe da ein Problem. Ich brauche euren Rat.«

»Wir reden nicht über unsere Arbeit«, fiel ihm Carter rasch ins Wort. »Außer mit mir.«

Keller stand auf. »Ich wollte sowieso zu Bett gehen.«

Becker blickte auf. »Mir wär's lieber, wenn du bleibst. Du weißt wenigstens, wie es da draußen ist.«

Keller zögerte, und Carter bedeutete ihm zu bleiben. Als Keller wieder Platz genommen hatte, fragte Carter: »Worum geht es, Fritz?«

Becker seufzte. »Ich sollte lieber von vorne anfangen.« Er seufzte erneut. »Ich hab' euch ja schon erzählt, daß ich ein Zimmer gefunden habe und meine Vermieterin mir im Rathaus Arbeit beschaffen wollte. Ich bin zu einem Vorstellungsgespräch hingegangen und habe die Arbeit bekommen. Reine Schreibarbeit, Lebensmittelkarten ausfüllen. Dann wurde ich zum Arbeitsamt versetzt, wo ich vermerkt habe, welche Leute Arbeit suchen und wo Arbeiter gebraucht werden. Anfangs hatte ich es nur mit zwei Fabriken zu tun – einer Zementfabrik und den Optischen Werken. Dann mußten alle städtischen Angestellten einen Fragebogen ausfüllen. Ich ebenfalls – es waren vier Seiten mit Fragen, fast wie die alten Fragebögen der Partei. Das war vor zwei Wochen.

Vorgestern hat man mir gesagt, ich soll mich bei der Kriminalpolizei auf der Hauptwache melden. Ich dachte, ich würde festgenommen. Ich hatte eine Heidenangst. Aber es ging nur um diesen blöden Fragebogen. Man sollte angeben, welche Sprachen man in der Schule gelernt hatte, und ich hab's wahrheitsgemäß hingeschrieben – Englisch und Italienisch.

Jemand hat mir ein Dokument in englischer Sprache gegeben, und als ich ihm die Übersetzung vorgelesen hatte, zog er einen anderen Mann hinzu, der offensichtlich weit über ihm stand. Er fragte nach meiner Arbeit, wollte wissen, was ich verdiene und ob ich verheiratet wäre. Und dann hat er gesagt, er hätte vor, mich versetzen zu lassen, weil sie allerhand englische Texte hätten und Übersetzungen bräuchten. Nächste Woche soll ich anfangen.«

Keller lachte schallend auf. »Irre! Ich glaub' es nicht. Mein bester Freund ist General der Roten Armee, und Fritz soll für die Kripo arbeiten.« Er lachte immer noch, als er sich Carter zuwandte. »Was wollen Sie mehr?« Er drehte sich wieder zu Becker um. »Wo gibt's denn da ein Problem, Fritz?«

Becker zuckte mit der Schulter. »Ich dachte, vielleicht sollte ich lieber aussteigen und zurückkommen.«

Carter nickte. »Haben Sie Angst?«

»Ja.«

»Wovor?«

»Weil ich direkt bei der Kripo sitze.«

»Was war das für ein Dokument, das Sie übersetzt haben?«

»Ein Bericht von der Außenstelle Magdeburg der britischen Militärregierung, vor dem Abzug der Briten.«

»Worum ging es?«

»Wie man sich bei Panikreaktionen der Bevölkerung verhält, sobald die Leute erfahren, daß die Briten abziehen.«

»Und die anderen Dokumente?«

»Weiß ich nicht. Das haben sie nicht gesagt. Aber sie haben offiziell gewirkt.«

»Hat man Ihnen die Möglichkeit gegeben, die Arbeit abzulehnen?«

»Nein. Man bekommt gesagt, wo man zu arbeiten hat. Tut man's nicht, kriegt man keine Lebensmittelmarken und keinen Wohnraum zugewiesen.«

»Was möchten *Sie* denn tun, Fritz?«

Becker zuckte mit der Schulter. »Wir haben eine Abmachung. Ich werde alles tun, was Sie sagen. Aber ich möchte wissen, ob Sie mich herausholen, wenn ich bleibe und Schwierigkeiten bekomme.«

»Ich werde mit der 21. AG darüber reden. Wir besprechen es morgen, okay?«

Becker nickte und schaute dann zu Keller. »Ich habe dich neulich vor dem Rathaus gesehen. Du hast gerade ein hübsches Mädchen fotografiert, vor dem Reiterstandbild.«

Keller lächelte. »Der Reiter ist Otto der Große, mein Freund, und das Standbild hat schon siebenhundert Jahre auf dem Buckel.«

»Und wer war die hübsche Kleine? Die hat eher wie sechzehn ausgesehen.«

»Weiß ich nicht mehr. Wenn man Fotograf ist, macht man ständig Bilder von hübschen Mädchen.«

In diesem Augenblick wurde Carter zum allerersten Mal klar, daß Keller und Becker sich auch mit Dingen beschäftigten, die nichts mit ihrem Auftrag auf der anderen Seite der Grenze zu tun hatten.

Er rief Stafford an, der keinerlei Bedenken hatte. Becker sollte die Arbeit annehmen. Er ging davon aus, daß Becker bei der Kripo mitbekommen würde, was die Russen nach Ansicht der deutschen Beamten vorhätten. Außerdem säße er genau an der richtigen Stelle, um einen Gesamteindruck über die Vorgänge im Verwaltungsbezirk Magdeburg geben zu können. Man sollte Becker jeden Anreiz bieten, der notwendig sei, um ihn zum Bleiben zu bewegen. Stafford wies ausdrücklich darauf hin, wie wertvoll Kellers Informationen gewesen seien. Die 21. AG wolle von ihm so viele Auskünfte über sowjetische Einheiten und ihre Standorte, wie er beschaffen könne.

Am nächsten Morgen war klar, daß Keller mit Becker geredet hatte. Dessen Bedenken waren verflogen. Er wollte die Arbeit annehmen und sah auch ein, daß die Kripo viel zu beschäftigt war, um sämtliche Einzelheiten im Lebenslauf eines kleinen Angestellten zu überprüfen. Keller drückte es so aus: »Das sind Deutsche, und die wissen ganz genau, daß jeder eine Leiche im Keller hat. Sie eingeschlossen.«

13. KAPITEL

Keller brauchte sechs Wochen, bis er alle unter Katusows Kommando stehenden Einheiten fotografiert hatte. Weitere zwei Wochen dauerte es, bis er die Filme entwickelt und sich entschieden hatte, welche Aufnahmen er vergrößern wollte.

Zu guter Letzt breitete er die 25 mal 20 Zentimeter großen Abzüge auf einem Tisch außerhalb des eigentlichen Studios aus. Er entschied sich schließlich für fünfzig Bilder, hatte aber nur noch fünfundzwanzig Blatt Fotopapier. Mehrmals schob er sie hin und her, trat vom Tisch zurück und betrachtete sie erneut.

Auf den Bildern sah man junge Soldaten, die grüppchenweise beisammenstanden, man sah Soldaten auf Motorrädern oder am Steuer eines Geländewagens, auf Panzertürmen und Mannschaftswagen. Stolz lächelnd stand ein Kanonier neben einer Panzer-Abwehrkanone, und neben schweren Geschützen und Munitionslastern posierten Offiziere mit Artillerieabzeichen an der Uniform.

Mindestens die Hälfte davon aber waren einfach Fotos von Menschen. Man sah die strengen, stoischen Mienen höherer Offiziere, die grinsenden Gesichter junger Männer, die noch immer stolz auf ihren Sieg waren, und manchmal auch die traurigen Blicke der Heimwehkranken. Man sah junge Infanteristen, die auf Munitionskisten hockten und ihre Sturmgewehre im Arm wiegten wie Mütter ihre Kinder.

Keller war so in seine Arbeit vertieft, daß er kaum wahrnahm, wie der alte Mann neben ihn trat und die Fotos betrachtete.

»Warum sehen diese Saukerle bei Ihnen so gut aus?« fragte er schließlich.

Keller wirkte überrascht. »Ich habe sie einfach so fotografiert, wie ich sie gesehen habe, Paps.«

»Die haben von Polen bis hierher nichts anderes getan, als zu morden und zu vergewaltigen.«

»Wir haben unseren Beitrag ebenfalls geleistet, Väterchen. Aber nicht alle vergewaltigen und morden. Sie haben um ihr Leben gekämpft, und das andere, nun, das ist halt der Preis, wenn ein Volk einen Krieg anzettelt.«

»Sie herrschen über ein Sechstel der Erde, und sie wollen immer noch mehr.«

»Sie haben nicht damit angefangen, Paps«, erwiderte Keller ganz ruhig. »Wir waren das.«

»Das sagen die Leute jetzt, weil es ihnen in den Kram paßt. Ist alles bloß Propaganda. Das sind Tiere. Alle wie sie da sind.«

»Das sind Söhne und Ehemänner, Brüder und Väter. Die wollen einfach wieder nach Hause.«

»Ja. Um in ihrem gottverfluchten Land die Beute zu verscherbeln.«

Keller lachte. »Was haben Sie denn im Krieg gemacht, Paps? Erzählen Sie's mir.«

»Für die Front war ich zu alt. Ich war Luftschutzwart. Ich habe Menschenleben gerettet, ich habe niemand getötet.«

»Da haben Sie Schwein gehabt. Ein paar von uns blieb aber gar nichts anderes übrig.«

Der alte Mann musterte forschend Kellers Gesicht. »Haben *Sie* jemand getötet?«

»Das ist meine Sache, Väterchen. Kümmern Sie sich um Ihre Angelegenheiten.«

»Das sind gute Fotos, Erich. Sie haben ein Gespür für Menschen.«

Als Keller sah, daß die Fotos noch im Umschlag auf dem Tisch des Generals lagen, verließ ihn der Mut. Der General lehnte sich auf seinem prunkvollen Stuhl zurück und schaute ihn nur an, während er schweigend dasaß und sich fragte, weshalb die Fotos den Russen verstimmt haben könnten.

Schließlich deutete Katusow auf den Umschlag. »Ich werde aus diesen Fotos nicht schlau.«

»Inwiefern, Herr Generaloberst? Sie wollten doch eine Dokumentation über die unter Ihrem Kommando stehenden Truppen. Genau das wollte ich Ihnen liefern.«

»Sie sind nicht militärisch. Keine marschierenden Soldaten. Keine Soldaten beim Exerzieren. Keine Soldaten beim Abfeuern der Waffen.«

»Ich habe mit vielen Offizieren und Soldaten gesprochen, Herr General. Die meisten von ihnen sind keine Berufssoldaten. Es sind Freiwillige und Gezogene. Ich wollte zeigen, was für Männer das sind. Die Männer, die den Krieg gewonnen haben.«

Der General saugte geräuschvoll an seinen Zähnen. »Ich hatte Besuch aus Berlin. Ich habe ihnen Ihre Fotos gezeigt. Was glauben Sie wohl, wie die reagiert haben?«

»Kommt drauf an, was für Männer das waren.«

»Das spielt keine Rolle. Sie waren hellauf begeistert. Sie haben sogar vorgeschlagen, einen Fotoband daraus zu machen und einen unserer besten Schriftsteller den Text dazu verfassen zu lassen.«

Keller lächelte erleichtert. »Das freut mich sehr, Herr General. Aus ganzem Herzen sogar.«

»Der Schriftsteller soll aus Moskau herkommen. Vom Filminstitut. Er wird in etwa zwei Wochen hier sein, wenn seine Vorzugsbehandlung beim Transport nicht aufgehoben wird.« Er hielt inne. »Er möchte einige Zeit mit Ihnen verbringen, bevor er mit dem Schreiben anfängt.« Wieder unterbrach er sich kurz. »Sie sind ein seltsamer Mann, Keller. Die Leute aus Berlin sagten, Sie seien ein Poet an der Kamera. Was immer das auch heißen mag.«

Keller lächelte. »Ich fühle mich geschmeichelt, Herr General.«

»Dieses Studio, in dem Sie arbeiten – wohnen Sie dort auch?«

»Ja, Herr General.«

»Man sagt mir, daß es nichts taugt.«

»Ich komme zurecht.«

»Ich habe meinem Adjutanten befohlen, Ihnen eine anständige Unterkunft zu besorgen. Außerdem habe ich ihm aufgetragen, einen kleinen Wagen für Sie zu suchen und dafür zu sorgen, daß Sie soviel Benzin wie nötig bekommen.«

»Das ist sehr großzügig, Herr General.«

Der Adjutant des Generals, ein junger Artilleriehauptmann, hatte Keller mitsamt seiner Fotoausrüstung und seinen wenigen Habseligkeiten abgeholt und ihn zu seiner neuen Bleibe gefahren.

Es war ein altes Haus nahe der Stadtmitte, dessen von oben bis unten geborstenes Mauerwerk notdürftig mit Mörtel ausgebessert und mit großen Balken abgestützt war. Keller und Erdgeschoß standen ausschließlich zu seiner Verfügung, und zwei Elektriker der Roten Armee überprüften die Stromleitungen und bauten ihm aus Sperrholzplatten eine Dunkelkammer. Er hatte mehr als doppelt soviel Arbeitsfläche wie bei dem alten Mann. Und auch der Wohnraum im Erdgeschoß war mehr als komfortabel. Die Russen hatten das Haus requiriert und die Bewohner gezwungen, ihre Möbel zurückzulassen. Es war fast zu schön, um wahr zu sein.

Zwei Tage später war der Wagen da. Ein kleiner DKW, den ein Unteroffizier einer russischen Transporteinheit organisiert und überholt hatte.

Zwei Tage lang richtete er Dunkelkammer und Studio ein, und zwischendurch zog er immer wieder ein paar Stunden durch die Straßen der Altstadt und fotografierte.

Es dauerte drei Wochen, bis Sergej Rokowsky eintraf und der General sie persönlich miteinander bekanntmachte. Rokowsky sollte eine Woche lang bei Keller wohnen, sich mit ihm absprechen und seinen Text schreiben. Rokowsky war etwas älter als Keller, aber sie mochten einander vom ersten Augenblick an. Der Russe sprach fließend Deutsch, wenn auch mit starkem Akzent.

Sobald sie in seiner Wohnung waren, zeigte Keller dem Russen seine Unterkunft, und danach saßen sie in dem gemütlichen Wohnzimmer beisammen.

»Ich mochte Ihre Fotos, Erich. Ich kann es kaum erwarten, bis ich mit dem Schreiben anfange. Und der General möchte, daß ich mit Ihnen über einen Film rede.«

»Was für einen Film?«

»Einen Film anhand Ihres Fotobandes.«

»Ich habe keine Ahnung von Filmarbeit, und außerdem habe ich keine Filmkamera.«

Rokowsky lächelte. »Ich gehe Ihnen beim Filmen zur Hand, und eine Filmkamera werden wir Ihnen rasch besorgen.« Er hielt inne. »Es ist eine große Chance für Sie, Erich. Wirklich. In Moskau billigt man das Projekt.«

Kellers nächster Abstecher auf die andere Seite der Grenze war nur kurz, aber er lieferte Kontaktabzüge und Kopien von etwa einem Dutzend entwickelter Kleinbildfilme ab. Alles in allem über 400 Aufnahmen von seiner Tour durch das Katusow unterstellte Gebiet. Dazu vier Seiten Anmerkungen zu den Fotos mitsamt Namen, Angaben zu den Einheiten und genauer Standortbeschreibung.

Die Auswertung durch die 21. Army Group ergab eindeutig, daß es sich bei den entlang der Grenze stationierten Einheiten keineswegs um defensive Truppenteile handelte und daß ihre Übermacht überwältigend war. Die Tauben in London meinten, dahinter müßten dennoch keine aggressiven Absichten stecken. Vielleicht halte man es in Moskau einfach für recht und billig, die Streitkräfte von dem eroberten Land verpflegen zu lassen, statt die Heimat damit zu belasten. Nach Ansicht der Falken war das reines Wunschdenken. Aber Falken stehen nicht besonders hoch in der Gunst, wenn ein Land gerade einen langen, mörderischen Krieg hinter sich hat. Den Amerikanern ging es vor allem darum, ihre ziemlich undisziplinierten Truppen wieder in die Staaten zurückzubringen. Sie hatten ihren Teil für Europa getan, und Präsident Truman war sich wohl bewußt, daß man in den USA die Jungs wieder daheimhaben wollte. Die französische Zone hatte keinerlei Berührungspunkte mit der russischen, und außerdem war man in der französischen Hauptstadt viel zu sehr mit gegenseitigem Abrechnen beschäftigt, um sich mit den Absichten der Russen auseinanderzusetzen. Offenbar, so erkannte man im britischen Hauptquartier, trugen etliche Leute Sorge dafür, daß im Falle eines Truppenaufmarsches der Roten Armee entlang der Zonengrenze die 21. Army Group die Kohlen aus dem Feuer holen mußte. Nicht London und auch nicht Washington. Nur die Ruhe bewahren, lautete die allgemeine Devise. Niemand wollte Ärger. Und noch galten die Russen als tapfere Verbündete. Die Bomben auf Nagasaki und Hiroshima waren eine deutliche Botschaft an die Adresse Moskaus gewesen. Dagegen kamen auch sämtliche T-34 auf der Welt nicht an.

Stafford nahm an den Lagebeurteilungen der 21. Army Group teil, damit er wiederum Carter über das Wesentlichste auf dem laufenden halten konnte.

Die Diskussion über Kellers Fotos zog sich über mehrere Tage hin, und zu guter Letzt ging ein Major von einem Panzerregiment die Bilder noch einmal durch.

»Die Mehrzahl der Panzer sind T-34, aber viele von ihnen sind mit einer neuen Kanone ausgerüstet, bei der sich der Rauchabsauger in Höhe der Rohrmitte befindet. Außerdem sind eine stattliche Anzahl T-44 dabei, der nur an Fronteinheiten ausgeliefert wird. Am auffälligsten aber sind die Suchscheinwerfer an den Türmen. Die sind neu. Es sind Infrarotscheinwerfer, so daß sich Fahrer und Kanonier auch bei Dunkelheit zurechtfinden können. So was haben wir an russischen Panzern noch nie gesehen.

Wenn wir uns die einzelnen Soldaten ansehen, stellen wir fest, daß sie erstaunlich gesund und gutgenährt wirken. Aber für meinen Geschmack gibt es zu viele *Polkowniks,* Obristen. Und alle mit Verdienstorden behängt. Nicht gerade die Truppen, die man normalerweise als Besatzungsmacht in einem besiegten Land stationiert.«

»Welche Erkenntnisse würden Ihnen sonst noch weiterhelfen?«

»Benzin- und Dieselvorräte. Wieviel? Wie und wo sind sie gebunkert?« Er hielt inne. »Und dann noch die Mannschaftstransporter. Wie viele Truppen stehen als Infanterieunterstützung bereit?«

»Was halten Sie davon?«

»Dazu müssen sich die hohen Tiere äußern.«

Stafford blieb hartnäckig. »Und Ihre persönliche Meinung?«

»Schwer zu sagen. Den Abzeichen nach zu urteilen, stehen uns bei Braunschweig, im Raum Göttingen und den Amerikanern bei Kassel mindestens zwanzig Panzerdivisionen gegenüber. Eine derartige Streitmacht brauchen die auf keinen Fall. Aber sie verstecken sich auch nicht. Sie sind kaum getarnt.« Er zuckte die Achseln. »Vielleicht wollen sie uns bloß Angst einjagen. Oder Moskau spielt mal wieder herum. Sämtliche Elitetruppen aus Berlin wurden in die Sowjetunion zurückverlegt, und zwischen Berlin und Warschau stehen nur drei Panzerbrigaden. Die wollen uns eine Botschaft zukommen lassen, aber wer weiß schon, wie die lautet.«

14. KAPITEL

Vorster kam spätnachts an einem Freitag herüber. Entmutigt, weil er keinerlei russische Truppen zu Gesicht bekommen hatte, da sie die Stadt nicht mehr betreten durften. Während er ein kräftiges Abendessen zu sich nahm, unterhielt er sich mit Carter über seine neue Arbeit.

»Man hat mir ein Büro in Rathausnähe eingerichtet. Zu mir kommen Leute, die Bezugsscheine für Baumaterial wollen. Frauen, die ihre vermißten Ehemänner und Verwandten suchen. Lauter Sachen, bei denen man sich mit der russischen Kommandantur auseinandersetzen muß.«

»Sie müssen ja verdammt genau wissen, was in Magdeburg vor sich geht.«

»Jaja. Aber nichts über ihre Truppen.«

»Schon gut. Vergessen Sie die Truppen. Berichten Sie einfach über die deutsche Bevölkerung. Über ihre Moral und Einstellung gegenüber den Russen.«

»Die Mehrzahl haßt sie. Jeder hat Angst vor ihnen. Natürlich gibt es auch das übliche Lumpenpack, die sich bei den Russen einschleimen. Die andere Leute denunzieren, weil sie Nazis wären, Lebensmittel hamstern und in aller Öffentlichkeit über die Roten fluchen. ›Die Besatzungsmacht in Mißkredit bringen‹ nennt man das. Dann gibt's da noch die üblichen Flittchen, die aufs Land rausradeln, wo die Truppen stationiert sind.«

»Wie steht es mit Arbeit und Lebensmitteln?«

»Die meisten Menschen, Männer wie Frauen, werden sechs Wochen lang zur Trümmerbeseitigung eingeteilt, und danach bekommen sie vielleicht Arbeit in einer Fabrik. Bei Lebensmitteln ist man entweder auf den Schwarzmarkt angewiesen, oder man hungert. Die Soldaten verkaufen Essen für Schmuck oder Goldmünzen, aber wenn man nicht aufpaßt, nehmen sie sich einfach, was sie finden. Es gibt alte Parteigänger, die von den Kommissaren alles bekommen, was sie wollen, und die mehr Macht haben als die deutschen Beamten.«

»Und was machen Sie?«

»Ich erkläre den Leuten, was es mit den neuen Gesetzen auf sich hat – soweit sich überhaupt jemand für Gesetze interessiert. Ich zeige ihnen, wie man Formulare ausfüllt und an wen man sich wenden muß.«

»Okay, Paul. Vergessen Sie den militärischen Kram. Konzentrieren Sie sich einfach auf die Lage vor Ort. Auf das Verhältnis zwischen den deutschen Beamten und den Russen, auf die Moral der Leute und den üblichen Klatsch.«

Rokowsky und Keller waren die Fotos gerade zum dritten Mal durchgegangen, und Keller lehnte sich zurück.

»Was halten Sie davon?«

Rokowsky lächelte. »Ich möchte erst Ihre Vorstellungen hören. Es geht um Ihren Film, nicht um meinen.«

»Für wen ist er – der Film, meine ich?«

»Meinen Sie damit, wer ihn finanziert?«

»Nein. Die Zuschauer. An wen wenden wir uns?«

»An die Allgemeinheit. In der ganzen Sowjetunion.«

»Ich würde gern ein breiteres Publikum erreichen.«

»Lassen Sie hören.«

»Ich würde gern einen Film machen, der von Männern handelt. Von Männern, die rein zufällig Soldaten sind. Über ihre Denkweise und ihre Zukunftsvorstellungen. Es können ganz normale Männer sein, deren Einstellung auch bei den Soldaten anderer Länder Anklang findet. Selbst bei den Deutschen.«

Rokowsky schwieg ein paar Sekunden, dann sagte er leise: »Hervorragend, Erich.« Er lächelte. »Ich kann es kaum erwarten, daß wir anfangen.« Er stand auf. »Während ich den Text für das Buch schreibe, mache ich mir ein paar Anmerkungen für den Film.«

Bei seinem nächsten Besuch brachte Becker schlechte Nachricht. Und zwar in doppelter Hinsicht. Die Russen wollten wieder eine Grenzpolizei aufstellen, die entlang der Zonengrenze auf Streife gehen sollte. Dadurch würden die Grenzübertritte künftig viel riskanter. Darüber hinaus bedeutete dies, daß sie sich genau überlegen mußten, wie sie künftig miteinander in Verbindung treten wollten.

Die zweite schlechte Nachricht stand in der Kopie eines streng geheimen Berichts an die Kriminalpolizei, den Becker in die Hand bekommen hatte. Demnach plante man in Moskau, die Kommunistische Partei als einzige offizielle politische Gruppierung in der gesamten sowjetischen Besatzungszone zuzulassen. Das wäre ein glatter Verstoß gegen das Potsdamer Abkommen. Bei dem Dokument handelte es sich noch nicht um einen fertigen Plan, nur um eine Diskussionsgrundlage, aber die deutschen Beamten, die es gesehen hatten, gingen davon aus, daß das Vorhaben im nächsten Jahr in die Tat umgesetzt werden würde. Ferner wurde in diesem Papier angeregt, in ganz Ostdeutschland eine Regierung aus deutschen Kommunisten einzusetzen. Die Folgen dieser Entscheidung wären eine unmittelbare Herausforderung an die Adresse der anderen Besatzungsmächte.

Nachdem Carter die knapp zwanzig Seiten durchgelesen hatte, ahnte er noch nicht, wie sehr dieses Dokument sein ganzes Leben verändern würde. Aber er erkannte seine Bedeutung und rief sofort Stafford an.

Stafford traf am nächsten Tag in aller Frühe ein und las das Dokument sorgfältig durch. Nachdem er es mehrmals gelesen hatte, kam er in Carters Büro und nahm neben dem Schreibtisch Platz.

»Das nehme ich mit, Eddie. Das ist eher was für London als für die 21. Army Group.«

»Was ist mit den Grenzpatrouillen? Ich muß etwas unternehmen. Es wird zu gefährlich, meine Leute weiter über die Grenze kommen zu lassen, nur damit sie uns mit ihren Beobachtungen versorgen.«

»Was schwebt Ihnen vor?«

»Am naheliegendsten wäre es, selbst rüberzugehen und mich dort mit ihnen zu treffen.«

Stafford schüttelte den Kopf. »Auf keinen Fall. Das ist viel zu riskant. Wir brauchen Sie hier, in verantwortlicher Position. Ich bespreche es mit dem Hauptquartier. Vielleicht finden wir einen Kurier.«

»Beckers Bericht zufolge wird es noch einige Wochen dauern, bis sie die Leute angeworben und ausgebildet haben. Sie werden im gleichen Gebäude unterkommen wie die Kriminalpolizei, dort, wo auch Becker arbeitet. Er wird erfahren, wann es losgeht. Ich habe ihm gesagt, daß wir vorher Bescheid wissen wollen.«

»Vielleicht könnte sich Becker um eine Anstellung bei der Grenzpolizei bewerben.«

»Das wäre sinnlos. Er könnte kilometerweit weg von hier stationiert werden.«

»Aber dadurch wäre gewährleistet, daß wir nach wie vor auf die andere Seite kommen, auch wenn wir einen weiten Umweg machen müßten. Keller und Vorster wären in jedem Fall in Sicherheit, solange sie sich auf der anderen Seite befinden. Und einen Vorwand, um auf Reise zu gehen, können sie jederzeit finden.«

»Nicht ohne eine Reisegenehmigung.«

»Denken Sie drüber nach. Ich komme in den nächsten drei, vier Tagen wieder vorbei.

Es dauerte eine Woche, bis Stafford zurückkam. In der Zwischenzeit hatte sich kein Besucher von der anderen Seite blicken lassen, und Carter wurde allmählich unruhig.

Stafford kam sofort zur Sache. »In London möchte man, daß Ihre Leute sich auf die politischen Umstände konzentrieren. Das militärische Material ist zwar nach wie vor sehr wertvoll, aber im Augenblick interessiert man sich in London hauptsächlich für deren politische Absichten. Vielleicht hängt das eine mit dem anderen zusammen. Erst dieser große Truppenaufmarsch, und dann wird ein separater deutscher Staat gegründet. Und das bedeutet Ärger, und zwar auf internationaler Ebene. Aber wenigstens sind wir vorgewarnt.«

»Sonst noch was?«

Stafford lächelte. »Ja. Ein Geschenk von Ihrer alten Einheit. Es war die 103. Field Security, richtig?«

»Ja.«

»Vor unserem Rückzug auf die in Jalta festgelegten Zonengrenzen hatten Sie zwei Mann auf Außenposten in einem kleinen Kaff namens Wernigerode sitzen – ja?«

»Ja.«

»Genau dreizehn Kilometer jenseits der neuen Grenze. In der sowjetischen Zone.«

»Daran erinnere ich mich nicht. Ich habe den Außenposten nie besucht. Dazu war vor dem Abzug nicht mehr genügend Zeit.«

»Nun, einer Ihrer Jungs, ein Sergeant namens Hollins, hatte eine Freundin. Eine Bauerntochter. Er hat sie geschwängert. Jetzt ist sie Mutter. Und er ist der Vater. Der Vater des Mädchens ist fuchsteufelswild. Er mochte Sergeant Hollins, und der Sergeant hatte versprochen, das Mädchen zu heiraten, sobald von Seiten der 21. Army Group Ehen zwischen Truppenangehörigen und Deutschen gestattet würden. Der Alte würde alles tun, wenn seine Tochter dadurch eine rechtschaffene Ehefrau würde.«

»Woher wissen Sie das?«

»Sergeant Hollins hat damals einen Antrag auf Heiratserlaubnis gestellt, aber nach unserem Abzug wurde das natürlich hinfällig. Einer der Schlauköpfe in Bad Salzuflen hat darüber jedoch eine Aktennotiz zur eventuellen späteren Verwendung angelegt.« Er lächelte. »Folglich wurde Sergeant Hollins zu einer kleinen Stippvisite über die Grenze geschickt, mit einem Vorschlag an den alten Mann. Wir bringen das Mädchen samt Kind über die Grenze. Sie heiratet Sergeant Hollins. Alles ordnungsgemäß und offiziell. In England. Der alte Mann erhält eine Kopie der Heiratsurkunde, und alle sind glücklich und zufrieden. Und der Alte ist jederzeit bereit, jemandem, der ein paar Tage fernab der Großstadt auf dem Land verbringen möchte, ein Zimmer zu überlassen. Er muß nur das Losungswort kennen.«

»Wann?«

»Was haben wir heute? Donnerstag? Ja. Sergeant Hollins sollte heute auf Hochzeitsreise gehen, und wenn einer Ihrer Jungs das nächste Mal rüberkommt, bringt er dem Bauern das hier mit.« Stafford griff in seine Tasche und reichte Carter einen nicht zugeklebten Behördenumschlag. Carter zog das zusammengefaltete Blatt heraus. Es war die beglaubigte Kopie einer Urkunde, derzufolge Francis Hollins und Helga Braumann tags zuvor den Bund der Ehe geschlossen hatten.

Carter schaute Stafford an. »In London muß man ja ziemlich verzweifelt sein, wenn die derart schnell zu einem solchen Schritt bereit sind.«

»Verzweifelt – nein. Besorgt – ja.« Er hielt inne. »Und was ist mit Ihnen?«

»Ich bin noch ganz verdattert über soviel Aufwand. Und auch noch ohne jeden Papierkrieg und alles.«

»Sie sollten sich geschmeichelt fühlen, Eddie. Es geschah nur wegen Ihnen und Ihrer Operation.«

Carter lächelte achselzuckend. »Ich fühle mich geschmeichelt, zugegeben. Und überwältigt bin ich auch.«

Obwohl Carter über das Tempo und die Tüchtigkeit staunte, mit der Stafford und die 21. Army Group reagiert hatten, ärgerte es ihn auch, daß vorübergehend andere die Kontrolle über seine Operation an sich gerissen hatten, egal, wie tüchtig sie sein mochten. Dadurch war aus seiner kleinen, aber wirkungsvollen Operation eine knallharte militärische Unternehmung geworden. Und das gefiel ihm gar nicht. Aber offensichtlich konnte er sich nicht beklagen. Die hatten ein großes Problem für ihn gelöst, und zwar beinahe über Nacht. Er fragte sich, ob es vielleicht klüger wäre, wenn er zu Stafford etwas mehr Abstand wahrte. Er hatte nicht den geringsten Grund für diese Haltung, aber er wußte, daß er künftig immer daran denken würde.

Stafford hatte ihm die genaue Lage des Bauernhofes mitgeteilt und ihm ein Foto des Hofes sowie eine verblaßte Aufnahme vom Bauern und von seiner Tochter gegeben.

Keller und Rokowsky spazierten gemächlich auf dem Marktplatz herum. Es war fast Mitternacht, und sie waren zweimal angehalten worden und hatten ihre Papier vorzeigen müssen, einmal einer russischen Patrouille und das andere Mal zwei deutschen Polizisten. Beide hatten Ausnahmegenehmigungen, so daß sie nicht an die Ausgangssperre gebunden waren, und Rokowsky lachte, als die russische Streife davonzog. »Es ist ganz besonders erfreulich, fast schon aufregend, etwas zu tun, was andere nicht tun dürfen. So ähnlich muß es sein, wenn man Millionär ist oder dem Politbüro angehört. Man kann tun, was andere nicht tun dürfen.«

Keller lächelte. »Die meisten Menschen würden sich glücklich schätzen, wenn sie im Bett liegen könnten, statt mitten in der Nacht in Magdeburg herumzuspazieren.«

»Sind Sie in die kleine Blondine verliebt, die Sie ab und zu besucht?«

»Meine Güte, nein.«

»Schlafen Sie nur mit ihr?«

»Ja.«

»Wie alt ist sie?«

»Weiß ich nicht genau. Sechzehn – so um den Dreh.«

»Warum so jung? In dem Alter kann man noch nicht einmal vernünftig mit ihnen reden.«

Keller lachte. »Ich suche sie mir auch nicht aus, um mich mit ihnen zu unterhalten.« Er hielt inne. »Übrigens, muß ich mit einem Kameramann arbeiten?«

»Nun, die sind ganz nützlich, wenn man einen Film drehen will«, antwortete Rokowsky lächelnd.

»Ich möchte selbst filmen, mit einer Handkamera, damit es mehr nach einem Dokumentarfilm aussieht, auch wenn alles vorher festgelegt ist.«

»Es ist Ihr Film, Erich. Wenn Sie das so wollen, bin ich einverstanden.«

»Ich habe daran gedacht, in etwa einer Woche anzufangen.«

»Das hängt ganz von Ihnen ab. Sagen Sie mir nur Bescheid, was für ein Team Sie haben möchten.«

»Was meinen Sie damit?«

»Einen Kameraassistenten, einen Tontechniker, vielleicht einen Beleuchter.«

»Sie können sie in einer Woche herholen. Einverstanden?«

»Sagen wir lieber, in fünf Tagen. Dann haben Sie Zeit, ihnen zu erklären, was Sie wollen.« Er lächelte. »Könnte sein, daß man Ihnen einen Kommissar aufhalst, der darauf achtet, daß Sie keine konterrevolutionären Ideen vertreten.«

»Wenn ein Kommissar dabei ist, gibt's keinen Film. Jedenfalls nicht von mir.«

»Treiben Sie's nicht zu weit, mein Freund. Man gewährt Ihnen mehr Freiraum als einem unserer Filmschaffenden. Aber dennoch gibt es Regeln und Reglementierungen – selbst für Sie.«

»Die können den Film ja wegschmeißen, wenn er ihnen nicht gefällt.«

Rokowsky blieb stehen, und Keller drehte sich zu ihm um. »Was ist los?«

»Ich glaube, Sie haben da etwas vergessen. Oder vielleicht haben Sie einfach nicht mehr daran gedacht.«

»Und zwar?«

»Der Krieg ist noch keine zwei Jahre vorbei. Wir haben acht Millionen Soldaten und mindestens ebenso viele Zivilisten verloren. Bei uns gibt es derzeit fünfundzwanzig Millionen Obdachlose. Den Leuten in dieser Stadt geht es besser als den meisten Menschen in der Sowjetunion. Die Deutschen haben die Sowjetunion überfallen, und das werden wir niemals vergessen. Und trotz Ihres Talents, Erich Keller, sind Sie immer noch ein Deutscher. Nutzen Sie also die Privilegien, die wir Ihnen aufgrund Ihres Talents gewähren, aber denken Sie immer daran – Sie sind Deutscher, und nicht einmal ich kann das vergessen. Sagen Sie uns nicht, was wir tun oder lassen sollen. Einverstanden?«

Keller schwieg einen Moment, dann nickte er. »Gut. Sie haben Ihren Standpunkt deutlich gemacht. Ich dachte, wir beide wären einfach nur zwei Männer.«

»Das sind wir auch. Aber für andere Russen sind Sie ein Deutscher. Und Sie und Ihre Landsleute haben sich aufgeführt wie die Tiere. Trotzdem habt ihr verloren.«

»Wir haben alle verloren, Sergej. Die ganze Welt hat verloren.« Er hielt inne. »Aber ich werde mir merken, was Sie gesagt haben.«

Als sie zu Kellers Wohnung zurückgingen, sagte er: »Können Sie mir Filmaufnahmen von der Verteidigung von Stalingrad besorgen?«

»Kilometerweise. Alles, was Sie wollen.«

»Und darf ich sie auch benutzen?«

»Ich muß eine Freigabe erwirken, aber das sollte kein Problem sein.«

15. KAPITEL

Carter stand am Waldrand. Die Bäume warfen lange Schatten auf die Wiese und den Abhang, der zu dem kleinen Fluß hinabführte. Täglich hatte er hier gestanden und unzählige Male die Karte studiert, aber bisher hatte er keinerlei Grenzstreifen entdeckt, weder deutsche noch sowjetische. Er bückte sich, ergriff die Henkel der Segeltuchtasche und marschierte in das schwindende Sonnenlicht.

Hätte er die Straßen benutzt, wäre er in etwa einer Stunde am Ziel gewesen, doch er blieb auf Feldwegen und hielt sich abseits der wenigen, vereinzelt stehenden Häuser. Dadurch dauerte es zwei Stunden, bis er die hohe Scheune des Bauernhofes sah. Sie verdeckte das dahinterliegende Bauernhaus und die Stallungen für die Milchkühe und Schweine.

Es dämmerte bereits, als er über den mit Schlaglöchern übersäten Hof zum Bauernhaus ging. Hinter einem der Erdgeschoßfenster am anderen Ende des Hauses brannte Licht. Er nahm an, daß dort die Küche war. Vor der Haustür vergewisserte er sich noch einmal, daß er das Foto des Mädchens zur Hand hatte.

Er griff zum Klingelzug neben der Tür und hörte den metallisch scheppernden Ton der Glocke durch das Haus schallen. Es kam ihm wie eine halbe Ewigkeit vor, bis er schlurfende Schritte vernahm. Dann wurden schwere Riegel zurückgeschoben, und die mit einer Vorlegekette versehene Tür ging einen Spalt weit auf. Er erkannte Braumanns Gesicht und hielt das Foto des Mädchens hoch.

»Ich würde gern mit Ihnen reden, Herr Braumann.«

Der alte Mann griff nach dem Foto und hielt es unter die Lampe, die er in der anderen Hand hatte. Er schaute es sich eine ganze Weile an, blickte dann auf und richtete die Taschenlampe durch die halboffene Tür auf Carters Gesicht. Er musterte ihn lange, bevor er die Kette löste und die Tür gerade so weit öffnete, daß Carter eintreten konnte.

Nachdem der alte Mann die Kette wieder vorgelegt und die Tür verriegelt hatte, drehte er sich um und bedeutete Carter, er möge ihm folgen. Sie gingen einen mit unebenen Steinplatten belegten Flur entlang und betraten eine altmodische Küche mit einem schwarzen Gußeisenherd, wuchtigen Stützbalken unter der Decke, einem mitten im Raum stehenden alten Küchentisch und vier Stühlen mit gedrechselten Lehnen. Der Mann rückte für Carter einen der Stühle zurecht, deutete darauf und setzte sich. Carter nahm den Umschlag heraus, legte ihn auf den Tisch und schob ihn dem Alten hin. Der öffnete ihn, zog die zusammengefaltete Urkunde heraus, klappte sie sorgfältig auf und hielt sie an den beiden unteren Ecken. Er sah sie sich genau an und bewegte lautlos die Lippen, während er sie langsam las. Er las sie mehrere Male, bis er wieder zu Carter aufblickte und auf die Heiratsurkunde deutete.

»Ist die echt? Offiziell?«

»Ja.«

»Wieso ging es auf einmal so schnell?«

»Das war so mit Ihnen vereinbart.«

»Der Sergeant hat gesagt, Sie wären ein Offizier. Ein Major, richtig?«

»Ja.«

»Geben Sie mir Ihr Ehrenwort, daß sie mit dem Sergeant verheiratet ist?«

»Ich gebe Ihnen mein Wort, Herr Braumann.«

»Wollen Sie über Nacht hierbleiben?«

»Nein. Ich muß zurück.« Carter holte zwei Stangen Zigaretten aus seiner Segeltuchtasche. »Haben Sie eine Reisegenehmigung?«

»Nur bis Magdeburg.«

Carter schob ihm die Zigaretten zu. »Könnten Sie einem Mann in Magdeburg eine Nachricht überbringen, wenn ich Sie darum bitten würde?«

Der alte Mann lächelte. »Für Zigaretten bekomme ich Benzin ... daher, ja, das könnte ich.«

Carter stand auf, und der alte Mann erhob sich ebenfalls und begleitete ihn zur Haustür. Er schob die Riegel zurück und löste die Kette.

»Wann sehen wir uns wieder?«

»Das weiß ich nicht. Ich werde nicht allzu oft herkommen. Wenn meine Leute vorbeikommen, werden sie Ihnen die Parole nennen.«

Carter hielt ihm die Hand hin, und der alte Mann schlug ein.

»Bestellen Sie ihr, daß ich hoffe, sie ist glücklich.«

»Ich werde ihr Ihre Nachricht zukommen lassen.«

Nebel lag über den Feldern, als Carter sich auf den Rückweg machte. Obwohl er auf markante Baumgruppen achtete, die ihm beim Hinweg aufgefallen waren, glaubte er zweimal, er hätte sich verirrt, und er war erleichtert, als er zu der Holzbrücke über den Fluß fand. Er hörte eine Füchsin husten, als er sich dem Wald näherte, und zwanzig Minuten später war er wieder in der Jagdhütte.

Becker kam zwei Tage später mit der Nachricht, daß die Grenzstreifen in zwei Wochen ihren Dienst antreten sollten.

»Sie sollten mir lieber Ihre Anschrift geben, Fritz.« Nachdem er sie aufgeschrieben hatte, sagte Carter: »Wissen Sie zufällig auch, wo Keller wohnt?«

Becker zögerte. »Sie haben uns befohlen, keinerlei Kontakt miteinander aufzunehmen. Mit niemandem von unserer Gruppe.«

»Aber Sie wissen doch, wo er wohnt, oder?«

»Wie kommen Sie denn darauf?«

Carter lächelte. »Instinkt. Erfahrung.«

»Ja. Ich habe ihn mit einem Russen auf einem öffentlichen Markt gesehen und bin den beiden gefolgt. Er wohnt in einer Straße neben dem Marktplatz. An der Ecke Linden- und Bülowstraße.«

»Woher wollen Sie wissen, daß der andere Mann ein Russe war?«

»Ich habe gehört, wie Erich ihn mit Sergej anredete.«

Carter erzählte Becker von dem Bauernhof und daß sie dort Nachrichten hinterlassen oder sich treffen könnten. Becker war sichtlich erleichtert, daß er nur noch in dringenden Fällen über die Grenze mußte. Carter zeigte ihm ein Foto von Braumann und erklärte ihm anhand der Karte, wo der Bauernhof lag.

»Muß ich ihm was dafür geben, wenn ich bei ihm unterkomme?«

»Nein. Darum kümmere ich mich.«

»Woher weiß er, daß ich koscher bin?«

»Ich habe ihm die Parole genannt – Regenbogen.«

»Weiß er etwas von unserer Operation?«

»Nein. Nicht das geringste. Er wird keine Fragen stellen, und Sie sollten ihm nichts erzählen.«

»Neben der Sache mit den Grenzstreifen habe ich noch eine Neuigkeit aufgeschnappt. Die Polizeichefs haben darüber gesprochen und sich deswegen anscheinend große Sorgen gemacht. Ich weiß nicht genau, warum.«

»Erzählen Sie's mir.«

»Nun ja, eigentlich geht es um zweierlei. Erstens verpflichtet die russische Verwaltung Parteimitglieder dazu, über andere

Leute Meldung zu machen – so ähnlich wie früher die Blockwarte. Und sobald die ihre Tätigkeit aufgenommen haben, wollen sie die SPD zwingen, sich mit den Kommunisten zu einer Einheitspartei zusammenzuschließen.«

»Gilt das nur für Magdeburg?«

»Nein, für die gesamte sowjetische Zone, einschließlich Berlin. Ein Deutscher namens Ulbricht soll Parteivorsitzender werden.«

»Haben die Leute von der Kripo auch gesagt, weshalb sie sich Sorgen machen?«

»Zunächst einmal sollen die Blockwarte den Russen direkt Bericht erstatten, nicht der Kripo. Und sie wissen, daß es bei einer Zwangsvereinigung der beiden Parteien Ärger mit den Alliierten gibt. Die glauben anscheinend, daß die Russen sich auf eine Kraftprobe mit den Briten und den Amerikanern vorbereiten.«

»Auch mit den Franzosen?«

Becker wirkte überrascht. »Die Franzosen erwähnt kein Mensch«, sagte er achselzuckend. »Ich glaube nicht, daß die Russen sie ernst nehmen.«

»Ich möchte mit Ihnen darüber reden, wie ich mich mit Ihnen in Verbindung setzen und eventuell eine Zusammenkunft auf dem Bauernhof vereinbaren kann. Dann müssen Sie und Keller keinen Grenzübertritt mehr riskieren, nur um sich mit mir abzusprechen und sich mit Kaffee und Zigaretten einzudecken. Irgendwelche Vorschläge?«

»Ich möchte keinerlei Kontakt zu Keller.«

»Warum nicht?«

»Er kann es zu gut mit den Russen.«

»Sie meinen, Sie trauen ihm nicht?«

»Nein. Ich habe bloß Angst vor den Russkis. Sogar die Kripochefs haben Angst vor ihnen. Die müssen zwar mit ihnen zusammenarbeiten, aber trauen tun sie ihnen nicht.«

»Okay. Wir können uns jederzeit auf dem Bauernhof treffen. Wo kann ich Nachrichten für Sie hinterlassen?«

»Sicher ist es nirgendwo. Überall wird gebaut und abgerissen.«

»Wir könnten einen Code vereinbaren. Ein Kreidezeichen an einer bestimmten Stelle. Einfach ein Kreuz oder einen Kreis. Das bedeutet dann, daß ich mich am nächsten Tag mit Ihnen auf dem Bauernhof treffen möchte.«

»Und wenn ich das Zeichen nicht bemerke?«

»Wir bringen es an einer Stelle an, wo Sie es sehen. Vielleicht an dem Haus, in dem Sie wohnen. Sie können jeden Tag nachgucken. Vielleicht sogar zweimal am Tag.«

»Aber ich muß jeden Tag zur Kripo.«

»Okay, dann treffen wir uns jeweils sonntags.« Er lächelte. »Vereinbaren wir doch folgendes: Ich sorge dafür, daß an Ihrer Haustür ein weißes Kreuz ist, und jeweils am folgenden Sonntag treffen wir uns dann.«

Becker nickte. »Klingt schon besser. Gilt das ab dem Zeitpunkt, an dem die Grenzstreifen anfangen?«

»Nein. Wir machen das ab sofort und sehen zu, ob die Sache irgendeinen Haken hat.«

»Ich sollte lieber wieder zurück. Haben Sie meine Anschrift?«

»Ja. Nur keine Sorge. Falls jemand Sie anhalten sollte, sagen Sie einfach, Sie wollen aufs Land und zusehen, ob Sie etwas zu essen finden.«

»Ich brauche noch Zigaretten und Kaffee.«

»Schon okay. Ich hole sie Ihnen. Sie können sich ordentlich eindecken.«

Am nächsten Tag kam Stafford von der 21. Army Group und brachte den Brief für den alten Bauern, um den Carter gebeten hatte. »Darin steht, wie glücklich sie ist«, sagte er, als er ihn Carter übergab. »Außerdem liegt ein Foto von ihr, dem Sergeant und dem Kind bei. Das sollte ihn bei der Stange halten.«

Carter nickte und sagte leise: »Das scheint mir alles viel zu glatt zu gehen. Ich warte nur auf den ersten Rückschlag.«

»Machen Sie sich wegen der Grenzstreifen Sorgen?«

»Nein. Im Anfangsstadium werden die nicht allzuviel taugen.«

»Was stört Sie dann?«

»Es ist zu gut gegangen. Keller hat uns mehr Material über den Aufmarsch der Roten Armee geliefert, als wir zu hoffen wagten, und Becker sitzt bei der Kripo und damit genau an der richtigen Stelle, wo er uns mit den ganzen internen politischen Informationen versorgen kann.«

»Schmidt ist ab durch die Mitte und sucht seine Mieze. Und Vorster hat bis jetzt nicht viel gebracht.«

»Ist das der Eindruck, den man bei der der 21. Army Group hat?«

»Nein. Und es ist auch nicht meine Meinung. Sie haben Ihre Leute gut ausgewählt, Sie haben sie gut eingewiesen, und mit einem Quentchen Glück bekommen Sie weit mehr, als wir uns erhofft haben. Also hören Sie auf, sich Sorgen zu machen.«

»Wie laufen die anderen Operationen?«

»Ein Netz ist bereits zusammengebrochen, die beiden anderen leisten gute Arbeit. Aber nicht so gute wie Sie.«

»Wie schätzt man unsere bisherigen Ergebnisse ein?«

Stafford lächelte. »Das brauchen Sie gar nicht zu wissen, Eddie. Aber man ist mehr als zufrieden.

16. KAPITEL

Carter sah das mit ungelenker Hand gemalte Schild an dem neu errichteten Drahtzaun. ACHTUNG! GRENZSCHUTZ MIT HUNDEN stand darauf. Doch er wußte, daß es etwa eine Stunde dauerte, bis der Posten diesen Abschnitt der Grenze abgeschritten hatte. Er bückte sich, hob den mittleren Draht an und schlüpfte hindurch.

Eine Stunde später stand er im Schatten der Scheune und schaute zu dem Bauernhaus. Ein leichter Wind strich durch die Pappeln, die sich dunkel am Himmel abhoben, und auf dem Scheunendach schepperte irgendein lockeres Stück Metall. In der Küche des Bauernhauses brannte Licht. Er schaute zum Nachthimmel hinauf. Es war Vollmond. Der Herbstmond, der rund und riesig tief über dem Horizont hing wie ein goldgelber Lampion.

Er griff zu der Reisetasche mit den Zigaretten und den Kaffeedosen von Maxwell House, richtete sich dann aber aus einem unerklärlichen Grund wieder auf und ließ die Tasche stehen. Er ging zur Haustür und kündigte sich mit dem verabredeten Klopfzeichen an. Dem altbekannten V aus dem Morsealphabet. Er hörte nichts, auch nicht das vertraute Schlurfen des alten Mannes auf den Steinplatten, und als er das Ohr an die Tür legen wollte, wurde sie aufgerissen, und eine starke Taschenlampe blendete ihn. Gleichzeitig packte ihn jemand mit kräftiger Hand an den Haaren, riß ihn ins Haus hinein, und dann ging das Licht im Flur an. Er konnte gerade noch einen kurzen Blick auf einen am Ende des Ganges stehenden Mann in NKWD-Uniform werfen, bevor ein nach Leder riechender Gegenstand durch die Luft zischte und ihn hinter dem Ohr traf. Der Boden unter seinen Füßen kippte weg und kam auf ihn zu, und dann verlor er das Bewußtsein.

Carter kam kurz zu sich, als er einen Eimer kaltes Wasser ins Gesicht bekam, und nahm wahr, daß er sich in einem Zimmer mit Landkarten an den Wänden und eisernen Aktenschränken befand, doch als ihn jemand mit grober Hand am Hemdkragen packte, wurde er wieder ohnmächtig. Er hörte jemanden stöhnen, als er wieder aufwachte, und begriff dann, daß das Geräusch von ihm kam. Dann beugte sich jemand über ihn und sagte auf deutsch: »Er wird's überstehen.« Hände ergriffen ihn, zerrten ihn hoch und hielten ihn aufrecht sitzend fest, während sein Kopf vornüberkippte und ihm ein brennender Schmerz durch Nacken und Schulter schoß. Jemand riß grob sein Kinn hoch.

»Wie heißt du?«

»Kraus. Werner Kraus.«

»Wo kommst du her?«

Krachend landete eine Faust auf seiner Wange, und ein Schwall Blut schoß aus seinem Mund.

Er wurde von hinten auf die Füße gezogen und mit dem Rücken an die Wand gedrückt. Der Mann, der ihn hielt, und der andere neben ihm trugen deutsche Polizeiuniformen. Der NKWD-Offizier saß auf einem Holzstuhl neben einem wuchtigen Holztisch. Die Furcht schärfte Carters Sinne, und ihm fiel wieder ein, was man ihm bei der Ausbildung in Beaulieu eingetrichtert hatte. Wenn ihr gefaßt werdet, haltet zwei Tage durch, damit sich die anderen Mitglieder eures Netzes in alle Winde zerstreuen können. Wenn sie euch innerhalb von achtundvierzig Stunden nicht kleinkriegen, habt ihr euch gut gehalten – ihr habt den anderen das Leben gerettet. Aber niemand würde kommen und Keller, Becker und Vorster retten. Stafford würde frühestens in drei, vier Tagen erfahren, daß er geschnappt worden war. Und selbst dann könnte er nichts tun. Er wußte ja nicht einmal, wo die anderen waren. Die 21. Army Group konnte auch keine drastischen Maßnahmen ergreifen. Schließlich befand man sich nicht im Krieg.

Jemand packte ihn mit gestreckten Fingern an der Gurgel und drückte seinen Kopf an die Wand.

»Wo kommst du her?«

»Aus Dresden«, sagte er und dachte daran, was der Ausbilder gesagt hatte. Name, Dienstrang und Nummer, und keinerlei Fragen beantworten. Versuchen Sie gar nicht erst, sie zu überlisten. Aber in seiner Situation nutzten Name, Dienstrang und Nummer nichts. Und er hatte keine Ahnung, warum er gesagt hatte, er käme aus Dresden. Warum um Himmels willen Dresden? In Dresden kannte er nicht eine Straße. Doch dann setzte sich sein Instinkt durch, und als er den Atem des Mannes auf dem Gesicht spürte, nahm er alle Kraft zusammen und rammte ihm sein Knie in den Schritt. Er schrie auf und wich zurück, und einen Moment lang stand Carter einfach da, nahm das Zimmer wahr und den NKWD-Mann, der ruhig dasaß und zusah, wie sich der zweite Polizist auf ihn stürzte. Roter Nebel explodierte hinter seinen Augen, als er ihm mit der Faust ins Gesicht schlug und mit dem Stiefel in die Brust trat. Dann sank er ohnmächtig zu Boden.

Becker räumte seinen Schreibtisch auf, weil er Feierabend machen wollte. Sämtliche Papiere mußten in den Wandsafe. Er schloß ihn gerade ab, als Otto hereinkam. Otto Meyer, sein direkter Vorgesetzter, war sichtlich erregt.

»Die glauben, sie haben einen englischen Spion erwischt.«

»Wer glaubt das?«

»Das NKWD. Wir haben ihn für sie festgenommen.«

»Woher wollen die wissen, daß er ein Engländer ist? Hat er geredet?«

»Nein. Sie haben ihn noch in der Mangel. Er behauptet, er käme aus Dresden.«

»Wo hat man ihn erwischt?«

»Auf einem Bauernhof in der Nähe der Grenze. Auf unserer Seite vom Harz.«

Einen Augenblick lang dachte Becker, er würde ohnmächtig. Kalte Angst erfaßte ihn und raubte ihm beinahe den Atem, danach wurde ihm heiß, und er brach in Schweiß aus. Rasch drehte er sich um und schloß umständlich den Safe ab, bis er es wagen konnte, Otto wieder anzusehen.

»Wo wird er verwahrt?«

»Drunten im Keller.«

»Wer verhört ihn?«

Otto grinste. »Er hat unserem Freund Heller in die Eier getreten. Daraufhin haben sie ihn sich vorgeknöpft, so daß er die nächsten ein, zwei Stunden nicht zu sich kommen dürfte.«

»Wie sind sie ihm auf die Spur gekommen?«

»Keine Ahnung. Vermutlich haben die Grenzstreifen gesehen, wie er rübergekommen ist, und sind ihm gefolgt.«

»Was hat er denn auf dem Bauernhof gemacht?«

»Das haben sie nicht gesagt.«

»Wollte wahrscheinlich was zu essen kaufen, der arme Kerl.« Becker zuckte die Achseln. »Wie kommen die eigentlich darauf, daß er Engländer ist?«

»Ich glaube, sie haben den alten Mann ausgequetscht, dem der Bauernhof gehört. Vielleicht hat er es gesagt. Ihn haben sie auch. Er sitzt in einer Zelle von uns.« Otto rieb sich die Hände. »Jedenfalls ist das mal was anderes als ständig diese Besoffenen.« Er ging zur Tür. »Zeit zum Aufbruch. Die Mistkerle bezahlen uns keine Überstunden.«

Becker blieb betroffen stehen und fragte sich, was er tun sollte. Er wußte, daß er keinen Augenblick Ruhe haben würde, bis er herausgefunden hätte, ob man möglicherweise Eddie erwischt hatte. Nach oben zu gehen, wo der NKWD saß, war viel zu gefährlich, aber er konnte sich zu den Zellen im Keller durchmogeln, wo Ottos Worten zufolge der Bauer eingesperrt war. Er schloß einen Moment lang die Augen, holte dann tief Luft und ging zum anderen Ende des Korridors, wo eine eiserne Wendeltreppe in den Keller hinunterführte.

In der ersten Zelle grölte ein Betrunkener, der sich von oben bis unten vollgekotzt hatte, wilde Flüche. Drei Zellen weiter hielt ein Kripomann Wache.

»Sie haben hier unten nichts verloren, Becker.«

»Ich suche Wachtmeister Otto. Haben Sie ihn gesehen?«

»Der wird schon weg sein.«

»Das kann nicht sein. Wir haben uns erst vor ein, zwei Minuten in meinem Büro unterhalten.« Er warf einen Blick zu der Zelle. »Ist das der Kerl, von dem er geredet hat? Der Bauer?«

»Das geht Sie gar nichts an, mein Freund. Und Otto auch nicht.«

Aber Becker hatte genug gesehen. Das armselige Bündel auf dem Zementboden war eindeutig der Bauer. Mit geschlossenen Augen und zerschlagenem Gesicht.

»Kommt mir jedenfalls nicht so vor, als würde der noch viel Ärger machen.«

»Darüber haben andere zu befinden.«

Becker nickte. »Wenn Sie Otto sehen, dann sagen Sie ihm doch, daß ich nach Hause gegangen bin.«

»Ich hab's Ihnen doch gesagt. Er ist weg. Der haut ab, sobald seine Schicht vorbei ist.« Er grinste. »Kann ich ihm auch nicht verdenken.«

Es regnete, als Becker auf die Straße trat. Er war unschlüssig, wohin er sich wenden sollte. Wenn er nach links ginge, wäre er in zehn Minuten zu Hause. Wenn er die ganze Nacht lang marschierte, könnte er noch vor Tagesanbruch über der Grenze sein.

Aber was dann? Dort wartete kein Eddie auf ihn, der alles wieder in Ordnung brachte. Und auf die anderen konnte er sich auch nicht verlassen. Bis die etwas unternahmen, wäre Eddie bestimmt tot, genau wie er und Keller, wenn Eddie unter der Folter auspackte.

Ohne lange nachzudenken, bog er nach rechts ab, zu Kellers Wohnung. Einmal stolperte er, als er die Augen geschlossen hatte, um seine düsteren Gedanken zu verdrängen. Kellers Wohnung war dunkel, aber aus dem Studio im Erdgeschoß drang Licht. Er entdeckte weder eine Klingel noch einen Türklopfer, und so hieb er mit der Faust an die Tür und wartete. Der Regen war stärker geworden, und aus einem geplatzten Abflußrohr ergoß sich ein Sturzbach auf die Straße. Es kam ihm wie eine Ewigkeit vor, bis die Tür geöffnet wurde.

Keller starrte ihn einen Moment lang an und ließ ihn dann eintreten.

»Was, zum Teufel, geht hier vor? Warum bist du hier?«

»Sie haben Eddie.«

»Wer hat Eddie?«

»Die Russen und die Kripo. Den alten Bauern haben sie auch.«

»Was ist passiert?«

»Weiß ich nicht.«

Keller, der in der Dunkelkammer gearbeitet hatte, pellte die dünnen Gummihandschuhe ab, während er sich um Fassung bemühte.

»Erzähl mir, was du weißt. Alles.«

Becker berichtete ihm, was er gesehen und gehört hatte, und Keller hörte mit vorgebeugtem Kopf zu, als könnte er etwas Wichtiges verpassen. Als Becker geendet hatte, sagte er: »Und warum bist du hergekommen? Warum bist du nicht schon längst unterwegs zur Grenze?«

»Ich dachte, ich warne dich lieber vorher. Und ich wollte hören, was wir deiner Meinung nach tun sollen.«

»Und was sollten wir deiner Meinung nach tun?«

»Wir sollten so schnell wie möglich über die Grenze.«

»Und unser alter Freund Eddie?«

»Für den können wir nichts tun. Der ist erledigt.«

»Nicht gerade die Haltung, die ich von einem ehemaligen SS-Offizier erwarte, mein Freund. Von Kameradschaft hast du wohl noch nie was gehört?«

»Was soll das?«

»Hast du Angst?«

»Und ob.«

»Zu viel Angst, um unserem Freund Eddie zu helfen?«

»Wie sollten wir ihm denn helfen? Ich komme nicht mal an ihn ran. Er sitzt beim NKWD.«

»Aber er wird von der Kripo bewacht, ja?«

»Jawohl.«

»Willst du wieder über die Grenze zurück?«

»Ja. Aber ohne Eddie werden sie mich – uns – nicht mehr wollen.«

»Aber du willst trotzdem zurückgehen?«

»Ja.«

»Dann sollten wir Eddie lieber mit zurückschaffen.«

»Das ist unmöglich.«

»Hast du schon was gegessen?«

»Nein.«

»Komm, wir gehen hoch zu mir und gönnen uns einen Kaffee und ein paar belegte Brote.«

»Da oben ist doch hoffentlich niemand?«

Keller lächelte. »Nein. Nun ja, eine meiner Freundinnen, aber die schicke ich zu ihrer Mutter.«

Keller saß am Küchentisch und rauchte eine russische Zigarette, während Becker immer unruhiger wurde. Je mehr Zeit verging, desto geringer waren die Aussichten, daß er entkommen konnte.

»Erzähl mir mehr von diesem Otto«, sagte Keller. »Diesem Wachtmeister.«

»Was willst du denn wissen?«

»Alles. Mag er die Russkis? Gefällt ihm seine Arbeit? Hat er Familie?«

»Keiner mag die Russkis. Ob ihm seine Arbeit gefällt, weiß ich nicht. Er war sein ganzes Leben bei der Kripo. Soweit ich weiß, hat er keine Familie.«

»Wie lange ist er schon Wachtmeister?«

»Etwa zehn Jahre.«

»Heißt das, er ist nicht besonders helle?«

»Er hat keine besondere Schulbildung, aber ich glaube, er hat gegen Kriegsende irgendwie Ärger bekommen. Er wäre gefeuert worden, aber damals gab's nicht genug Männer, deshalb konnte er sich halten.«

»Was hat er angestellt?«

»Ich habe gehört, daß er ziemlich geldgierig sein soll. Hat sich von Gefangenen schmieren lassen und Bestechungsgelder von gutsituierten Männern genommen, gegen die ermittelt wurde.«

Keller saß minutenlang nur da und rauchte. »Wo wohnt er, dieser Otto?«

»Er hat ein Zimmer an der Kantstraße.«

»Los, wir suchen ihn auf.«

»Warum?«

»Er wird uns helfen, Eddie über die Grenze zu bringen.«

»Du spinnst ja. Warum sollte er uns helfen?«

»Aus vielerlei Gründen. Sagen wir mal, fünfzigtausend Mark, dazu ein guter Posten in der britischen Zone. Ein Neuanfang, ohne die Russen. Statt dessen dankbare Engländer.«

»Und wenn er sich weigert? Er könnte uns an das NKWD verkaufen.«

Keller lächelte verkniffen. »Er wird sich nicht weigern.« Er stand auf. »Du kannst hierbleiben, wenn du möchtest.«

Becker, den das Angebot offensichtlich reizte, zögerte einen Augenblick. Dann zuckte er die Achseln. »Nein. Ich komme mit. Könnte ganz nützlich sein, daß er mich kennt.«

Sobald Keller Otto Meyer und dessen Zimmer sah, wußte er, daß es keinerlei Schwierigkeiten geben würde. Der Wachtmeister war ein großer, vierschrötiger Bauer, geldgierig und offensichtlich voller Groll, weil er es bislang zu nichts gebracht hatte.

Keller führte das Wort, aber er erwähnte nicht, welche Rolle der Engländer für ihn und Becker spielte. Wenn Otto Meyer zu einem kleinen Risiko bereit sei, habe er die Möglichkeit, ein neues Leben anzufangen, sagte Keller, und er könne eine Menge Geld verdienen. Aber er müsse sich hier und jetzt entscheiden. Zum Schachern oder zum Verhandeln sei keine Zeit, sonst sei es für den NKWD-Häftling zu spät. Keller hinterließ den Eindruck, als zögen sie alle drei am gleichen Strang.

Meyer dachte gar nicht daran, um Geld zu feilschen. Er erklärte sich sofort einverstanden. Es gab nichts, was ihn in Magdeburg gehalten hätte. Je schneller er wegkam, desto besser.

Sie verabredeten sich schließlich für den kommenden Abend.

Als sie von dem Posten in dem schummrigen Korridor, an dem sich Carters Zelle befand, angehalten wurden, legte Keller den Passierschein vor, den ihm der General ausgestellt hatte. Der in deutscher und in russischer Sprache verfaßte Text besagte, daß man ihm in der sowjetischen Zone keinerlei Hindernisse in den Weg legen dürfe. Achselzuckend schloß der Posten die Zellentür auf.

Sie waren nicht darauf vorbereitet gewesen, daß Carter bewußtlos sein könnte. Aber als sie sein Gesicht und seine Hände sahen, wurde ihnen klar, daß die Aufgabe schwerer werden würde, als erwartet. Sie holten keinen Gefangenen heraus, sondern einen Mann, der vom Tod gezeichnet war.

»Wohin bringen Sie ihn?« wollte der Posten wissen.

»Ins Lazarett.«

Der Posten schaute Meyer an. »Was machen Sie denn hier? Sie sind doch bei der Kripo, nicht beim NKWD.«

Meyer zuckte mit der Schulter. »Ich führe nur Befehle aus.«

»Sie müssen vorher noch einen Überstellungsschein ausfüllen.«

»Wir schaffen ihn erst zum Wagen«, versetzte Keller herrisch. Er wandte sich an Becker und deutete auf Carters Beine. »Übernehmen Sie die Füße. Heben Sie ihn vorsichtig hoch.«

Carter kam nicht zu Bewußtsein, während sie ihn die Treppe hinauftrugen und zu Kellers Wagen brachten, der auf dem für Polizeifahrzeuge und NKWD-Wagen reservierten Parkplatz hinter dem Polizeigebäude stand.

Keller setzte sich ans Steuer, und Becker und Meyer schoben Carter auf den Rücksitz. Becker nahm neben ihm Platz, legte ihm den Arm um die Schulter und hielt ihn aufrecht. Keller bog vom Hof auf die Hauptstraße ein und fuhr stadtauswärts.

Es hatte aufgehört zu regnen, aber über den Feldern hing der Dunst. Es war fast Mitternacht, als Keller einige Kilometer hinter der letzten Ortschaft anhielt. Sie waren kurz vor der Grenze.

Keller drehte sich um und musterte Carter. »Bist du sicher, daß er noch lebt?«

»Ja. Er atmet.«

»Was haben sie ihm sonst noch getan? Vom Gesicht mal abgesehen.«

Becker hielt Carters Hand hoch. An der Daumenwurzel befand sich ein gezacktes Loch, das bis zur anderen Seite durchging, so daß man das rohe, blutige Fleisch und den weiß schimmernden Knochen sehen konnte. Der kleine Finger hing schlaff und seltsam zur Seite gebogen herab.

»Sie müssen ihm eine Kugel durch die Hand gejagt haben«, sagte Keller.

»Nein. Das ist zu ausgefranst für ein Einschußloch. Sieht mehr nach einer Art Messer aus.«

»Wir werden ihn hinübertragen müssen. Glücklicherweise ist er nicht schwer. Wann ist Wachablösung?«

Becker schaute auf seine Uhr. »In ungefähr einer Stunde.«

»Wieviel Mann sind auf Streife?«

»Immer nur einer.«

»Hat er einen Hund dabei?«

»Nicht immer. Nachts zwar meistens, aber die haben nicht genügend Hunde.«

»Sind sie scharf oder eher nachlässig?«

»Das kommt auf den jeweiligen Mann an. Ist von Fall zu Fall verschieden.«

»Womit sind sie bewaffnet?«

»AK-47 und Schmeißerpistolen.«

»Scharf geladen?«

»Allerdings.«

»Gesichert oder schußbereit?«

»Schußbereit, wenn sie es für notwendig halten.«

»Sind sie an der Waffe ausgebildet worden?«

»Nur ein paar Übungsstunden auf dem Schießstand der Kripo. Keine regelrechte Ausbildung.«

Keller musterte wieder Carters blutiges Gesicht und seufzte. »Machen wir uns auf. Wir müssen es einfach riskieren.«

Sie fuhren drei Kilometer weiter, hoben Carter dann aus dem Wagen und legten ihn ins nasse Gras neben dem Straßengraben. Keller schaute zu dem dunstverhangenen Mond hinauf und deutete dann über das Feld. »Wir müssen in diese Richtung gehen.«

Langsam und vorsichtig trugen sie Carter über die mit stoppeligem Gras bewachsenen Felder, die niemand mehr bestellte, weil sie zu nahe an der Grenze lagen. In zwei Stunden legten sie knapp zwei Kilometer zurück, aber dann sahen sie endlich die Umrisse der Holzpfosten, die die eigentliche Grenze bildeten.

Keller zog seine Jacke aus, faltete sie zusammen und schob sie unter Carters Kopf. »Wir warten, bis der Posten vorbeigekommen ist«, sagte er zu Becker, »dann gehen wir schnurstracks rüber. Sobald wir drüben sind, warten du und Meyer im Wald, und ich gehe zum Haus und hole Hilfe.«

Sie mußten nur eine halbe Stunde warten, aber es kam ihnen vor wie eine halbe Ewigkeit. Sie hörten den Mann schon von weitem. Das Magazin seiner Kalaschnikow schepperte, als er rauchend am Zaun entlangkam und ringsum die Tauben im Wald aufscheuchte. Sie warteten, bis er außer Sicht war, dann hoben sie Carter auf und rannten stolpernd auf die Grenze zu. Becker hielt den untersten Draht hoch, und sie schoben Carter durch den Zaun. Sie trugen ihn ein-, zweihundert Meter tief in den Wald hinein, dann zog Keller allein los.

Er hatte nur eine ungefähre Vorstellung, wo sie die Grenze überquert hatten und wo die Jagdhütte lag, aber er hielt sich immer gen Westen, bis er schließlich auf einen Waldweg stieß, der seines Erachtens zu der JH-Hütte führen mußte. Er folgte ihm etwa anderthalb Kilometer, und dann sah er das langgestreckte Gebäude. Es war hell erleuchtet, und auf dem Hof parkten zwei Wagen. Beide hatten Militärnummernschilder.

Er keuchte vor Anstrengung, als er vor der Tür stand, Schweiß rann ihm über das Gesicht, und sein Hemd war klatschnaß. Er lehnte sich einen Moment lang an die Wand, bevor er auf die Klingel drückte. Auf das Schrillen hin hörte er eilige Schritte, und als die Tür aufging, stand vor ihm der Mann von der 21. Army Group, der ihn seinerzeit zum erstenmal verhört hatte.

»Ich bin Keller. Ich brauche Hilfe.«

Stafford riß die Tür weit auf. »Kommen Sie herein.«

Er wurde zu einer Couch im Flur geführt, und als er sich darauf niedersinken ließ, sagte der Mann: »Mein Name ist Stafford. Ich habe Sie vor einiger Zeit verhört. Was kann ich für Sie tun? Geht es um Eddie?«

»Sie haben ihn erwischt. Das NKWD. Wir haben ihn über die Grenze zurückgeschafft. Becker wartet mit ihm im Wald. Er ist in ziemlich schlechter Verfassung. Die haben ihn zusammengeschlagen.«

»Wo sind sie?«

»Knapp diesseits der Zonengrenze.« Er schloß die Augen. »Mir geht's nicht allzu gut. Es ist ...« Und Stafford konnte ihn gerade noch auffangen, bevor er vornüberstürzte.

Sie brauchten fast zwei Stunden, bis sie Carter und die beiden Deutschen gefunden hatten. Stafford war im Haus geblieben und hatte sich mit der 21. Army Group in Verbindung gesetzt und einen Arzt angefordert.

Stafford stand daneben und schaute zu, während der Arzt Carter sorgfältig untersuchte. Schließlich richtete sich der Arzt auf und schaute Stafford an. »Was, zum Teufel, hat man diesem Mann angetan?«

»Er wurde zusammengeschlagen.«

Der Arzt schüttelte den Kopf. »So sieht man nicht aus, wenn man nur zusammengeschlagen wurde.«

»O doch, wenn einen die Russen für einen Spion halten.«

»Haben Sie seine Hände gesehen?«

»Ja.«

»Was haben sie damit gemacht? Das sind keine Schußverletzungen. Und auch keine Messerwunden. Die Löcher sind über einen halben Zentimeter groß und gehen durch bis zur anderen Seite. Das Fleisch ist ausgefranst. Da muß ein erstklassiger Chirurg ran, und anschließend ist wochenlange Heilgymnastik erforderlich, bevor er auch nur die Hand wieder schließen kann.«

»Wie ist sein Allgemeinbefinden?«

»Er wird's überleben. Mit Ach und Krach. Aber er hat einen Schock. Eine Art Trauma. Ein Glück, daß er so jung und durchtrainiert ist. Ich werde ihn ins Lazarett einweisen, sobald ich die Grundversorgung gemacht habe.«

»Er muß hierbleiben. Sagen Sie mir, was Sie brauchen.«

Der Arzt drehte sich ärgerlich und empört um. »Er muß operiert werden und braucht besondere Pflege. Er gehört in ein Krankenhaus.«

Stafford deutete auf das Telefon. »Rufen Sie die 21. Army Group an, und fragen Sie nach Colonel Shapiro. Sagen Sie ihm, was Sie brauchen.«

»Ich möchte zu Protokoll geben, Colonel, daß ich nur unter Protest handele.«

»Okay. Ich nehme es zur Kenntnis, Major. Und jetzt telefonieren Sie. Es ist eine Direktverbindung. Nehmen Sie einfach den Hörer ab.«

Eine Stunde später traf ein Sanitätswagen mit Besatzung in der Jagdhütte ein. Stafford führte sie hinauf in Carters Zimmer, wo der Major Wache hielt. Er ließ sie mit ihrer Arbeit alleine und ging wieder nach unten, wo Becker und Meyer zu Tisch saßen.

Stafford bat Becker, sein Essen mit in das Zimmer zu nehmen, das er als Büro nutzte.

Als sie Platz genommen hatten, fragte Stafford: »Wo ist Keller?«

»Er hat sich hingelegt.«

Stafford bemerkte, daß Beckers Hand zitterte, als er nach einem weiteren Sandwich griff.

»Wer ist der andere Mann?«

»Sein Name ist Meyer. Keller hat ihm Geld versprochen und daß er in der britischen Zone bleiben könnte, wenn wir Eddie zurückbrächten.«

»Welche Rolle hat er bei der Sache gespielt?«

»Er hat Eddies Zelle beim NKWD bewacht.«

»Erzählen Sie mir, was geschehen ist.«

Stafford hörte zu, während Becker ihm stockend und zusammenhanglos berichtete, was er wußte. Und während er das Gehörte verarbeitete, wurde Stafford klar, daß Keller nicht nur ein großes Risiko eingegangen war, als er die Flucht organisiert und geleitet hatte, sondern daß er genausogut auf Tauchstation gehen und untätig hätte bleiben können. Oder er hätte Carter zurücklassen und nur sich über die Grenze in Sicherheit bringen können.

»Sie sollten ebenfalls ein bißchen schlafen, Fritz.«

»Haben wir uns richtig verhalten?«

»Erstklassig sogar. Wir werden uns um Sie alle kümmern. Keine Sorge.«

Carter kam erst nach vier Tagen zu sich. Die Wunden an seinen Händen sprachen auf die Behandlung an, und die Blutergüsse und Abschürfungen an Brust und Schulter verheilten zusehends, bis man nur mehr bläulich-gelbe Flecken sah. Stafford plauderte in den folgenden Tagen mehrmals mit Carter, aber er fragte ihn nicht, was mit ihm geschehen war oder wie man ihn geschnappt hatte. Manchmal gab es bei ihren Gesprächen Momente, in denen Carter nicht recht zu wissen schien, wo er war oder mit wem er redete. Aber Stafford machte sich auch wegen Keller Sorgen. Sein Mut und seine Initiative wurden von der 21. Army Group sehr bewundert, und man hatte Stafford mitgeteilt, daß Keller jeder Wunsch erfüllt werden sollte. Keller jedoch wollte, so schwer dies auch zu glauben war, wieder nach Magdeburg zurück.

Als sie zum dritten Mal darüber sprachen, sagte Stafford: »Wissen Sie überhaupt, ob Sie dort sicher sind?«

Keller lächelte. »Ziemlich sicher.«

»Dieser Posten könnte Sie wiedererkennen oder sich an den Namen auf dem Passierschein des Generals erinnern.«

»Ich habe den Daumen über meinen Namen gehalten, und außerdem war er viel zu betrunken. Die werden unserem Freund Meyer alles in die Schuhe schieben.«

»Warum wollen Sie zurück?«

Lächelnd zuckte Keller die Achseln. »Wegen dem Film. Die lassen mir nahezu freie Hand. Und sie wollen, daß ich nach Berlin umziehe.«

»Was können wir für Sie tun?«

»Es gäbe da schon was. Eine Art Versicherung.«

»Und zwar?«

»Einen britischen Paß. Und die britische Staatsbürgerschaft. Echt, nicht gefälscht.«

»Ich werde mit der 21. Army Group sprechen. Sie müssen das mit London abklären.«

»Ich kann höchstens noch ein, zwei Tage bleiben, sonst werden die sich fragen, wo ich gewesen bin.«

»Was werden Sie ihnen sagen?«

Keller lachte leise. »Gar nichts. Allenfalls eine Andeutung, daß ich mit einer Freundin zusammen war. Das werden sie schon glauben.«

Zu Staffords Überraschung erfüllte man in London auf der Stelle Kellers Bitte, und bereits am folgenden Mittag traf ein Sonderkurier mit dem Paß ein. Als er ihn Keller aushändigte, fragte dieser: »Was ist mit Eddie? Wie geht es ihm?«

»Nicht schlecht. Aber ich habe mit ihm noch nicht über das Vorgefallene gesprochen.«

»Offensichtlich hat er nichts preisgegeben.«

»Wie kommen Sie darauf?«

»Sie wären nicht soweit gegangen, wenn er geredet hätte. Und außerdem wären Becker und ich sonst ebenfalls im Gefängnis.« Er hielt kurz inne. »Sie scheinen daran zu zweifeln.«

»Nein. Ich zweifle nicht daran. Ich bin mir nur nicht sicher. Wir müssen abwarten und hören, was er sagt.«

»Ich habe die Löcher an seinen Händen gesehen. Für mich wäre das Beweis genug.« Er zuckte die Achseln. »Nun ja. Ich sollte mich heute nacht lieber auf den Rückweg machen.«

»Sie wissen, daß Sie nur zu fragen brauchen, wenn es etwas gibt, was wir für Sie tun können.« Stafford lächelte. »Und das meine ich ernst.«

»Sie haben mich gar nicht gebeten, Sie weiter auf dem laufenden zu halten.«

Stafford wirkte überrascht. »Haben Sie nicht gesagt, Sie hätten genug davon?«

»Ich werde Ihnen weiterhin alles Wichtige mitteilen.«

»Wie?«

»Weiß ich noch nicht. Aber wenn es wichtig ist und Sie es erfahren sollten, werde ich Mittel und Wege finden.«

»Ich hätte nicht darum zu bitten gewagt.«

»Die führen nichts Gutes im Schilde, Colonel. Ich möchte sie aufhalten.«

»Nun, ich kann dazu nur sagen, daß wir Ihnen sehr dankbar wären. Wir sind ebenfalls der Meinung, daß sie auf Ärger aus sind. Das sind nicht mehr unsere Verbündeten.«

Keller lächelte. »Das waren sie nie. Genausowenig wie unsere, trotz unseres Paktes mit Stalin.«

»Aber ich habe gehört, daß Sie einen Film für sie gemacht haben, in dem Sie die Verdienste der Roten Armee rühmen.«

Keller schüttelte den Kopf. »Ich habe einen Film gemacht, in dem gezeigt wird, daß Soldaten auch nur Männer sind. Männer, die Heimweh haben. Männer, die sich auch wie Wilde aufführen, aber nur, weil eine Clique mächtiger Männer sie dazu ermutigt. Die Männer in meinem Film könnten genausogut Deutsche sein, Briten, Amerikaner. Männer aus Glasgow. Männer aus Kansas, aus Essen – oder Männer aus Kiew. Für sie ändert sich nichts dadurch, ob sie Sieger oder Verlierer sind. Sie werden nach Hause zurückkehren, wo man ihre Heldentaten erst ausschlachten und dann vergessen wird.«

Stafford lächelte achselzuckend. »Sie zeichnen da ein sehr pessimistisches Bild.«

»Es ist nicht pessimistisch, Colonel. Es entspricht der Wirklichkeit. Und Sie haben recht. Diese Jungs werden Ihnen und den Amerikanern noch eine Menge Scherereien machen.«

»Inwiefern?«

»Ich habe gehört, wie ranghohe Offiziere aus dem Stab des Generals davon redeten, daß sie sämtliche Landverbindungen nach Berlin unterbinden wollen. Alliierte Truppen, die nach Berlin wollen, sollen von sowjetischen Einheiten angehalten und durchsucht werden.«

»Dem würden wir uns niemals fügen. Und außerdem: Welchen Sinn hätte es?«

Keller zuckte die Achseln. »Die wollen zeigen, wer der Herr im Haus ist. Sie gehen davon aus, daß ihr euch den Weg nach Berlin nicht freikämpfen werdet.«

»Und was dann?«

»Aus der sowjetischen Besatzungzone wird ein neues Deutschland entstehen. Ein kommunistisches Deutschland.«

»Das wäre ein totaler Verstoß gegen das Viermächteabkommen. Das würden wir ihnen niemals durchgehen lassen.«

»Würdet ihr deswegen einen Krieg riskieren?«

»Das weiß ich nicht.«

»Wenn Berlin eingeschlossen ist, wie wollt ihr dann eure Truppen versorgen? Eure und die amerikanischen? Und wie wollt ihr die Bevölkerung in den drei Westsektoren verpflegen?«

»Glauben Sie wirklich, daß die das tun werden?«

»Weiß ich nicht. Ich sage Ihnen nur, worüber die reden. Vielleicht ist es ja reines Wunschdenken, aber Sie haben zweifelsohne bemerkt, daß die Rote Armee immer mehr Männer in ihrer Zone stationiert, während die Briten und die Amerikaner ihre Truppen heimschicken.«

»Das machen sie nur, weil es billiger ist, ihre Männer auf Kosten der Deutschen zu verpflegen.«

Keller stand auf. »Wir werden ja sehen. Bestimmt sogar. Grüßen Sie Eddie von mir, wenn er wieder ansprechbar ist, ja?«

»Selbstverständlich. Und danke für Ihren Mut und Ihre Loyalität.«

»Ihr Eddie ist ein guter Mann. Ich muß los.« Er streckte die Rechte aus, und Stafford ergriff sie mit beiden Händen. »Das werden wir nie vergessen, mein Freund. Das verspreche ich Ihnen.«

17. KAPITEL

Es wurde bereits hell, als Carter seine Geschichte beendete. Mallory hatte zugehört und sich von Zeit zu Zeit auf seinem Block ein paar Notizen gemacht. Ihm wurde klar, daß er soeben ein Stück Zeitgeschichte gehört hatte. Carter hatte die Vergangenheit so lebendig heraufbeschworen, daß Mallory das Gefühl hatte, er wäre damals dabeigewesen.

»Dieser ganze alte Kram muß Sie zu Tode gelangweilt haben«, sagte Carter. »Sie sollten lieber schlafen gehen. Ich übrigens auch. Wie wär's, wenn wir uns heute abend wieder treffen?«

Mallory lächelte. »Ich habe mich bestimmt nicht gelangweilt, Major. Und ich möchte unbedingt mehr davon hören.«

»Mehr wovon?«

»Wie es am Ende ausgegangen ist.«

Carter zuckte mit den Achseln. »Es ist nicht zu Ende, mein Junge. Deshalb sind Sie ja hier.«

»Darf ich Ihnen heute abend ein paar Fragen stellen?«

»Sie können mich alles fragen, was Sie wollen, aber ich werde Ihnen vermutlich nicht sagen, was Sie wissen wollen.«

Mallory lächelte. »Danke, daß Sie mir die Geschichte erzählt haben.«

Mit wackeligen Beinen stand Carter auf. »Sagen wir, heute abend um sieben. Wir gehen auf mein Boot.«

Sobald er auf seinem Zimmer im »The Ship« war, hängte Mallory das »Bitte nicht stören«-Schild an den Türknauf, zog sich aus und legte sich auf das Bett. Innerhalb einer Minute fielen ihm die

Augen zu, aber er schlief unruhig, wälzte und warf sich immer wieder auf dem Bett hin und her, während ihm zusammenhanglose Bilder durch den Kopf schossen. Schwarzweiße Wochenschaubilder aus dem Krieg, die aber nicht das geringste mit Carters Erzählung zu tun hatten. Ein grobkörniger Film, in dem man Chamberlain aus dem Flugzeug steigen und ein Stück Papier in der Hand halten sah, das im Wind flatterte. Spitfires, die von einer grasbewachsenen Startbahn abhoben. Hunderte von Bombern, die in dichtem Pulk über den Nachthimmel zogen, und Montgomery, der in einem Zelt die Kapitulationsurkunde unterzeichnete.

Schlaftrunken stand er auf, ließ kaltes Wasser in das Becken einlaufen, wusch sich das Gesicht und torkelte mit halbgeschlossenen Augen wieder ins Bett. Das klingelnde Telefon in seinem Zimmer weckte ihn schließlich auf.

»Hallo.«

»Hatten wir nicht sieben gesagt?«

Mallory schaute auf seine Uhr. Es war halb neun.

»Tut mir schrecklich leid. Ich muß verschlafen haben. Möchten Sie es auf morgen verschieben?«

»Sie etwa?«

»Nein, aber ich möchte Ihnen keine Ungelegenheiten bereiten.«

»Ich erwarte Sie in ungefähr einer Stunde, einverstanden?«

»Sicher. Danke.«

Sie fuhren unverzüglich hinunter nach Birdham, wo Carters Boot vertäut war, nahmen die Planen ab und ließen sich in der gemütlichen Kajüte nieder.

Auf dem Tisch standen diverse Flasche und eine Thermoskanne mit Tee. Carter hob sein Whiskyglas ans Licht und sagte: »Sie müssen sich furchtbar gelangweilt haben, mein Junge, bei dem ganzen Zeug, das ich Ihnen gestern vorgesetzt habe.«

Mallory lächelte. »Darf ich Ihnen ein paar Fragen stellen?«

»Das sagte ich doch schon.«

»Was ist aus der Operation auf der anderen Seite der Grenze geworden, nachdem Sie zurück waren?«

»Sie wurde abgeblasen. Lediglich zwei Lieutenants vom Intelligence Corps sind in der Jagdhütte zurückgeblieben, falls jemand versuchen sollte, Kontakt aufzunehmen.«

»Was ist mit Ihnen geschehen?«

»Es hat fast zwei Wochen gedauert, bis ich wieder reden konnte, obwohl die Ärzte und Sanitäter schwer geschuftet haben.« Carter lächelte. »Sie hatten ein neues Medikament, ein sogenanntes Antibiotikum. Sie haben es an meinen Händen und an anderen Stellen ausprobiert. Nach sechs Wochen war ich wieder auf dem Damm.

Aus London schickte man ein Team rüber. Haben gesagt, es wäre eine abschließende Einsatzbesprechung.« Er schüttelte den Kopf. »Die wollten nachprüfen, ob ich geredet hatte.«

»Aber Keller wäre doch verhaftet worden, wenn Sie geredet hätten, und Becker ebenfalls.«

»Die hätten ja mit mir unter einer Decke stecken können. Ich werde erwischt und mächtig verprügelt. Erzähle ihnen, was sie wissen wollen. Die schlagen mir ein Geschäft vor. Entweder bis ans Ende meiner Tage im Gefängnis, oder ich mache mit.« Er hielt kurz inne. »Den Leuten in London hat es nicht gepaßt, daß Keller zurückgegangen ist. Wenn er mir wirklich bei der Flucht geholfen hatte, woher wollte er dann wissen, daß man nicht schon auf ihn wartete, sobald er zurückkam?«

»Ein durchaus nachvollziehbarer Gedanke.«

»Aber er verrät eine sehr begrenzte Sichtweise.«

»Wieso?«

»Wir waren ein Team. Keller war ein großartiger Mann. Hochintelligent. Das einzige, woran ihm etwas lag, waren das Fotografieren und seine Filme. Er hätte auch für uns gefilmt, aber das stand nicht zur Debatte. Unsere Leute hatten kein Interesse. Er hätte für jede Regierung gefilmt, die ihn unterstützt hätte. Und er war Soldat gewesen. Er war loyal. Für ihn war ich ein Kamerad. Seine Leidenschaft fürs Filmen überwog alles andere.«

»Wieso dachten die Leute aus London, das NKWD hätte bei Ihrer Flucht mitgespielt?«

Carter zuckte die Achseln. »Ich bekomme meine Freiheit geschenkt und arbeite dafür mit ihnen zusammen.«

»Wollen Sie etwa sagen, daß die geglaubt haben, man hätte Sie umgedreht?«

»Nein. Die denken anders herum. Die wollten wissen, warum ich mich nicht hätte umdrehen lassen sollen.«

»Wie, um Gottes willen, hätten Sie das beweisen können?«

»Konnte ich nicht. Das wußten sie. Aber sie dachten, wenn sie immer und immer weiterbohren, immer dieselben Fragen stellen, kriegen sie mich irgendwann klein. Ich könnte mich vielleicht versprechen, und dann hätten sie Gewißheit.«

»Sie müssen sie gehaßt haben.«

»Nein. Eigentlich nicht. Sie haben nur ihre Arbeit gemacht. Zuerst hat es mich gewurmt, daß sie überhaupt auf den Gedanken kamen, ich hätte meine Leute verraten. Aber am Ende habe ich mich darüber hinweggetröstet.«

»Wie denn?«

»Sie waren keine Soldaten. Sie waren Zivilisten. Vom SIS.« Er lächelte.

»Und was ist am Ende herausgekommen?«

»Wer weiß? Sie haben es mir nicht gesagt.«

»Was ist aus Ihnen geworden, nachdem sie mit Ihnen fertig waren?«

»Diese Leute werden nie mit einem fertig. Die Akte ist nach wie vor offen.« Er lachte trocken. »Sie haben mir sogar einen Job beim SIS angeboten.«

»Was haben Sie getan?«

»Ich habe abgelehnt.«

»Und?«

»Ich hatte keine besonderen Fähigkeiten. Meine Entlassung aus dem Kriegsdienst war längst fällig. Man gab mir ein hervorragendes Zeugnis. Einfallsreich, Führungsqualitäten, aufrichtig und loyal.« Er seufzte. »Aber in der Nachkriegszeit waren die vorhandenen Arbeitsplätze schon mit den Männern besetzt, die bereits entlassen worden waren, und Männer mit Führungsqualitäten haben die Arbeitgeber damals nicht gesucht. Sie wollten Leute mit bestimmten Fähigkeiten. Die hatte ich nicht. Ich schrieb zig Bewerbungen, war bei etlichen verheißungsvollen Vorstellungsgesprächen. Mindestens vier Unternehmen haben mir einen Arbeitsplatz regelrecht angeboten – ein, zwei Tage später wurden die Angebote dann zurückgezogen. Teilten mir zu ihrem Bedauern mit, daß ich letztlich doch nicht ganz dem entspräche, was sie im Sinn gehabt hätten. Sie hofften, daß ich anderswo mehr Erfolg hätte.« Er schaute Mallory an. »Und dann rief irgendwann aus heiterem Himmel Stafford bei mir an. Er kenne da einen Kerl, der jemanden wie mich suche, um für ihn Autos zu verkaufen. Rolls Royce und Bentley. Neue und gebrauchte. Ob ich Interesse hätte? Ich traf mich mit dem Mann, und er stellte mich sofort ein. Ich wohnte noch bei meinen Eltern, und diese Arbeit bedeutete, daß Trixie und ich endlich heiraten konnten. Nachdem er mich zwei Monate lang angelernt hatte, schickte mich mein neuer Chef in seine Niederlassung nach Stockholm. Dort war nach dem Krieg das Geld.«

Mallory lächelte. »Und seither leben Sie glücklich und zufrieden.«

»Nicht ganz.«

»Warum nicht?«

»Ich habe entdeckt, daß Stafford mich keineswegs zufällig angerufen hat.« Er schwieg kurz und schaute Mallory an, bevor er weitersprach. »Ich habe herausgefunden, daß viele Rolls-Royce-Händler in strategisch wichtigen Städten im Ausland ehemalige Geheimdienstmänner waren. Mein Chef war keine Ausnahme. Außerdem wurde mir klar, warum ich die anderen Arbeitsstellen nicht bekommen hatte. Sobald jemand ein Führungszeugnis beantragte, ist der SIS eingeschritten. Gehört alles zu deren Spiel.«

»Wie haben Sie das herausgefunden?«

»Mein Chef hat mich gefragt, ob ich nicht hauptamtlich beim SIS einsteigen wollte. Ich habe ihn gefragt, ob ich meinen Job verlieren würde, wenn ich mich weigere, und er sagte nein. Er wollte mir sogar einen langfristigen Vertrag geben, wenn mich das beruhigen würde. Außerdem sagte er mir, daß seine schwedische Niederlassung und dazu noch vier weitere in Europa eigentlich dem SIS gehörten.«

»Und Sie haben trotzdem weitergemacht?«

»Ja. Aber vier Jahre nachdem ich Deutschland verlassen hatte, haben sie mir eine großzügige, steuerfreie Abfindung bezahlt, und eine anständige Pension kriege ich auch.«

Carter lächelte, als er Mallorys Gesichtsausdruck sah. »Wenn Sie mich fragen, ob man mir Schweigegeld gezahlt hat – ich weiß es nicht. War mir darüber nie ganz im klaren.«

»Was ist aus den Deutschen geworden?«

»Was hat man Ihnen denn im Century House über die Deutschen erzählt?«

Mallory beugte sich zu dem Stuhl neben ihm, öffnete den Aktenkoffer und holte die beiden Seiten heraus, die Daley ihm gegeben hatte. Er warf einen kurzen Blick darauf und reichte sie dann Carter.

Carter las die beiden Seiten langsam durch, dann las er sie nochmals, bevor er sie Mallory zurückgab.

»Wollen Sie etwa behaupten, das da wäre alles, was die Ihnen gegeben haben? War das Ihre Aktenvorbereitung?«

»Ja.«

Langsam wandte Carter den Blick zum Kabinenfenster. Hinter den Bäumen am anderen Ende der Bucht ging gerade die Sonne unter. Es dauerte eine ganze Weile, bis er wieder zu Mallory schaute.

»Was haben Sie gemacht, bevor man Ihnen diesen Auftrag gab?«

»Ich war auf einem Auffrischungskursus für Handfeuerwaffen in Hythe.«

»Nein. Ich meine Ihren vorherigen Einsatz.«

»Ich war in Berlin.«

»Zu welchem Zweck?«

»Ich fürchte, darüber darf ich nicht sprechen.«

Carter lächelte. »Ging's gegen das KGB?«

Achselzuckend erwiderte Mallory das Lächeln. »Schon möglich.«

»War die Operation ein Erfolg?«

»Sie läuft noch.«

»Aber Sie haben dabei keinen Mist gebaut?«

Mallory lachte. »Nein. Warum sollte ich?«

»Hat man Ihnen gesagt, warum man Ihnen diesen Auftrag gibt?«

»Weil ich zu jung sei, um damals dabeigewesen zu sein, sagte man mir, und daher objektiv.«

Carter nickte. »Und warum hat man Ihnen dann diesen Quatsch zur Vorbereitung gegeben?«

»Ist es denn Quatsch?«

»Ich habe in dem ganzen Schrieb nicht mehr als zwei Sachen gefunden, die den Tatsachen entsprechen. Diesen Mist hier hat irgend jemand ausgeheckt.«

»Sind Sie sicher?«

»Ganz und gar sicher. Es waren immerhin meine Männer.«

»Vielleicht steht ja nicht mehr in den Akten. Das Zeug ist schließlich ziemlich alt.«

»Wenn Sie das glauben, mein Junge, dann kann man Ihnen alles erzählen.«

»Aber warum sollte man mir absichtlich nutzlose Unterlagen geben?«

»Da müssen Sie schon selbst dahinterkommen. Vielleicht bin ich ja zu zynisch.« Er zuckte mit der Schulter. »Sie haben nach den Deutschen gefragt.«

»Allerdings.«

»Bei Meyer gab's kein Problem. Wir haben ihn bei der Kripo in Essen untergebracht, damit er möglichst weit von der russischen Zone wegkam. Komischerweise kam zwei Wochen, bevor wir unseren Stützpunkt im Wald dichtgemacht haben, auch noch Heinz Schmidt zurück.«

»Hat er sein Mädchen gefunden?«

»Ja. Sie lebte mit einem Schwarzmarktbaron in Leipzig zusammen.«

»Hat er irgendwelche Erkenntnisse mitgebracht?«

»Nicht das geringste.«

»Was haben Sie mit ihm gemacht?«

»Wir haben ihm bei einer Firma in Bremen eine Stelle als Fernfahrer besorgt. Das war das letzte, was ich von ihm gehört habe.«

»Dieser Wolff auf meiner Liste. Derjenige, der gestorben ist. War er einer Ihrer Leute?«

»Nein. Ich glaube, er hat einem anderen Netz angehört, das von Hamburg aus geleitet wurde. Ich habe ein paarmal gehört, wie sein Name erwähnt wurde. War anscheinend ein fähiger Mann.«

»Was ist aus Keller und Becker geworden?«

»Sind Sie nach wie vor hinter ihnen her?«

Mallory lächelte. »Ich bin keineswegs hinter ihnen her. Aber ich möchte sie nach wie vor finden.«

»Tja ...« Carter hielt inne. »Tja, hier trennen sich dann unsere Wege.«

»Gehe ich recht in der Annahme, daß Sie wissen, wo die beiden sind?«

Carter schüttelte den Kopf. »Ich habe meinen Teil getan, Mallory. Ich habe Ihnen die Vorgeschichte geliefert. Das ist alles, was ich wollte.«

»Aber sie leben beide noch?«

Carter zögerte einen Moment lang und nickte dann. »Ja«, sagte er leise. »Sie sind beide noch am Leben.«

Am nächsten Morgen kaufte Mallory für Carter ein kleines Gemälde vom Hafen von Chichester und für seine Frau einen Schal von Hermes. Er ließ beides frei Haus liefern. Dann checkte er aus dem Hotel aus und fuhr nach London zurück. In Midhurst machte er Pause, aß zu Mittag und versuchte seine Gedanken zu ordnen.

18. KAPITEL

In der Wohnung angekommen, packte Mallory seine Tasche aus und stopfte Hemden und Unterwäsche in die Waschmaschine. Nachdem er sich ausgezogen hatte, war genug Wäsche beisammen, um die Maschine guten Gewissens anzuwerfen. Als er ins Badezimmer ging, sah er, daß sein Rasierzeug beseite geschoben und ein ganzes Sortiment Kosmetikdosen, -tuben und -flaschen auf dem Glasregal über dem Waschbecken aufgereiht war. Er ging ins Schlafzimmer, wo er lächelnd stehenblieb und das Mädchen in seinem Bett betrachtete. Sie war bis auf das Höschen nackt, hatte den Kopf auf den einen Arm gebettet und das Gesicht der brennenden Nachttischlampe zugekehrt. Am Boden neben dem Bett lag ein aufgeschlagenes Taschenbuch – *Du und dein Sternzeichen.* Er ging um das Bett herum und zog einen Vorhang auf, so daß die Sonne in das Zimmer schien. Auf dem Rückweg ins Bad schaltete er die Nachttischlampe aus.

In der Badewanne dachte er über das nach, was Carter ihm erzählt hatte. Und über Carter selbst. Er dürfte höchstens Anfang Zwanzig gewesen sein, als all das passiert war, und wenn man ihn jetzt betrachtete, konnte man sich kaum vorstellen, daß er in derartige Sachen verwickelt gewesen war. Wäre er ihm auf der Straße oder bei einer Party begegnet, er hätte ihn für einen unkomplizierten, aufrechten Engländer gehalten. Gleichmütig und zuverlässig. Jemand, der nach erfolgreichem Berufsleben glücklich den Lebensabend mit seiner Frau verbrachte und in seinem heißgeliebten Garten herumwerkelte. Und genau das war er auch – gleichmütig und zuverlässig, unkompliziert und aufrecht. Aber wenn man den richtigen Knopf drückte, konnte man die Uhr zurückstellen, und dann wurden diese hellblauen Augen kalt und zornig. Dann ging es ihm nicht mehr allein um König und Vaterland, war er nicht mehr der brave Bürger. Manchmal mußte man andere Maßstäbe anlegen, mußte man einen Mann nach anderen Regeln beurteilen, als dem äußeren Anschein nach zu vermuten war. Bei Keller und Becker würde es genauso sein. Auch sie wirkten wahrscheinlich sanft und gewöhnlich, und die Kriegsverbrechen, die sie begangen hatten, waren vermutlich verdrängt und vergessen oder unter den Teppich gekehrt. Aber wie würden sie reagieren, wenn man den richtigen Knopf drückte? Vermutlich waren sie beide SS-Offiziere gewesen, die man zur Zusammenarbeit mit den Briten gezwungen hatte, statt sie als Kriegsverbrecher vor Gericht zu stellen. Wenn sie sich nichts Schwerwiegendes hätten zuschulden kommen lassen, hätte man sie nicht derart unter Druck setzen können. Sie hatten bei ihrer Arbeit in der sowjetischen Zone ihr Leben riskiert. Hatten sie damit wirklich genügend Abbitte für ihre früheren Missetaten geleistet?

Er schlang sich ein Badetuch um den Leib und ging zurück ins Schlafzimmer. Sie schlief immer noch. Atmete sanft und gleichmäßig wie ein Kind. Eine Haarsträhne war ihr ins Gesicht gefallen, und die langen, dunklen Wimpern paßten sich dem Schwung ihrer Wangen an.

Er zog sich langsam an und rief vom Nebenanschluß im Wohnzimmer aus Mike Daley an. Daley war nicht da, aber seine Sekretärin gab ihm für den nächsten Morgen einen Termin.

Zehn Minuten später hörte er, wie sie sich regte, und ging ins Schlafzimmer zurück. Sie lächelte. »Ich habe dich telefonieren hören.« Sie zögerte. »Geht es dir gut?«

»Ja. Und dir?«

»Ich glaube, ich habe zuviel geschlafen.« Sie grinste. »Möchtest du ein bißchen kuscheln?«

Eine Stunde später zogen sie sich wieder an, und er führte sie zum Abendessen bei »Leoni's« aus, bevor sie in den Club ging.

Daley ließ ihn eine halbe Stunde warten und schien sich auch danach mehr für irgendwelche Papiere auf seinem Schreibtisch zu interessieren als für Mallorys Bericht über das Treffen mit Carter. »Wie gedenken Sie weiter vorzugehen?« fragte er, nachdem Mallory geendet hatte.

»Ich will versuchen, Keller oder Becker zu finden.«

»Wie wollen Sie dabei vorgehen?«

»Weiß ich nicht genau. Ich werde einfach ein bißchen herumschnüffeln.«

»Was halten Sie von unserem Freund Carter?«

»Ein waschechter Brite. Einer aus der alten Schule.«

»Klingt so, als hätte er Ihnen viel Zeit gewidmet.«

»Er wollte mich nur davon überzeugen, daß man diese Krauts in Frieden lassen sollte. Von wegen schlafende Hunde wecken und so.«

Daley lächelte. »Dann hat er Sie also nicht überzeugt?«

»Er hat mich davon überzeugt, daß sie gute Arbeit geleistet haben. Aber das ist nur die halbe Geschichte.«

»Und was ist die andere Hälfte?«

»Das, was sie getan haben. Weshalb sie möglicherweise Kriegsverbrecher sind.«

»Die Unterlagen, die ich Ihnen gegeben habe, liefern Ihnen ein paar grobe Anhaltspunkte.«

»Carter sagte, die Unterlagen seien frei erfunden.«

»Haben Sie sie ihm gezeigt?«

»Ja.«

»Man hat ihm nie gesagt, was sie getan haben. Folglich stachelt er Sie nur auf.«

»Heißt das, die Unterlagen sind zutreffend?«

Daley zögerte einen Moment. »Das vielleicht nicht. Aber eine gute Richtlinie.«

»Wissen Sie, was sie getan haben?«

»In groben Zügen.«

»Was denn?«

»Sagen wir mal so: Es könnte im nachhinein schwierig zu rechtfertigen sein, daß wir sie eingesetzt haben. Man könnte es so hinstellen, daß wir ziemlich schlecht aussehen.« Daley lächelte. »Im Gegensatz zu Ihnen dürfte die Allgemeinheit wohl kaum Gelegenheit haben, in den Genuß von Carters Geschichte zu kommen.«

»Dann machen wir sie der Allgemeinheit eben zugänglich.«

»Und geben zu, daß wir unsere Verbündeten ausspioniert haben?«

»Warum nicht? Die haben uns doch ebenfalls ausspioniert. Und zwar die ganzen Jahre. Was ist denn mit Philby und den beiden anderen? Und mit Fuchs und Lonsdale.«

»Sie sagten Philby und die beiden anderen. Wie hießen denn die beiden anderen?«

»Fällt mir nicht ein. Es waren Beamte des Auswärtigen Amtes, nicht wahr?«

»Genau. Aber die Allgemeinheit kann sich ebensowenig wie Sie an die Namen erinnern, geschweige denn daran, was sie getan haben. Aber Philby war beim SIS. Und das wird uns immer noch vorgehalten. Die Leute haben die Nase voll vom Krieg. Das ist über vierzig Jahre her.« Er zuckte die Achseln. »Welches Datum haben wir heute?«

Mallory schaute auf seine Uhr. »Den zwanzigsten Juli.«

»Irgendein Jahrestag. Aber welcher?« Daley lächelte, während er auf eine Antwort wartete.

Mallory schüttelte langsam den Kopf, und Daley sagte: »Damals kam uns das unglaublich vor.«

»Ich habe keine Ahnung. Worum ging es?«

»An diesem Tag fand das mißglückte Attentat auf Adolf Hitler statt. Er ließ die Rädelsführer mit Klaviersaiten an Fleischerhaken aufhängen.«

»Wollen Sie mir damit etwas Bestimmtes sagen?«

Daley wirkte überrascht. Ehrlich überrascht. »Keineswegs. Ich wollte Sie nur warnen. Es gibt keine einfache Lösung. Deshalb hat man Sie für die Sache ausgesucht. Sie waren noch gar nicht auf der Welt, als all das passiert ist. Aber Sie sollten dennoch wissen, wie es damals zuging.«

Mallory ließ im Archiv nachprüfen, ob irgendwann Ende September 1947 ein Paß auf den Namen Keller ausgestellt worden war, aber obwohl man die Suche auf einen Zeitraum von sechs Monaten ausdehnte, fanden sich keinerlei diesbezüglichen Unterlagen. Dann erinnerte sich Mallory an den anderen Namen. Stafford. Lieutenant Colonel Stafford. Möglicherweise gab es beim Intelligence Corps in Ashford eine Akte über ihn.

Er verbrachte einen ganzen Tag im Corpsmuseum. Er fand nur zwei Hinweise auf Stafford. Der erste war die Kopie eines Tagesbefehls, in dem mit Wirkung vom 1. Januar 1949 die Ernennung von Colonel Stafford, Träger des Verdienstordens, zum Brigadier General bekanntgegeben wurde. Und seine Versetzung ins Kriegsministerium. Der zweite Hinweis war ein im Corpsmagazin abgedrucktes Foto von der Hochzeit der ältesten Tochter des Brigadegenerals, Patricia, mit Wing Commander F. W. Wright von der Royal Air Force. Die Hochzeit hatte in der Kirche St. Mary's in Bath, Somerset, stattgefunden. Ein Datum war nicht angegeben, aber die Feier mußte vor der Eingliederung von Bath in den neuen Landkreis Avon stattgefunden haben.

In der etwas außerhalb von Bath gelegenen Gemeinde von St. Mary's hatten nur wenige Trauungen stattgefunden, so daß Mallory den Eintrag ins Kirchenbuch rasch fand. Über den Vater der Braut stand dort lediglich »Brig. Gen. Stafford DSO« und dazu der Wohnort: »Camelot House, Brook Street, Bath«.

Mallory verbrachte den ganzen Nachmittag im Archiv der Lokalzeitung und schlug in den alten Ausgaben nach. Den entscheidenden Hinweis aber erhielt er vom Archivar, einem älteren Mann, der ihn fragte, ob er eventuell Hilfe bräuchte.

»Ich suche Unterlagen über Brigadegeneral Stafford.«

»Ah, ja. Der Brigadier. Ein sehr tapferer Mann, hochdekoriert. Ist jetzt im Ruhestand. Ein wahrer Segen für die Gemeinde.«

»In welcher Hinsicht?«

»Er hat ehrenamtlich in der Verwaltung gedient. War Stadtrat und Vorsitzender von zwei Ausschüssen. Präsident des örtlichen Frontkämpferverbandes. Ein vorbildlicher Bürger.«

»Wofür hat er seinen Verdienstorden bekommen?«

»Soweit ich mich entsinnen kann, hieß es bei der Verleihung, er habe unter Einsatz seines Lebens eine Gruppe britischer Agenten aus einem Gefängnis irgendwo in Frankreich befreit.«

»Was für ein Mann ist er?«

»Ein typischer Offizier. Und ein typischer Gentleman.« Er zuckte mit der Schulter. »Was soll ich noch sagen?«

Camelot House war ein schmales, aus den in Bath üblichen Steinen und im traditionellen Stil erbautes dreistöckiges Haus. Zwei breite Steinstufen führten von der Straße direkt zu der Eichentür, neben der eine schmieedeiserne Kutscherlaterne hing. Über dem Briefkasten befand sich ein im Lauf der Jahre matt gewordenes Messingschild mit dem eingravierten Hausnamen. Der Türklopfer mit dem kühnen Löwenkopf wirkte so schwer und abgegriffen, als handle es sich noch um das Original. Mallory klopfte zweimal und erschrak über den Lärm, den er machte.

Der Mann, der ihm die Tür öffnete, mußte Stafford sein. Er trug ein Tweedsakko, eine Khakihose und ein kariertes Flanellhemd mit offenem Kragen.

»Brigadier Stafford?«

»Ja.«

»Hätten Sie vielleicht ein paar Minuten Zeit für mich?«

»Worum geht es?«

Mallory zeigte ihm seinen SIS-Ausweis mit dem roten Querstreifen. Stafford musterte ihn, faßte ihn aber nicht an. Dann schaute er Mallory an.

»Kommen Sie herein, Mallory. Aber viel Zeit habe ich nicht.«

Er führte Mallory in ein kleines Büro neben dem gefliesten Flur und deutete auf einen der ledernen Armsessel.

»Nehmen Sie Platz.«

Als sie beide saßen, sagte Stafford: »Worum geht es überhaupt?«

»Major Carter erwähnte Ihren Namen, Sir – ich dachte, Sie könnten mir vielleicht weiterhelfen.«

»Carter, was? Wie geht's ihm denn? Wohnt er noch in – wo war das doch – Winchester?«

»Chichester.«

»Ach ja. Der Standort der Royal Sussex. Habe gehört, daß dort jetzt die Militärpolizei stationiert ist.« Er lachte und schlug sich auf die Schenkel. »Ein bißchen schade darum, wenn Sie mich fragen. Als Hore Beliusha Minister war, wurden dort die ersten modernen Kasernen gebaut. Ein nichtsnutziger Scheißkerl, aber wenigstens hat er uns bessere Quartiere verschafft.« Er hob das Kinn. »Also, womit haben Sie und Eddie sich befaßt?«

»Er hat mir von den grenzüberschreitenden Operationen in der sowjetischen Besatzungszone erzählt.«

»Dafür hätte er mindestens ein Stück Blech bekommen müssen. Der arme alte Eddie. Erst machen ihn die Roten fertig – Sie haben bestimmt seine Hände gesehen –, und dann drehen ihn unsere eigenen Leute durch die Mangel. Das übliche Verfahren, haben sie gesagt. Aber die Philby und Co. und die ganzen anderen Schwuchteln, die hat man nicht so behandelt. Wir sind schon ein komischer Menschenschlag, hier in diesem Land. Ein erstklassiger Kerl, ohne jeden Zweifel.«

»Was ist aus Keller und Becker geworden?«

Stafford runzelte die Stirn. »Wer?«

»Keller und Becker. Die beiden Deutschen.«

»Haben sie sich selber so genannt?«

»Eddie nannte sie so.«

»Nun, er muß es ja wissen. Waren schließlich seine Jungs. Welcher war der Kerl mit den Filmen?«

»Das war Keller.«

»Heller Bursche, aber von seiner Filmerei besessen.« Wieder runzelte er die Stirn. »Mal sehen. Wir haben ihm einen englischen Paß gegeben, und dann ist er über die Grenze zurück. Hat uns auf die bevorstehende Blockade von Berlin aufmerksam gemacht und später auf den Bau der verfluchten Mauer. Auf den Burschen lass' ich nichts kommen. Ich kann mich noch daran erinnern, wie er mitten in der Nacht in dieser Hütte im Wald aufgekreuzt ist. War vollkommen am Ende.«

»Und Becker?«

»War das der andere, der Eddie mit über die Grenze geschafft hat?«

»Ja.«

»Ich dachte immer, sein richtiger Name wäre Herrmann. Er blieb auf unserer Seite. Wir gaben ihm ein paar tausend Dollar und eine Pension. Ging dann nach Hamburg. Hat, glaube ich, eine Buchhandlung aufgemacht. Das war das letzte, was ich von ihm gehört habe.«

»Und Keller blieb in Magdeburg?«

»O nein. Die Russkis haben ihn nach Berlin geschickt.« Stafford kicherte wie ein Lausebengel. »Wir haben ihm in Berlin ein bißchen Flankenschutz gegeben. Die Russkis mußten sich bei uns eine Entnazifizierungsbescheinigung für ihn besorgen. Wir haben ein bißchen Theater gemacht. So getan, als hielten wir nichts von ihm. Haben es ein bißchen hinausgeschoben. Zu seinem Schutz, falls sie irgendwann argwöhnisch werden sollten.« Stafford legte die Hand an die Stirn und dachte nach. Dann schaute er Mallory an. »Die haben ihn nach Moskau geschickt. Ich kann mich dunkel erinnern, daß er einen großen Film für sie gemacht hat. Hab' vergessen, worum es ging. Aber die Moskauer Filmschaffenden waren eifersüchtig. Ein Ausländer, der russische Filme dreht, und ähnlicher Quatsch. Man hat ihn irgendwo hinverfrachtet. Nach Südamerika, wenn ich mich recht entsinne. Guter Kerl. Schade, daß er ein Nazi war.«

»Was für Kriegsverbrechen sollen die beiden Deutschen denn begangen haben, Sir?«

»Weiß Gott, was. Ich kann mich nicht entsinnen. Bin nicht mal sicher, ob ich's je gewußt habe. Die wurden alle von einem speziellen Team der 21. Army Group vernommen. Alle. Nicht nur Eddies Bande.« Er schwieg kurz. »Ist schon eigenartig, wissen Sie, daß Sie hier hereinplatzen und mit mir plaudern. Eddie hat mir auf dem Anrufbeantworter eine Nachricht hinterlassen. Ich sollte ihn anrufen. Aber ich bin erst gestern nacht aus London zurückgekommen. Klang ein bißchen aufgeregt. Geht's ihm gut? Keinerlei Probleme?«

»Meiner Ansicht nach ging's ihm gut, Sir.« Mallory zögerte. »Sie besitzen nicht zufällig Fotos von Eddies Leuten?«

»Das glaube ich nicht.« Er lachte. »Wenn Sie morgen wiederkommen, will ich gern mal in meinen Kartons nachschauen. Ich bezweifle allerdings, daß wir Fotos gemacht haben. Die Sicherheitsvorschriften, wissen Sie. Ich werde nachsehen.«

»Danke, Sir. Und danke für Ihre Hilfe.«

Stafford stand langsam auf. »Warum das plötzliche Interesse für damals? Schreibt jemand ein Buch darüber, oder was?«

»Nur zur Bereinigung der Akten, Sir.«

Stafford grinste. »Das wäre ja das erste Mal, daß eine Akte bereinigt würde. Ich bringe Sie hinaus.«

Mallory rief in seiner Wohnung an, aber niemand nahm ab, und sein Anrufbeantworter war ebenfalls abgestellt. Dann versuchte er es im Club, doch dort sagte man ihm, sie sei noch nicht da. Er schaute auf die Uhr. Fast Mitternacht.

Er aß im Hotelrestaurant. Der Pianist spielte »Smoke Gets in Your Eyes«, und die Melodie erinnerte ihn an das Mädchen. Es war ihr Lieblingsstück. Er war etwas überrascht gewesen, daß sie den Song überhaupt kannte. Stevie Wonder entsprach eher ihrem Geschmack. Sie war ein seltsames Geschöpf. So offen und durchtrieben zugleich. So unschuldig und dennoch mit allen Wassern gewaschen. Er hatte nie ganz herausgefunden, wie die wahre Debbie war. Sie hatte offenbar eine vage Vorstellung von seiner Arbeit, bohrte aber nie nach. Genausowenig wie er von ihr wissen wollte, was sie machte, wenn er nicht da war. Auch wenn er es sich ziemlich gut vorstellen konnte. Am Anfang war er eifersüchtig gewesen, doch dann hatte er allmählich erkannt, daß er nur seine Zeit damit verschwendete. Wenn sie jemanden liebte, dann ihn – das Leben im Club war eine völlig andere Welt. Ein eigener Lebensstil, nicht nur eine Einkommensquelle. Es ging um den Klatsch, die Plaudereien, darum, daß sie von jedem Mann angesprochen wurde, der sie sah. Und hinter dem ganzen dieser seltsam jugendliche Trotz gegen ihre Eltern und ihre Familie.

Am nächsten Morgen rief er Stafford an und erkundigte sich, ob er mit den Fotos Glück gehabt habe. Doch Stafford war sehr frostig. Offenbar hatte Carter mit ihm geredet und ihm gesagt, daß Mallory ihnen Scherereien machen könnte. Stafford sagte, Mallory sei offensichtlich kein Gentleman, und er habe nicht die Absicht, ihm weiterzuhelfen. Damit legte er auf.

Mallory zahlte seine Rechnung im »Francis« und fuhr nach London zurück.

19. KAPITEL

Mallory saß auf seinem Bett und las die Notizen durch, die er sich gemacht hatte. Carter hatte ihm seines Erachtens zwar nicht die ganze Wahrheit gesagt, aber zumindest die Tatsachen aus seiner Sicht geschildert. Wenigstens hatte er jetzt eine Spur. Becker / Herrmann und eine Buchhandlung in Hamburg. Beim Durchlesen seiner Notizen wurde ihm klar, daß es möglicherweise noch eine andere Spur gab. Carter hatte gesagt, die Jagdhütte im Harz sei zur Tarnung als Stützpunkt der Fernmeldeeinheit Nummer 3 ausgewiesen worden. Als er geschlossen worden war, mußte irgendein Bericht angefertigt worden sein. Vielleicht fand er darin einen Hinweis.

Er beauftragte das Archiv damit, ihm eine Kopie des Auflösungsberichts von No. 3 Signals Unit zu besorgen, und zu seiner Überraschung erhielt er ihn bereits am nächsten Tag. Er war offensichtlich so verfaßt, daß man daraus keinerlei Hinweis auf die Funktion der Einheit erhielt. Dort war lediglich vermerkt, das Inventar der Blockhütte sei vom Stadtkommandanten von Braunschweig in Empfang genommen worden, und sämtliche Mannschaften seien wieder zu ihren früheren Einheiten zurückgekehrt.

Er ging nach nebenan zur Verwaltung und besorgte sich Reiseschecks, Pfund Sterling und D-Mark sowie ein offenes Rückflugticket nach Hamburg. Außerdem bat er darum, man möge für ihn eine Woche lang im »Baseler Hospiz« reservieren.

Mallory hatte schon mehrmals in Hamburg zu tun gehabt, wenn sich von Berlin aus geleitete Operationen auf den norddeutschen Raum ausgeweitet hatten. Er kannte sich in der Stadt aus und hatte gute Verbindungen sowohl zur Polizei als auch zur örtlichen Niederlassung des BND, des Bundesnachrichtendienstes. Sein Kontaktmann in Hamburg war ein gewisser Werner, Heinz Werner, doch er wollte sich in dieser Sache nicht mit ihm in Verbindung setzen, wenn es sich vermeiden ließe.

Er bat an der Rezeption um ein Telefonbuch von Hamburg. Vierzig Becker waren darin aufgeführt, die aus den Außenbezirken nicht mitgerechnet. Und es gab über hundert Herrmann, dazu etwa noch einmal so viele, die sich mit einem ›r‹ schrieben. Er fand zwei Buchhändler namens Herrmann. Der eine war ganz in der Nähe, in einer kleinen Einkaufspassage beim Gänsemarkt. Er konnte vom Hotel zu Fuß hingehen, und zehn Minuten später stand er vor dem Laden. Im Fenster lagen lauter philosophische und historische Fachbücher aus. Ausschließlich antiquarische Ausgaben, größtenteils weit vor dem Zweiten Weltkrieg veröffentlicht. Den handschriftlichen Preisschildern nach zu urteilen, waren es sehr wertvolle Bücher. Einige kosteten mehrere hundert D-Mark.

Über der Tür bimmelte eine altmodische Glocke, als er in das Geschäft trat, und eine etwa fünfzigjährige Frau kam auf ihn zu.

»Kann ich Ihnen helfen?«

»Ich würde gern mit Herrn Herrmann sprechen.«

Die Frau runzelte die Stirn. »Welchen Herrn Herrmann meinen Sie?«

»Den Besitzer dieser Buchhandlung.«

»In dieser Buchhandlung gibt es schon seit neunzehnhunderteinunddreißig keinen Herrmann mehr. Mein Vater hat das Geschäft sechsunddreißig gekauft. Er hieß Freund mit Familiennamen. Er ist im Krieg gefallen und hat mir das Geschäft hinterlassen.«

»Kennen Sie einen Buchhändler namens Herrmann in Hamburg?«

Sie dachte einen Moment nach. »Nein. Und ich hätte es bestimmt erfahren, wenn es einen Buchhändler namens Herrmann gäbe. Wir halten unseren Namen in Ehren. Wir machen Geschäfte mit Sammlern auf der ganzen Welt. Irgend jemand hätte es mir sicher gesagt, wenn es noch eine andere Buchhandlung namens Herrmann gäbe.«

»Was ist mit Becker? Kennen Sie einen Buchhändler namens Becker?«

Sie zuckte die Achseln. »Nicht auf Anhieb. Aber der Name sagt mir auch nichts. Es könnte ein halbes Dutzend Becker geben, ohne daß es mir auffiele.« Sie schwieg kurz. »Sind Sie ein Sammler? Interessieren Sie sich deshalb dafür?«

»Ich möchte mich lediglich mit einem Mann in Verbindung setzen, der angeblich in Hamburg eine Buchhandlung besitzen soll und entweder Becker oder Herrmann heißt.«

Sie lächelte. »Da kann ich Ihnen nur viel Glück wünschen.«

Der zweite Hermann war der mit der anderen Schreibweise, und der Laden lag in Groß-Borstel, nicht weit vom Flughafen entfernt. Es war geschlossen, und auf einer Karte an der Glastür stand in Schreibmaschinenschrift, daß Herr Mencken, der Besitzer, sich zur Ruhe gesetzt habe.

Mallory wurde klar, daß es jahrelang dauern würde, bis er jede Buchhandlung in der Stadt abgeklappert hätte. Er ging zurück zum Hotel und rief von dort aus die Nummer an, unter der in seinem Buch Heinz Werner eingetragen war.

»Hier Werner.«

»Hallo. Hier spricht Mallory.«

»Wer?«

»Charlie Mallory. Wir sind uns ein paarmal bei gemeinsamen Unternehmungen in Berlin über den Weg gelaufen.«

»Charlie. Entschuldigen Sie. Geht es wieder um eine Berlin-Sache?«

»Nein. Kann ich bei Ihnen vorbeikommen?«

»Wo wohnen Sie?«

»Im ›Baseler Hospiz‹.«

»Wie wär's, wenn ich zu Ihnen komme?«

»Fein. Wann?«

»In einer halben Stunde, okay?«

»Ich warte unten auf Sie.«

Heinz Werner sah immer noch so aus wie bei ihrer letzten Begegnung. Typisch deutsch. Blonde Haare, blaue Augen und ein aufgewecktes, freundliches Gesicht. Nachdem die Kellnerin den Kaffee gebracht hatte, sagte Werner: »Worum geht es diesmal, Charlie?«

»Ich suche einen Mann, weiß aber lediglich, daß er entweder Becker oder Herrmann heißt. Könnte auch Hermann mit einem ›r‹ sein. Und er ist vermutlich Buchhändler.«

Werner grinste. »Er könnte aber auch anders heißen, und möglicherweise handelt es sich gar nicht um eine Buchhandlung. Sie machen Scherze. Mit derart vagen Vorgaben kann nicht mal unser IBM 370 etwas anfangen. Was wissen Sie sonst noch?«

»Gar nichts.«

»Warum suchen Sie ihn dann?«

Mallory zögerte. »Es ist vertraulich, Heinz«, sagte er dann achselzuckend.

»Das sind neunundneunzig Prozent der Dinge, mit denen ich zu tun habe. Das gleiche gilt vermutlich auch für Sie.«

»Es gibt Komplikationen. Eine Geschichte, die sich in der Nachkriegszeit ereignet hat.«

Werner seufzte. »Spielen wir nicht miteinander herum, Charlie. Ich kann Ihnen nicht helfen, wenn Sie mir nicht sagen, was Sie wissen. Wahrscheinlich nicht einmal dann.«

»Darf ich Sie darum bitten, daß es unter uns bleibt?«

»Unmöglich. Aber wenn es für uns nicht weiter wichtig ist, besteht keine Notwendigkeit, daß es außer meinem Chef noch jemand erfährt.«

»Dieser Kerl, wie immer er auch heißen mag, hat für uns gearbeitet, für die Briten. Er gehört ein, zwei Jahre nach Kriegsende einem Spionagenetz in der sowjetischen Besatzungszone an. Das Netz wurde aufgelöst, aber es gibt keinerlei Unterlagen darüber, was anschließend aus den Deutschen wurde. Ich habe den Befehl, sie aufzuspüren. Es ging zunächst um drei Leute. Einer ist tot. Ein anderer sitzt wahrscheinlich in Moskau, und der dritte ist dieser Kerl hier.«

»Ich kann Ihnen alles weitere erzählen. Im ›Spiegel‹ stand vor einigen Monaten ein Artikel über sogenannte Kriegsverbrecher, die für die Briten und die Amerikaner gearbeitet haben. Darin wurde angedeutet, daß möglicherweise Anklage gegen sie erhoben werden sollte.«

»Genau darum geht es.«

»Es ist zu spät, um jemand wegen eines Kriegsverbrechens vor Gericht zu stellen. Die Verjährungsfrist ist vor ein paar Jahren abgelaufen. Aber man könnte sie wegen sogenannter ›Verbrechen gegen die Menschlichkeit‹ drankriegen.« Er schwieg einen Moment. »Ihr könntet es aber auch auf die ganz schweinische Tour machen und sie, falls sie sich in Großbritannien aufhalten, an die Länder ausliefern, in denen sie die Verbrechen angeblich begangen haben. Sollen die sich doch damit auseinandersetzen. Wenn es hinter dem Eisernen Vorhang passiert ist, könnt ihr sie gleich selber umbringen und euch das Geld sparen.« Er seufzte. »Von wo aus wurde das Netz geleitet?«

»Von einer Jagdhütte an der Grenze. Im Harz.«

»Dann wurden sie vermutlich in Magdeburg eingesetzt.«

»Ja.«

»Und wenn sie nicht für euch gearbeitet hätten, wären sie in Nürnberg gelandet?«

»Vermutlich.«

»Was haben sie gemacht?«

»Weiß ich nicht.«

»Haben Sie schon in der Kriegsverbrecherkartei nachgeschlagen?«

»Nein. Wo ist die?«

»In Berlin. Alles per Computer erfaßt.«

»Sind da auch die drin, die nicht vor Gericht gestellt wurden?«

»Es ist ein internationales Verzeichnis. Wenn dieser Kerl etwas Schlimmes angestellt hat, dann dürfte ihn irgend jemand gemeldet haben. Entweder eine Einzelperson oder eine Interessengruppe.«

»Wie komme ich an diese Unterlagen heran?«

»Dürfte etwas dauern. Es gibt ein paar Formalitäten zu beachten. Sie müssen von London aus um Akteneinsicht ersuchen. Ohne Computer dürfte es zu lange dauern, wenn derart viele unbekannte Faktoren hineinspielen.«

Mallory schaute den Deutschen an. »Besteht eine Möglichkeit, daß Sie mich unterstützen?«

»Lassen Sie mich drüber nachdenken. Ich rufe Sie heute nachmittag an. Okay?«

»Danke.«

Heinz Werner rief nicht an. Er kam persönlich zum Hotel, und als Mallory von der Rezeption verständigt wurde, bat er darum, Werner auf sein Zimmer zu schicken.

Mallory schenkte dem BND-Mann einen Whisky ein und nahm sich einen Tomatensaft.

Werner grinste. »Immer noch abstinent, Charlie?«

Mallory zuckte mit den Schultern. »Das bin ich nie gewesen, Heinz. Ich mache mir bloß nichts daraus.«

Werner nickte. »Sagen Sie mir, was Sie unter einer Buchhandlung verstehen.«

»Ein Geschäft, in dem Bücher verkauft werden.«

»Wie würden Sie einen Laden nennen, der Hefte und Illustrierte verkauft?«

»Einen Zeitungsladen.« Er lächelte. »Wollen Sie mir etwa sagen, daß Becker, oder wie immer er sich jetzt nennt, ein Zeitungshändler ist?«

»Nein, nicht direkt.«

»Aber Sie haben ihn aufgespürt?«

»Ja, allerdings. Ein ziemlich schlimmer Finger. Und Sie hatten recht. Er gehört zur hiesigen Szene.«

»Und er hat einen Zeitschriftenladen?«

Werner lachte. »Er hat Läden. Zehn Stück. Aber es sind keine Zeitschriftenläden. Es handelt sich um Sexshops auf der Reeperbahn und der Großen Freiheit. Er verdient damit einen Haufen Geld. Hat ein hübsches Haus in Blankenese. Drei Meter hoher Maschendrahtzaun außen herum, in jedem Gebüsch elektronische Überwachungsanlagen, zwei hauseigene Gorillas und ein ganzes Rudel Rottweiler.«

»Was für Kriegsverbrechen hat er begangen?«

»Das kann ich Ihnen nicht sagen.«

»Sie sagten doch, in den Unterlagen würden die genauen Anschuldigungen aufgeführt.«

»Ich weiß. Und so ist es auch. Ich habe nicht gesagt, daß ich es nicht weiß. Ich habe gesagt, ich kann es Ihnen nicht sagen. Mein Chef hat es mir untersagt.«

»Heißt das, ihr deckt ihn, weil er ein Deutscher ist?«

»Keineswegs. Das heißt lediglich, daß wir uns an die Formalitäten halten. Die Unterlagen liegen in Berlin. Wenn Ihre Leute offiziell um nähere Einzelheiten nachsuchen, bekommen sie in ein, zwei Stunden Bescheid. Auf örtlicher Ebene arbeiten wir insofern mit Ihnen zusammen, als wir Ihnen sagen, daß Sie in Berlin Näheres erfahren.« Er zuckte die Achseln. »So ist nun mal die Vorschrift, Charlie. Wenn er wirklich das getan hat, dessen man ihn beschuldigt, dann verdient er jede Strafe. Aber irgend jemand muß irgendwo genügend Beweismaterial beibringen, damit ein Auslieferungsantrag gestellt werden kann. Und ich glaube nicht, daß London dazu in der Lage ist. Er hat die angeblichen Straftaten nicht in Großbritannien begangen, und seinerzeit war er nicht mal britischer Staatsangehöriger.«

»Was heißt das – seinerzeit?«

»Er hat einen britischen Paß, der neunzehnhundertsiebenundvierzig in Bonn ausgestellt wurde. Er ist auf dem neuesten Stand und nach wie vor gültig. Außerdem hat er einen bundesdeutschen Personalausweis.«

»Welches Land könnte denn ein Interesse an seiner Auslieferung haben?«

Werner zögerte einige Sekunden. »Israel«, sagte er dann.

»Wird in den Unterlagen irgendwo erwähnt, daß er für uns gearbeitet hat oder warum er einen britischen Paß erhielt?«

»Nein. Außerdem wäre das nicht relevant. In den Unterlagen werden nur Kriegsverbrechen festgehalten.« Er schwieg einen kurzen Moment. »Aber wir kennen auch noch weitere Einzelheiten.«

»Was zum Beispiel?«

»Diese grenzüberschreitende Operation. In unserer Zentrale in Pullach liegen ein paar ungefähre Vermerke darüber vor.«

»Und zwar.«

»Bleibt das unter uns? Wirklich unter uns?«

»Natürlich.«

»Der richtige Name von dem Kerl lautet Becker. Es gab noch einen anderen namens Meyer. Er ist heute stellvertretender Chef der Kriminalpolizei in Kassel. Geht in ein paar Monaten in Pension.« Werner schaute Mallory fragend an. »Kennen Sie noch einen anderen?«

»Da war noch einer namens Schmidt. Er hat das Spionagenetz nur benutzt, um seine Freundin zu suchen. Sie lebte mit einem

Schwarzmarktbaron in Leipzig zusammen, und er kam zurück, ohne irgendwelche Erkenntnisse mitzubringen.«

»Und ihr habt ihm eine Stelle als Lastwagenfahrer besorgt?«

»Ich glaube schon.«

»Jawohl. Er hat sich ein paar Jahre später aufgehängt. Den können Sie also von Ihrer Liste streichen.«

»Wissen Sie Näheres über Keller?«

»Keller? Erzählen Sie mir von ihm.«

»Er konnte es mit den Russen. Hat gute Arbeit für uns geleistet. Und hat mit ziemlicher Sicherheit das Leben des Mannes gerettet, der das Netz leitete. Er ging nach Magdeburg zurück.«

»Was war seine Legende?«

»Es war keine Legende, sondern echt. Er hat Filme für die Russen gemacht. Ich glaube, sie haben ihn erst nach Berlin und dann nach Moskau geschickt. Gerüchten zufolge soll er nach Südamerika gegangen sein.«

»Aber Sie wissen nicht, welchen Namen er jetzt benutzt?«

»Nein. Wissen Sie es?«

»Ja. Aber wenn Sie wirklich hinter ihm her sind, müssen Sie ihn selbst aufspüren.«

»Warum diese Ausnahme? Wieso können Sie mir nichts über ihn erzählen?«

»Das werden Sie begreifen, wenn Sie ihn erwischen. Falls Sie ihn erwischen.«

»Nun, danke für die Auskunft. Kann ich Beckers Adresse haben?«

»Erinnern Sie sich noch an meinen Chef? Fischer?«

»Vage. Um die Fünfzig. Hat einen Bart. Groß und schlank.«

»Genau der. Er meint, Ihre Leute in London wollen diese Kerle reinwaschen. Hat er recht?«

»Mir hat man nur befohlen, sie aufzuspüren. Nachzuprüfen, was sie getan haben, und vorzuschlagen, was wir meiner Ansicht nach unternehmen sollten. Falls sich die Medien dann diese Leute vorknöpfen, können wir uns eine Rechtfertigung für unser damaliges Verhalten einfallen lassen. Über Leute wie von Braun oder andere Wissenschaftler könnte man ebensogut irgendwelche Zeitungsartikel schreiben, nicht nur über diejenigen, die von uns für nachrichtendienstliche Tätigkeiten eingesetzt wurden.«

Werner lächelte. »Wenn Sie Becker befragen wollen, muß ich mitkommen. Fischer will es so.«

»Einverstanden. Wann suchen wir ihn auf?«

»Ich setze mich mit ihm in Verbindung. Paßt Ihnen morgen nachmittag?«

»Na klar.«

Mallory saß gerade im Hotelrestaurant beim Abendessen, als Werner sich an seinen Tisch setzte.

»Haben Sie schon gegessen, Heinz?«

»Nein. Aber ich kann nicht bleiben. Es gibt Ärger im Büro.«

»Gibt es Neuigkeiten im Fall Becker?«

»Schlechte, fürchte ich. Ich bin persönlich zu ihm hingefahren, um mit ihm zu reden. Er war sehr aggressiv. Ich habe ihm erklärt, ich käme beim nächsten Mal in Begleitung eines hohen Kriminalbeamten, falls er nicht freiwillig Auskunft gebe, und er sagte, ohne Anwälte werde er weder mir noch Ihnen oder der Kripo Rede und Antwort stehen. Er sagte Anwälte – Plural. Fischer, mein Chef, will, daß ich aus der Sache aussteige. Er hat gesagt, ich soll es diplomatisch machen.«

Mallory zuckte mit der Schulter. »Dann werde ich Becker eben selbst anrufen.«

»Das wäre der reine Irrsinn, Charlie. Sie würden innerhalb von zwei Stunden kopfunter in der Außenalster treiben.«

»Folglich müssen wir in den sauren Apfel beißen und uns bei der Kommission in Berlin alles Nähere besorgen.«

»Erstens liegen nicht genügend Erkenntnisse über Becker vor, um gegen ihn vorzugehen, und zweitens müßten Sie bei einem deutschen Gericht einen Auslieferungsantrag stellen. Sie hätten nicht den Hauch einer Erfolgschance. Er hat diese angeblichen Kriegsverbrechen weder in England noch in Deutschland begangen. Und er war weder britischer Staatsbürger, noch wurden die Verbrechen auf britischem Boden begangen.«

»Aber wir müssen es dennoch versuchen. Wir werden ihn bloßstellen, ihn und seine Taten.«

»Charlie, denken Sie doch mal nach. Er verkauft harte Pornografie. Er hat Millionen auf der hohen Kante liegen. Den können Sie nicht bloßstellen. Er ist ein Gauner, und zwar ein ziemlich abgebrühter.« Werner hielt inne. »Wenn Sie wirklich hinter ihm her sind, gibt es eine bessere Möglichkeit. Stellen Sie fest, was er tatsächlich getan hat, und sorgen Sie dafür, daß man es von London aus Bonn unterbreitet. Wenn die Sache hieb- und stichfest ist, können sie es nicht einfach unbeachtet lassen. Jedenfalls läge das nicht in ihrem Interesse.«

»Das kostet mich Monate, vielleicht Jahre.«

»Ich kann Ihnen eine Abkürzungsmöglichkeit bieten, Charlie.«

»Wie das?«

»Ich nenne Ihnen einen Namen. Es handelt sich um einen Mann, der Ihnen erzählen kann, was Ihre beiden Deutschen im Krieg gemacht haben. Ich glaube, Ihren Leuten ist entgangen, daß sowohl Becker als auch der andere Kerl – dieser Filmemacher – in derselben Gegend eingesetzt waren.«

»Wo denn?«

»In Holland. Den Haag und Amsterdam.«

»Davon ist in meinen Unterlagen nicht die Rede.«

»Wer hat das Material zusammengestellt?«

»Ich habe keine Ahnung.«

»Fischer ist davon überzeugt, daß Ihre Leute etwas im Schilde führen.«

»Warum?«

»Weil die Chance, daß es den Medien gelingen könnte, Ihre Deutschen ausfindig zu machen, verschwindend klein ist. Die wissen nicht mal ihre Namen, geschweige denn, wo sie jetzt stecken und was sie im Krieg gemacht haben.« Er lächelte. »Es war schon für Sie schwierig genug, Charlie. Warum also wollen Ihre Leute diese Kerle aufspüren? Es brächte nur Ihren eigenen Dienst in Verlegenheit. Wenn die Medien davon Wind bekämen, ginge es monatelang durch die Presse, und Ihre Leute beim SIS stünden entweder als Trottel oder als Heuchler da. Warum also schlafende Hunde wecken?«

»Weil die Deutschen, soweit ich das bereits herausgefunden habe, erstklassige Arbeit für uns geleistet haben. Einige könnten sagen, das gleicht alles aus, was sie vorher getan haben.«

»Glauben *Sie* das ebenfalls?«

»Das kann ich erst sagen, wenn ich herausgefunden habe, was sie getan haben.«

Werner zögerte einen Moment und griff dann in seine Jackentasche. Er holte einen Umschlag heraus und legte ihn neben Mallorys Teller.

»In diesem Umschlag sind der Name und die Adresse des Mannes, mit dem Sie sich in Verbindung setzen sollten, Charlie. Er kann Ihnen sagen, was diese beiden Kerle gemacht haben. Alles. Oder zumindest fast alles. Dann müssen Sie sich nur noch darüber klarwerden, worauf das ganze hinausläuft.« Er stand auf und streckte die Hand aus. »Viel Glück, Charlie.«

20. KAPITEL

In Schiphol schien es immer warm und sonnig zu sein. Dieser Flughafen war eher auf die Bedürfnisse der Fluggäste als auf die der Bürokraten zugeschnitten. Mallory ging durch die Paßkontrolle, dann durch den Zoll, und zu guter Letzt mußte er noch seine Reisetasche durchsuchen lassen. Nicht nach Whisky und Zigaretten, sondern nach Semtex, Dynamit und Heroin.

Im Buchshop am Flughafen kaufte er einen Falk-Stadtplan und nahm sich dann ein Taxi zum »Damrak«. Er hatte dort von Heathrow aus telefonisch ein Zimmer reserviert.

Auf dem einfachen weißen Blatt standen nur ein mit Schreibmaschine getippter Name und die dazugehörige Adresse. Paul van Kempen und eine Anschrift in der Nähe des Rembrandts Plein. Er schlug im Telefonbuch nach, doch dort gab es keinen Eintrag unter diesem Namen.

Nach dem Abendessen ging er zu Fuß zum Rembrandts Plein. Das Haus stand in einer kleinen Straße, die zur Amstel führte, ein wunderschöner Altbau im traditionellen holländischen Stil mit hohen, eleganten Fenstern im Erdgeschoß, zwei weiteren Stockwerken darüber und einem Fenster hoch oben, wo der Dachboden sein mußte. Im letzten Tageslicht wirkte es ruhig und friedvoll, und Mallory beschloß, seinen Besuch auf den nächsten Tag zu verschieben. Er hatte keine Ahnung, wer der Mann war und wieso er ihn angeblich über die Kriegsverbrechen aufklären konnte, die Becker und Keller begangen haben sollten.

Der Mann, der Mallory tags darauf die Tür öffnete, war etwa Mitte Sechzig. Groß und gutaussehend, mit weißem Haar und hellblauen Augen. Er trug einen schwarzen Rollkragenpullover, eine legere Wildlederjacke, eine leichte Hose und Turnschuhe.

Er lächelte. »Sie müssen Mister Mallory sein.«

»Woher wissen Sie das?«

»Mein alter Freund Bernd Fischer hat mich angerufen. Er hat Sie beschrieben und mich darauf vorbereitet, daß Sie sich wahrscheinlich bei mir melden. Aber kommen Sie doch herein.«

Van Kempen führte Mallory einen breiten Flur entlang und durch einen großen Raum in ein kleineres Zimmer mit Bücherregalen an drei Wänden. Mit Ausnahme von drei weichen, bequemen Ledersesseln waren sämtliche Möbel alte Stücke, hauptsächlich Eiche im flämischen und georgianischen Stil. »Hat Herr Fischer Ihnen auch gesagt, worüber ich mit Ihnen reden möchte?« fragte Mallory, nachdem sie sich gesetzt hatten.

Van Kempen nickte lächelnd. »Ja. Er hat mir gesagt, Sie wollten über zwei Deutsche reden.« Er schwieg einen Moment. »Erzählen Sie mir, warum Sie sich für sie interessieren.«

Mallory erklärte, woran er arbeitete, und sagte dann: »Ich möchte nicht unhöflich sein, aber könnten Sie mir verraten, was Sie mit dieser Sache zu tun haben?«

Van Kempen seufzte. »Eine gute Frage. Ich glaube, die einfachste Erklärung lautet, daß ich in Holland im Widerstand war und die beiden Deutschen unsere Feinde waren. Der eine – Becker – war bei der Gestapo. Der andere beim Sicherheitsdienst – der Mann, den Sie Keller genannt haben, als Sie mit Werner darüber sprachen.«

»Waren Sie beim SOE?«

Van Kempen schüttelte den Kopf. »Nur kurz. Gott sei Dank.«

»Warum ›Gott sei Dank‹?«

»Weil die geheimen Kommandounternehmen oder das Special Operative Executive, wie Sie es bezeichnen, in Holland eine totale Katastrophe waren. Es war reines Glück, daß ich mit diesen Leuten nichts zu tun hatte.«

»Was haben sie falsch gemacht?«

»Einige haben gesagt, sie wären einfach Dummköpfe. Für mich waren es Verräter.« Van Kempen schaute Mallory offen an. »Wegen der Verantwortlichen im ›Norgeby House‹ kamen fast hundert tapfere Holländer und vielleicht ein halbes Dutzend Engländer ums Leben.«

»Woher wollen Sie das wissen?«

»Nachdem ich entkommen war, stand ich nur mit dem britischen Nachrichtendienst in Verbindung. Nicht mit dem SOE. Es gab da eine gewisse Konkurrenz zwischen den beiden, und meine Landsleute wurden dabei geopfert.«

»Was hat man diesbezüglich unternommen, nachdem der Krieg vorbei war?«

Van Kempen lachte. »Man hat es vertuscht.«

»Und warum hat der holländische Widerstand nicht von Anfang an etwas dagegen unternommen?«

»Sie müssen eins bedenken – wir waren nicht so gut organisiert wie die französische Résistance. Wir waren keine Soldaten, sondern Zivilisten. Wir hatten nur ein paar wenige Verbindungen nach England. Natürlich haben wir die Nachrichten der BBC gehört. Für uns war es ziemlich merkwürdig, daß die Deutschen mit einem Mal unsere Feinde waren. Immerhin waren wir Nachbarn. Wir waren sozusagen gute Bekannte, bis Adolf Hitler sie in seinen Bann zog. Für uns standen sie für Brahms und Beethoven, Schubert und Schumann. Plötzlich gab's da nur noch Wagner. Ein Alptraum – aber ohne die wunderschöne Musik.«

»Können Sie sich noch an Becker und Keller erinnern?«

Van Kempen lächelte ironisch. »O ja. Ich kann mich noch sehr gut an sie erinnern.«

»Würde es Ihnen etwas ausmachen, mir etwas über sie zu erzählen?«

Van Kempen rieb sich den Nacken, während er durch das Fenster zu den Geranientöpfen auf seiner Terrasse blickte. Dann wandte er sich wieder Mallory zu und fragte: »Was bedeutet für Sie der zehnte Mai?«

Mallory dachte stirnrunzelnd nach und schüttelte dann den Kopf. »Gar nichts, soweit ich mich entsinnen kann.«

»Na schön.« Van Kempen dachte kurz nach. »Das war der Tag, an dem die Deutschen neunzehnhundertvierzig Holland überfielen. Ohne Vorwarnung und ohne Gnade. Tausende unschuldiger Holländer starben an diesem Tag durch die willkürlichen Bombardements. Aber außerhalb von Holland erinnert sich kein Mensch an dieses Datum. Oder an das, was geschehen ist. Wir waren nur ein weiteres kleines Land, das an die Nazis fiel.« Er zuckte die Achseln. »Aber wir waren nur der Auftakt.« Er lächelte Mallory an. »Wollen Sie wirklich all das wissen, was vor so langer Zeit geschehen ist? So was muß einen jungen Menschen wie Sie doch langweilen.«

»Wenn es Ihnen nichts ausmacht, würde ich gern hören, was die beiden Deutschen verbrochen haben.«

»Es macht mir nichts aus. Kein Tag vergeht, an dem ich nicht daran denke. An die tapferen Männer, die sterben mußten. Und die Mädchen. Bei uns im Widerstand gab es einen Haufen tapferer Mädchen.« Er seufzte. »Was gedenken Sie mit den beiden Deutschen zu tun, nachdem ich Ihnen erzählt habe, was sie gemacht haben?«

»Wenn sie Kriegsverbrechen begangen haben, werde ich meinen Vorgesetzten Bericht erstatten und zu einem Strafverfahren raten.«

»Sie wissen selbstverständlich, daß es zu spät ist, um jemand wegen eines Kriegsverbrechens vor Gericht zu stellen.«

»Je nachdem, was sie gemacht haben, könnte man sie eventuell auch wegen Verbrechen gegen die Menschlichkeit anklagen.«

Van Kempen nickte. »Verbrechen gegen die Menschlichkeit.« Er lächelte. »Ein bemerkenswerter Ausdruck. Fast poetisch, und sogar einen Hauch romantisch. Wie eine Flagge, die im Winde weht. Ja, das könnte man. Aber glauben Sie wirklich, jemand würde etwas gegen die beiden unternehmen?«

»Haben sie Ihrer Ansicht nach derartige Verbrechen begangen?«

Van Kempen schürzte die Lippen. »Nun, mal sehen, was wir da haben. Sagen wir, zwanzigtausend holländische Juden, die in die Gaskammern deportiert wurden. Etwa hundert ermordete holländische Widerstandskämpfer. Einige wurden vor ihrem Tod gefoltert. Die ganze Bevölkerung am Rande des Hungertodes, zur Strafe dafür, daß sie die Besatzer nicht mochte. Halten Sie das für ausreichend?«

»Mit Sicherheit. Vor allem, wenn es dafür Zeugen gibt.«

»Die meisten Zeugen sind tot. Und diejenigen, die zugesehen haben, was geschah, und nichts unternahmen, um die Opfer zu retten, möchten lieber vergessen. Es wird nicht einfach für Sie werden. Das Netz, das wir uns damals zusammengesponnen haben, war ziemlich verworren.« Er lächelte wehmütig. »So mutig waren wir damals gar nicht. Nicht einmal unsere Helden.«

»Könnten Sie vielleicht soviel Zeit erübrigen und mir davon erzählen?«

»Warum nicht? Vielleicht tut es mir gut, wenn ich es einmal laut ausspreche, statt es ständig zu unterdrücken, weil ich diplomatisch sein und den Familien derjenigen, die damals uns und unser Land verraten haben, keinen Kummer bereiten möchte.«

»Könnten Sie mir vielleicht etwas über sich erzählen?«

»Natürlich.« Er sammelte sich kurz und fuhr dann fort. »Ich bin Witwer. Ich habe eine Haushälterin. Ich lese viel. Ich male Ölbilder, aber nicht besonders gut. Ich beziehe eine recht großzügige Pension von unserem Staat und verfüge darüber hinaus über ein hohes Einkommen aus unserem Familienunternehmen, einem Textilienhandel. Ich bin begeisterter Amateurfunker und spiele zwei-, dreimal pro Woche Schach.« Lächelnd breitete er die Arme aus, wie ein Franzose. »Ich bin achtundsechzig. Das ist alles. Mehr gibt es nicht.«

»Haben Sie Kinder?«

»Nein.« Er schüttelte den Kopf. »Wir haben miterlebt, was Kindern und ihren Eltern im Krieg zustoßen kann. Keiner von uns hatte den Mut, selbst Kinder in die Welt zu setzen.« Nach einer kurzen Pause sprach er leise weiter. »Ich habe einmal eine Kolonne Juden gesehen, die in einen Zug gepfercht wurden, der sie ins Konzentrationslager bringen sollte. Sie weinten und sprachen laute Gebete auf hebräisch. Da stand eine Frau, die ihren kleinen Jungen an der Hand hielt. Ich nehme an, er war sieben oder acht Jahre alt. Er trug eine Mütze, die viel zu groß für ihn war, und eine Männerjacke, die wie ein Mantel an ihm hing, und er stand einfach teilnahmslos inmitten dieses ganzen Getöses. Bleiches Gesicht, große, dunkle Augen, ohne jeden Hoffnungsschimmer. Er war kein Kind mehr. Der Gedanke an diesen Jungen verfolgt mich noch immer. Ich habe viel Schlimmeres gesehen, aber dieses Bild geht mir noch immer durch den Kopf. Dieses kleine Menschenkind, das sich so total aufgibt. Das Leid und die Furcht der Menschen, die genau wußten, daß sie sterben würden. Würdelos und ohne daß sich jemand darum erbarmt ...« Er seufzte tief auf. »Wenn es überhaupt so etwas wie Verbrechen gegen die Menschlichkeit gibt – das war eines.«

Der alte Mann stand umständlich auf, doch er lächelte, als er Mallory die Hand reichte. »Wo wohnen Sie?«

»Im ›Damrak‹.«

»Das ist ein gutes Hotel. Kommen Sie doch morgen wieder vorbei. Dann reden wir weiter.«

»Dafür wäre ich Ihnen sehr dankbar.«

»Seien Sie sich dessen nicht so sicher, mein Junge«, sagte van Kempen.

21. KAPITEL

Van Kempen blickte durch das Fenster in den Garten und rückte seinen Stuhl so zurecht, daß er die drei oder vier Blaumeisen beobachten konnte, die kopfunter an den Ästen des Apfelbaums hingen und aus einem dort aufgehängten Säckchen Erdnüsse pickten. Widerwillig wandte er sich ab und schaute Mallory an, als bedaure er, reden zu müssen.

»Wir waren ungefähr ein Dutzend, Jungen und Mädchen. Viele von uns kannten sich schon seit der Kindheit. Aber an diesem Abend waren wir beisammen, weil wir allesamt Studenten an der Universität von Leyden waren.

Wir hatten an diesem Tag unser Frühjahrsexamen abgelegt und mußten sechs Wochen warten, bis wir die Ergebnisse erfuhren. Daher wollten wir an diesem Abend ein letztes Mal feiern. Die ganze Nacht hindurch. Wir gingen in ein kleines Restaurant in Rotterdam, das wir gut kannten. Die anderen Gäste gingen kurz nach Mitternacht. Einer von uns, ich glaube, es war ein Junge namens Maas, Jan Maas. Jedenfalls gab er dem Wirt fünfzig Gulden, damit er uns so lange feiern ließ, wie wir wollten.

Es wurde schon hell, als wir wieder auf der Straße beieinander standen. Wir sangen und schrien und machten den üblichen Unfug. Aber dann – es war unglaublich. Flugzeuge, eine Welle nach der anderen. Sie flogen entsetzlich langsam und so tief, daß wir fast taub wurden vom Motorenlärm. Die Erde schien zu beben, und dann begriffen wir, daß sie Bomben abwarfen. Man sah, wie

Häuser einstürzten; sie explodierten nicht, sondern sie sanken einfach in sich zusammen. Wir sahen, daß das ganze Stadtzentrum in Flammen stand, und die Luft war voller Mörtel- und Ziegelstaub, und es stank nach brennendem Holz und heißem Metall.

Eine halbe Ewigkeit lang standen wir da wie gelähmt, aber es dürften wohl kaum länger als fünf Minuten gewesen sein. Als wir unsere Sprache wiedergefunden hatten und loszogen, riet uns ein Polizist auf einem Motorrad, nicht ins Zentrum zu gehen, da die Straßen derart voller Schutt lägen, daß man unmöglich durchkomme.

Wir verteilten uns auf unsere beiden Autos und fuhren in Richtung Utrecht. In einem kleinen Dorf machten wir halt und riefen zu Hause an. Mittlerweile waren alle in Panik, auch unsere Eltern. Wir blieben in dem Dorfgasthaus, bis sie uns nach und nach abholten. Nach zwei Wochen schien sich die Lage zu beruhigen. Wir waren zwar von den Deutschen besetzt, aber sie versprachen uns, daß alles wie gewohnt weitergehen würde.«

»Was haben Sie gemacht?«

»Ich habe mich ein, zwei Wochen lang ziellos treiben lassen, und dann taten sich ein paar von uns zusammen und gaben eine Untergrundzeitung heraus. Ich schrieb Artikel dafür, wie die anderen auch, darunter sogar einige ehemalige Politiker. Es war ziemlich gut. Amateurhaft, aber gut informiert. Sie wurde heimlich gedruckt, und dann mußten wir alle sie persönlich verteilen und Geld sammeln, damit sie weitergeführt werden konnte. Wir bildeten eine Widerstandsgruppe im Untergrund, wie wir sie bezeichneten. Es war ziemlich jämmerlich. Lauter Gerede und keine Taten. Was aber nicht von ungefähr kam, denn keiner von uns wußte, was Widerstand überhaupt bedeutete. Zumal keineswegs alle davon überzeugt waren, ob Widerstand wirklich sinnvoll wäre. Die Deutschen verhielten sich ›korrekt‹ – warum also Ärger provozieren?

Aber mir war klar, daß wir letzten Endes gegen sie kämpfen mußten, und ich konnte damit nur anfangen, wenn ich nach England ging und mich dort den Streitkräften des Freien Holland anschloß.«

»Was hielten Ihre Eltern davon?«

»Ich habe es ihnen nicht gesagt. Ich habe es niemandem gesagt, nicht einmal meiner Freundin.«

»Wer war sie?«

»Ein Mädchen namens Anna. Anna van Steen. Ich habe sie nur noch einmal gesehen, nachdem ich Holland verlassen hatte. Ohne mit ihr zu reden. Ich ging zu ihrer Arbeitsstelle und habe sie auf dem Nachhauseweg beobachtet. Sie kam während der Befreiung ums Leben. Sie war Krankenschwester geworden und arbeitete in einem Krankenhaus in Arnheim.«

»Wie sind Sie entkommen?«

»Wir sind früher immer am Wochenende und in den Ferien nach Walcheren gefahren. Wir hatten dort ein Boot. Nur zum Zeitvertreib. Ein wunderbares Ruderboot mit Außenbordmotor.

Ich zog in das Wochenendhaus, das wir dort hatten, und plante alles sehr genau. Ich tauschte allerlei Sachen gegen Seekarten, Benzin und Lebensmittel für die Überfahrt ein. Meiner Planung zufolge würde ich etwa acht bis zehn Stunden unterwegs sein. Ich redete mit Fischern über Gezeiten, Strömungen und Windrichtungen und stieß sogar auf einen alten Mann, der schon anderen mit dem Boot zur Flucht verholfen hatte.

Am wichtigsten aber war, daß er sich mit den deutschen Sicherheitsvorkehrungen auskannte. Er wußte über ihre Boote Bescheid und über die Wehrmachtspatrouillen an den Stränden.

Ich wollte soweit wie möglich die Dunkelheit ausnützen, damit ich ohne den Motor rudern konnte.« Er lächelte. »Ich war damals stark und zäh, aber mir war nicht klar, wie töricht mein Vorhaben war.

Um Mitternacht war Wachablösung, und ich legte ab und kletterte ins Boot.« Wieder lächelte er. »Ich hatte zwei Paar dicke Socken über meine Schuhe gezogen, um sämtliche Geräusche zu ersticken. Zwei Stunden lang ruderte ich und wurde immer langsamer, bis ich kaum noch von der Stelle kam. Schließlich warf ich den Motor an, der mir schrecklich laut vorkam.

Ich will Ihnen die Einzelheiten der Überfahrt ersparen. Es war schlimm, aber das galt für alle, die auf diesem Wege flohen. Als es hell wurde, war um mich herum nur Wasser, und ich war bereits sechs Stunden unterwegs. Doch der Motor tuckerte weiter. Zweimal sah ich Schiffe, aber glücklicherweise sahen sie mich nicht. Schließlich ging der Motor aus. Kein Benzin mehr. Ich fing wieder an zu rudern, und es war der reinste Alptraum. Ich redete laut vor mich hin, rief Gott um Hilfe an. Aber nirgendwo war Land in Sicht. Schließlich wurde ich ohnmächtig und kam erst wieder zu mir, als mich ein Matrose der Royal Navy über eine Strickleiter auf sein Schiff hievte. Sie waren sehr nett. Gaben mir Biskuits und Milch und flößten mir etwas Brandy ein.

Eigentlich hatte ich die Küste von Essex angesteuert, war aber vor Kent aufgebracht worden. Ich wurde in eine Stadt namens Margate gebracht und dort der örtlichen Polizei übergeben. Vier Tage saß ich in einer Zelle, dann holten mich ein Sergeant und ein Gefreiter der Army mit einem kleinen Lastwagen ab und teilten mir mit, daß sie mich zur Patriotenschule brächten. Ich hatte keine Ahnung, was das war, aber eigentlich war es mir auch gleichgültig. Ich hatte es geschafft. Ich würde gegen die Deutschen kämpfen.« Er lachte. »Wir kamen zu einem Gebäude, das wie ein Gefängnis aus einem Roman von Dickens aussah. Sehr düster. Und dann ging es los. Die Vernehmung. Tag für Tag. Immer wieder dieselben Fragen. Kein Hinweis, was sie dachten. Sehr förmlich, kein Lächeln, keinerlei Scherze. Alles andere als ein triumphaler Empfang. Sie haben ja keine Ahnung, wie das war.«

»Sagen Sie es mir.«

»Es wird ein bißchen dauern.«

Mallory lächelte. »Nur zu. Erzählen Sie es mir.«

22. KAPITEL

»Nennen Sie mir noch mal Ihren Namen.«

»Ich habe Ihnen meinen Namen doch schon zigmal gesagt.«

Der Captain auf der anderen Seite des Tisches sagte: »Ich dachte, Sie hätten kapiert, was ich Ihnen erklärt habe. Jeder, der aus Europa in dieses Land kommt, ist verdächtig. Die Deutschen haben versucht, Leute einzuschleusen, die für sie spionieren sollten. Wenn Sie gegen die Deutschen kämpfen wollen, sollten Sie froh sein, daß wir solche Vorsichtsmaßnahmen ergreifen.«

»Wenn ich ein Spion wäre, käme es doch nicht auf meinen Namen an – Sie wüßten ja gar nicht, ob er richtig oder falsch ist.«

»Der Haken bei Ihnen ist, daß Sie uns keinen festen Wohnsitz für unsere Nachforschungen in Holland angeben können.«

»Ich sagte doch, ich habe bis vor neun Monaten noch bei meinen Eltern gewohnt. Seitdem war ich im Widerstand und bin immer wieder umgezogen.«

»Dann nennen Sie uns die Anschrift Ihrer Eltern.«

»Sie haben nichts mit dem Widerstand zu tun. Ich will sie nicht in Gefahr bringen.«

»Dann nennen Sie uns die Namen Ihrer Kameraden im Widerstand.«

»Ich habe Ihnen bereits gesagt, daß ich den Vertrieb einer Untergrundzeitung organisiert habe – *Het Parool.* Jeder Holländer in diesem Land kann Ihnen sagen, wer der Herausgeber ist, und Sie können sich ja bei ihm nach mir erkundigen.«

»Erzählen Sie uns von Ihrer Überfahrt.«

»Ich habe bei Einbruch der Dunkelheit von der Insel Walcheren abgelegt. Ich bin zwei Stunden gerudert und habe dann den Motor benutzt. Das Patrouillenboot der Royal Navy brachte mich knapp vor der Küste bei Margate auf. Ich trieb im Wasser, weil ich kein Benzin mehr hatte. Und ich war zu erschöpft zum Rudern. Man las mich auf, brachte mich an Land und übergab mich der Polizei.« Er zuckte mit der Schulter. »Und da bin ich nun.«

»Warum haben Sie Margate angesteuert?«

»Habe ich ja gar nicht. Ich wollte eigentlich nach Essex.«

»Wohin genau?«

»Irgendwohin. Ich habe einfach auf die Karte geschaut, und die Gegend kam mir ganz passend vor. Vermutlich habe ich den Kompaß falsch abgelesen oder Wind und Strömungsverhältnisse nicht berücksichtigt.«

»Wo haben Sie Englisch gelernt?«

»In der Schule und an der Universität.«

»Welche Schule und welche Universität?«

»In der Schule von Den Haag und an der Universität von Leyden.«

Der Offizier schlug einen lederbezogenen Ordner auf, nahm ein Foto heraus und schob es über den Tisch.

»Kennen Sie den Mann?«

Es war Jan Maas, ein Kommilitone von der Universität. Doch van Kempen schaute den Captain an, ohne sich anmerken zu lassen, daß er ihn erkannt hatte.

»Nein, ich kenne ihn nicht.«

»Er kennt Sie aber, van Kempen.«

»Wer sagt das?«

»Er sagt das. Ich habe ihn herbringen lassen. Er sitzt nebenan. Er behauptet, sein Name sei Jan Maas.«

Van Kempen war von seinem Empfang durch die Briten zu niedergeschlagen, um allzu große Vorfreude über das Wiedersehen mit Jan Maas zu empfinden. Der große, etwas unbeholfene Maas, der nur ein Schmalspurstudium absolviert hatte, weil er Grundschullehrer werden wollte.

Der Captain drückte auf einen Knopf an der anderen Seite des Tisches, und ein paar Sekunden später ging die Tür auf und Maas, den Mund wie üblich zu einem schiefen, leicht dämlichen Grinsen verzogen, kam herein. Als er um den Tisch herum zu van Kempen gehen wollte, streckte der Captain den Arm aus und hielt ihn zurück.

»Ist das Paul van Kempen?«

Maas grinste. »Und ob er das ist.«

Sie gingen in einer Art Garten spazieren, wenn man ein trostloses Viereck aus braunem Gras und ein paar Bäumen als Garten bezeichnen konnte.

»Wie lange bist du schon in England, Paul?«

»Ziemlich genau eine Woche. Ich habe ja nicht erwartet, daß ich wie ein Held empfangen werde, aber meine Güte, die haben mich ja wie einen deutschen Spion behandelt. Was ist das hier überhaupt?«

»Es nennt sich Royal Victoria Patriotic School. Kurz Patriotenschule. Hier wird jeder durchleuchtet, egal, woher er kommt. Selbst die Briten müssen hier durch.« Er zuckte mit der Schulter. »Mehr können sie nicht tun.«

»Ich bin rübergekommen, um gegen die Deutschen zu kämpfen, nicht um mich mit einem verfluchten Engländer rumzustreiten, der mir kein Wort glaubt.«

Maas lachte. »Hör auf zu meckern. Sobald du hier wegkommst, werden sie im Gespräch mit dir feststellen, für welchen Dienst du geeignet bist.«

»Wie lange bist du denn schon hier?«

»Etwas mehr als sechs Monate.«

»Wie bist du hergekommen?«

»Darüber dürfen wir nicht reden.«

»Was wollten sie von dir über mich erfahren?«

»Dein Vorleben. Familie und so.«

»Also wußten die Mistkerle längst Bescheid. Sie müssen sich ja mächtig amüsiert haben, als ich mich weigerte, über meine Eltern zu sprechen.«

»O nein. Für so was stellen sie dir ein gutes Zeugnis aus. Sie kennen die Antwort auf die meisten Fragen, die sie einem hier stellen.« Nach einer kurzen Pause sagte er: »Wie geht es Ockersen und van Laan?«

»Ockersen ist von der Gestapo geschnappt worden. Und van Laan war bei einer Gruppe in Amsterdam.«

»Und deine Anna?«

»Sie ist in einer Gruppe, die flüchtigen Juden Unterschlupf bietet.« Er schaute Jan Maas an. »Es kommt mir so vor, als wäre seit damals, in Rotterdam, eine halbe Ewigkeit vergangen. Wie wir dastanden und zusahen, wie eine Welle Dornier nach der anderen über uns hinwegflog und rundum die Häuser einstürzten. Und dann überall Fallschirme. Manchmal kann ich kaum glauben, daß all das wirklich geschehen ist.«

»Der zehnte Mai neunzehnhundertvierzig. Über zwei Jahre ist das jetzt her.« Er wandte den Kopf und schaute van Kempen an. »Ich sollte es dir eigentlich nicht erzählen, aber Bogaard ist auch hier. Du wirst ihm bald begegnen.« Nach einer kurzen Pause sagte er: »Wie sieht es zu Hause aus?«

»Schlimm. Und es wird jeden Tag schlimmer. Jetzt zeigen die Deutschen ihr wahres Gesicht. Sie jagen die Juden wie Vieh. Schicken ganze Züge voll in die Lager. Ohne vorherige Anmeldung und Genehmigung darf man keinerlei Beruf ausüben oder Handel treiben. Beim geringsten Anzeichen von zivilem Ungehorsam oder Protest werden Geiseln genommen.«

»Was ist mit dem Widerstand?«

»Wer weiß? Es gibt überall im Land einzelne Gruppen. Aber was können die schon ausrichten? Sie haben so gut wie keine Verbindung mit London, und überall sind Kollaborateure und Verräter, die für die Deutschen arbeiten.«

»Und was willst du dagegen unternehmen?«

»Ich möchte zurückgehen, eine ständige Verbindung mit London einrichten und den Widerstand richtig organisieren.«

»Dazu mußt du erst ausgebildet werden.«

»Um so besser. Ich bin zu allem bereit, was die wollen.«

Das kleine georgianische Haus lag in einer kleinen Gasse am Berkeley Square in Mayfair. Der Zivilist, der ihn dorthin geleitet hatte, überstellte ihn an der Pforte an einen Sergeant der Militärpolizei. Dem händigte er die Karte aus, die man ihm gegeben hatte, und der Sergeant prüfte die Angaben anhand eines auf dem Tisch liegenden Klemmbretts nach, bevor er den Hörer abnahm und zwei Ziffern wählte.

Er schaute van Kempen an, als er auflegte. »Nehmen Sie doch Platz, bis jemand herunterkommt und Sie abholt.« Er deutete auf eine Reihe Lehnstühle an der einen Wand. Aber van Kempen war zu nervös, um sich hinzusetzen. Er steckte die Hände in die Hosentaschen, ging herum und betrachtete die diversen Aushänge und Plakate auf einem Schwarzen Brett an der gegenüberliegenden Wand. Ein mit Schreibmaschine getipptes Blatt enthielt Vorschriften für den Brandfall. Auf einem Plakat wurde vor allzu sorglosem Gerede gewarnt. In einem Aushang ging es um die Zuteilung von Zigaretten und Schokolade. Daneben befand sich eine Urkunde, auf der mitgeteilt wurde, das Haus sei von der »Treuhandstelle für Eigentum in Feindeshand« beschlagnahmt und seinem vorherigen Besitzer, einem Freiherrn von Teller, weggenommen worden.

Dann sagte eine Mädchenstimme hinter ihm: »Man wartet auf Sie, Sir.«

Sie war ein Sergeant vom ATS, dem weiblichen Hilfsdienst des Heeres. Und sie war sehr hübsch. Als er sie nach ihrem Namen fragte, lächelte sie nur und deutete auf eine offene Tür am Ende des kurzen Flurs. »Da geht's lang, Sir.« Sie blieb stehen und paßte auf, bis er im Büro verschwand.

Drinnen warteten zwei Offiziere in Uniform. Beide waren Captains und trugen die rotweißen Abzeichen der Royal Sussex am Ärmel. Sie waren ziemlich jung, aber der eine hatte fast keine Haare mehr auf dem Kopf.

Der andere streckte die Hand aus. »Mein Name ist Parker. Das ist mein Kamerad, Captain Watson. Schön, Sie zu sehen. Setzen Sie sich. Machen Sie es sich bequem.« Er lächelte. »Bitte, entspannen Sie sich. Sie sind hier nicht mehr in der Patriotic School. Das ist ein für allemal vorbei.«

Als van Kempen nicht reagierte, fuhr Parker freundlich lächelnd fort. »Wir müssen nur noch eine Formalität hinter uns bringen.« Er schaute van Kempen eindringlich an. »Sie werden gründlich für die Arbeit ausgebildet, für die Sie sich gemeldet haben, aber ich möchte Sie darauf hinweisen, daß es sich um eine gefährliche Aufgabe handelt. Besonders in Holland. Sollten Sie irgendwelche Bedenken haben, können wir Sie bei den Streitkräften des Freien Holland unterbringen. Heer oder Marine. Man würde Sie dort mit Kußhand nehmen.«

»Ich habe keine Bedenken.«

»Sind Sie ganz sicher? Vielleicht möchten Sie noch etwas Bedenkzeit?« Er stockte. »Wenn Sie erst einmal mit der Ausbildung angefangen haben, wird es problematisch, weil Sie dann allerhand wissen, was die Deutschen gern erfahren möchten. Und sobald wir angefangen haben, läßt sich das nicht mehr rückgängig machen. Haben Sie das verstanden?«

»Ja, ich habe verstanden. Und ich habe keinerlei Bedenken. Deswegen bin ich doch nach England gekommen.«

»Sie sind zum ersten Mal in England, richtig?«

»Ja.«

»Nun gut. Ich werde Sie jetzt an Captain Watson übergeben. Er wird sich von nun an um Sie kümmern.«

Captain Watson ließ das Taxi an der St. James's Street anhalten, und van Kempen wartete, bis er dem Fahrer das Geld gegeben hatte. Dann ergriff Watson ihn am Arm und geleitete ihn lächelnd zu den Büros, über denen ein großes Schild mit der Aufschrift »Metro Goldwyn Mayer« hing.

Watson schob die Glastür auf, führte ihn durch ein Büro voller Schreibtische und eine Treppe hinauf, danach über zwei weitere Treppen, bevor er stehenblieb und einen Schlüsselbund hervorholte. Als er die Tür aufschloß, sagte er: »Das wird jetzt etwa eine Woche lang Ihr trautes Heim sein.« Er lächelte. »Ist gar nicht schlecht.«

Es gab ein Wohnzimmer, ein großes Schlafzimmer mit zwei Einzelbetten, ein weiteres Schlafzimmer mit einem Einzelbett, eine kleine Küche und ein Bad. Van Kempens wenige Habseligkeiten waren nach wie vor in dem kleinen Segeltuchbeutel, den er mit aufs Boot genommen hatte. Ein Rasierapparat, ein fast aufgebrauchtes Stück Rasierseife, ein Rasierpinsel und ein Kamm. Dazu der schmale Goldring, den Anna ihm gegeben hatte, ein Pelikan-Füllfederhalter und eine dicke, lederne Geldbörse mit zehn Hundert-Gulden-Scheinen. Seinen Paß und sämtliche Papiere hatte man an der Patriotic School behalten.

Watson kochte eine Kanne Tee, und als er ihnen eine Tasse einschenkte, sagte er: »Heute nachmittag ziehen wir los und kaufen Ihnen Kleidung, ein paar Toilettenartikel und dergleichen mehr. Ich habe Kleidungscoupons und Bezugsscheine.« Er lächelte. »Wir möchten, daß Sie ein, zwei Tage ausspannen. Wir schauen uns die Stadt an. Und dann werde ich mit Ihnen ein paar Tage lang das Ausbildungsprogramm durchgehen.«

»Wie lange wird die Ausbildung dauern?«

»Etwa sechs Monate.«

»Sechs Monate! Das ist ja eine halbe Ewigkeit. Ich hatte gehofft, daß ich bis dahin längst etwas Sinnvolleres würde tun können.«

Watson lächelte. »Wir möchten aber, daß Sie überleben, wenn Sie wieder in Holland sind. Dort gibt's viel zu tun.«

»Wie sieht die Ausbildung aus?«

»Funkbetrieb, Morsen, Codes, Beschattungen, Abschütteln von Beschattern, waffenloser Kampf, Sprengstoff, Waffenkunde, Kartenkunde, Fluchtmethoden, Nachrichtenermittlung, Gruppenorganisation, Überwachung der Abwurfstellen, Empfangskomitees einteilen und Fallschirmspringen.«

Van Kempen lächelte. »Sie haben recht. Das ist ein ganz schönes Programm.«

»Und das ist das erste Mal, daß ich Sie lächeln sehe. Ein gutes Zeichen. Lächeln steht für Selbstvertrauen, und das wiederum steht für Erfolg.«

»Was geschieht, wenn ich die Ausbildung hinter mir habe?«

»Dann werden Sie drüben in Holland abgesetzt.«

»Und was mache ich dort?«

»Das weiß ich nicht«, erwiderte Watson freundlich. »Und wenn, dann würde ich es Ihnen nicht verraten. Wenn es soweit ist, werden Sie entsprechend eingewiesen.« Er zuckte mit der Schulter. »Wie Sie wohl wissen – in besetzten Ländern ändert sich die Lage schnell.«

Als sie an diesem Abend eine letzte Tasse Kaffee vor dem Schlafengehen tranken, sagte Watson: »Erzählen Sie mir von Anna van Steen.«

»Woher wissen Sie von Anna?«

»Jan Maas hat es uns erzählt.«

»Sie ist meine Verlobte, das heißt, sie war es.«

»Was meinen Sie damit – sie war es?«

»Vermutlich ist sie entsetzt und wütend darüber, daß ich verschwunden bin, ohne ihr etwas davon zu sagen. Sie wußte nicht, daß ich nach England gehen wollte.«

»Ist sie im Widerstand?«

»Sie und ihre Mutter bringen jüdische Kinder bei Familien unter, bei denen sie in Sicherheit sind.«

»Was ist mit ihrem Vater?«

»Sie wissen doch bestimmt über ihn Bescheid, sonst würden Sie mich nicht fragen.«

»Dann erzählen Sie doch.«

»Er ist hoher Beamter bei der holländischen Polizei in Amsterdam.«

»Und er kollaboriert mit den Deutschen.«

»Das behaupten manche Leute. Aber es stimmt nicht. Er ist ein Patriot, wie er im Buche steht. Wenn er zurückgetreten wäre, hätte man ihn nach Deutschland deportiert. So kann er seine Amtsbefugnisse dazu einsetzen, die Lage für die Allgemeinheit etwas erträglicher zu gestalten. Er hat für die Deutschen und alles, was sie tun, nur Verachtung übrig, aber nach außen hin tut er so, als arbeite er mit ihnen zusammen.«

»Sie leben normalerweise in Rotterdam, nicht wahr?«

»Ja.«

»Wie groß ist die Wahrscheinlichkeit, daß man Sie in Amsterdam erkennt?«

»Sehr gering. Das müßte schon mit sehr viel Pech zugehen. Meine Untergrundarbeit fand hauptsächlich in Den Haag statt, und dann bin ich nach Utrecht umgezogen, wo ich ebenfalls unbekannt war.«

»Würden die van Steens Ihnen helfen?«

»Ich würde sie nicht um Hilfe bitten.«

»Warum nicht?«

»Weil ich innerlich beteiligt wäre, und das könnte mich beeinflussen, falls ich erwischt werden sollte.«

Watson schien mit dieser Antwort zufrieden, aber er sagte nichts. Sie hörten sich die Nachrichten im Radio an und gingen dann zu Bett.

23. KAPITEL

Obwohl die Sonne schien, merkte man der Luft an, daß der Sommer zu Ende ging und der Herbst nahte. Lang fielen die Schatten der Kastanien auf die mit Kies bestreute Auffahrt, die um das Gutshaus herumführte. Van Kempen saß auf einem Baumstumpf und betrachtete das Haus. Ein Jeep und zwei Pritschenwagen standen davor, und eine fünf oder sechs Mann starke Gruppe umlagerte einen Ausbildungssergeant, der ihnen zeigte, wie man eine Garotte benutzte. Während er zuschaute, flogen sechs Spitfires in Formation über die Männer hinweg, und er bemerkte, daß trotz des Motorengedröhns niemand aufblickte. Es kam so oft vor, daß man es kaum mehr wahrnahm. Als wieder Ruhe einkehrte, mußte er einmal mehr an diesen schrecklichen Morgen in Rotterdam denken. Zu sechst hatten sie dagestanden – vier Jungen und zwei Mädchen, allesamt auf dem Nachhauseweg nach einer langen Fete – und konnten nicht glauben, was sich vor ihren Augen abspielte. Und dann die Angst, die rasch in Wut umschlug. Zwei Tage später dann die Nachricht, daß sich die Königin und die königliche Familie in London in Sicherheit gebracht hatten. Die Deutschen versprachen, im Land werde alles weitergehen wie gewohnt. Nach nur sechs Monaten hatten sie alle Versprechen gebrochen und ein für alle Male klargestellt, daß Holland ein Vasallenstaat war. Ein bloßes Anhängsel des Tausendjährigen Reiches.

Und nun, da er hier saß und das Haus im Abendlicht betrachtete, kam ihm das hier genauso unwirklich vor. In Holland war er der Ansicht gewesen, das hier sei der einzige Ausweg. Nach

England gehen und gegen die Deutschen kämpfen. Aber jetzt kam es ihm lächerlich vor. Nächste Woche wurde er einundzwanzig, und die letzten zehn Tage lang hatte er gelernt, wie man Männer lautlos und ohne Waffe tötete. Was konnte er schon gegen die Deutschen ausrichten, die ganz Europa besetzt hatten, gerade die Russen schlugen und auf Moskau und Leningrad vorstießen? Es war vergebens. Erbärmlich. Ein Witz.

Niedergeschlagen stand er auf und ging zum Haus zurück.

Dem wunderschönen Äußeren zum Trotz waren die Innenräume des Gutshauses in aller Eile umgebaut worden, und die spartanisch ausgestatteten Einzelzimmer waren kaum größer als Abstellkammern. Als er sich wusch und für das gemeinsame Abendessen fertig machte, schämte er sich wegen seiner Schwarzseherei. Hier gab es eine Menge Leute, die weder Zeit noch Mühe scheuten, um ihn auszubilden. Er war nicht allein. Er gehörte einer Gemeinschaft an. Einer Gemeinschaft, die genau wußte, was sie tat.

Das Essen mit seinen Kameraden stärkte seinen Mut. Wenn sie Zweifel hatten, zeigten sie es jedenfalls nicht. Keiner kannte den richtigen Namen der anderen, aber im Verlauf der ersten Wochen hatten sie einander immer besser kennengelernt, und inzwischen rissen sie allerhand Witze über ihre Ausbilder und deren Marotten. In diesem Stadium waren ihre Ausbilder ausnahmslos Briten. Teils Unteroffiziere, teils Offiziere. Einige gaben sich sehr militärisch und machten keinen Hehl daraus, daß sie am Nutzen dieses Haufens zweifelten, den man in ihre Obhut gegeben hatte. Die anderen – hauptsächlich diejenigen, die sie für den Kampf ausbildeten – behandelten sie wie Kinder, die man gründlich auf die Prüfungen vorbereiten mußte, die draußen im rauhen Alltag ihrer harrten.

An diesem Abend teilte man ihnen mit, daß sie am nächsten Tag zu einem zweiwöchigen Überlebenstraining nach Schottland fahren würden. Dem wissenden Lächeln der Ausbilder entnahmen sie, daß es vermutlich hart zugehen würde. Dort würden dann schon die Schafe von den Böcken getrennt, munkelte man. Eine Redensart, die die Ausländer am Tisch nicht kannten, und daher rätselten sie lange hin und her, ob die Briten männliche oder weibliche Tiere für wertvoller hielten.

Der schlammbespritzte Army-Dreitonner hielt neben der Steinhütte auf der Hügelkuppe, und die sieben Männer kletterten herunter und reckten ihre von der langen Fahrt ins schottische Hochland steif gewordenen Gliedmaßen. Der Ausbildungssergeant befahl ihnen, ihre Tornister herunterzunehmen und in die armselige Behausung zu tragen.

Drinnen gab es keine Zimmer, nur einen einzigen Raum mit nackten Steinwänden und einem mit Stroh bestreuten Zementboden. Als zwei, drei Männer sich hinsetzten und mit dem Rücken an die Wand lehnten, brüllte der Sergeant sie an, sie sollten aufstehen und zuhören, was er ihnen sagen werde. Der Ausbilder war ein Sergeant von den Gordon Highlanders, der in einem harten Viertel von Glasgow geboren und aufgewachsen war, und obwohl ihm die sieben Männer aufmerksam zuhörten, verstanden sie kaum ein Wort.

Als sie sich schließlich einen Reim darauf machen konnten, wurde ihnen klar, daß man sie heute nacht noch ins Gelände verfrachten und an unterschiedlichen Stellen absetzen wollte. Man wollte ihnen die genauen Koordinaten der Hütte geben und dazu eine Generalstabskarte von der Gegend. Jeder sollte einen Kompaß bekommen, eine Schachtel Streichhölzer, einen eisernen Vorrat aus sechs Stück Kommißbrot und einem Viertelliter Wasser. Sie hatten zwei Tage Zeit, um zu der Hütte zurückzufinden. Man wollte sie etwa fünfundsechzig Kilometer von der Hütte entfernt einzeln absetzen, in schwierigem Gelände. In einer Stunde wollten sie aufbrechen, und vorher sollte noch jeder einen Teller mit heißem Porridge bekommen.

Am zweiten Tag um Mitternacht hatten nur drei Mann, darunter auch van Kempen, den Rückweg zur Hütte geschafft. Zwei kamen am dritten Tag spätnachmittags an, einer davon völlig am Ende seiner Kräfte. Ein anderer war fast hundert Kilometer entfernt in einem Dorf aufgetaucht und als mutmaßlicher Spion festgenommen worden, und einen weiteren hatte ein Förster bewußtlos im Wald gefunden. Nach ihrer Rückkehr in das Gutshaus in Surrey ließ man sie zwei Tage ausruhen, bevor es nach Ringway ging, ganz in der Nähe von Manchester, wo sie ihre Fallschirmspringerausbildung erhalten sollten.

Sie fuhren nur zu fünft nach Ringway, aber obwohl zwei von ihnen bereits Anfang Fünfzig waren, bestanden sie alle die Springerausbildung.

Wieder im Gutshaus, teilte man ihnen mit, die nächsten zwei Monate würden sie in Beaulieu verbringen, einem hochherrschaftlichen Anwesen mit großen Ländereien im New Forest, unweit von Southampton. Man erklärte ihnen, von nun an ginge es nur noch darum, sie für ihre Agententätigkeit in einem besetzten Land auszubilden. Ab sofort seien sie Offiziere der britischen Armee und könnten somit im Falle einer Gefangennahme den Schutz des Roten Kreuzes für sich in Anspruch nehmen. Den werde man ihnen allerdings kaum gewähren, wenn man sie in Zivilkleidung und mit falschen Papieren und Ausweisdokumenten aufgreife. Was wiederum hieße, daß sie nach Ansicht der Deutschen Spione wären und entsprechend behandelt würden.

Jetzt hatten sie ganz andere Ausbilder. Manche kamen von Scotland Yard, andere waren Historiker oder Psychologen.

Vier Tage lang brachte man ihnen bei der Polizei in Portsmouth bei, wie man Schlösser knackte, dann lernten sie zwei Wochen lang in Southampton, wie man jemanden beschattete, ohne selbst beschattet zu werden. Darauf folgten eine Woche an der School of Small Arms auf dem Gelände der Army in Hythe, Grafschaft Kent, wo sie im Umgang mit Handfeuerwaffen ausgebildet wurden, und drei Wochen Schulung in Morsen, Codes und Sicherheitsvorkehrungen beim Funken. Van Kempen und noch ein anderer Mann sollten als Funker bei Widerstandsgruppen in Holland eingesetzt werden, von denen noch niemand in England ausgebildet worden war.

Offiziere des Nachrichtendienstes der Streitkräfte des Freien Holland unterrichteten sie mehrmals über die in den besetzten Niederlanden stationierten deutschen Truppen. Ein Minister der holländischen Exilregierung hielt ihnen eine lange Rede über die Beziehungen zwischen Deutschen und ziviler Verwaltung in den Niederlanden. Ein anderer Holländer brachte ihnen bei, welche Papiere und Genehmigungen man zum Wohnen, zum Arbeiten und zum Reisen brauchte.

Zum Abschluß gab es einen zweiwöchigen Kursus mit einem Spezialisten für Legenden und neue Identitäten. In Einzelgesprächen bereitete man sie auf ihren Einsatz vor, damit abgesehen von den Ausbildern und dem betroffenen Agenten keiner etwas über ihre Tarnung und die Identität erfuhr.

Van Kempen wurde in einem kleinen Cottage auf dem Anwesen untergebracht, und am Tag, nachdem er eingezogen war, kam sein Ausbilder aus dem Herrenhaus vorbei und stellte sich vor.

»Ich heiße Wyeth. Tony Wyeth. In den nächsten zwei Wochen werden wir jeden Tag miteinander zu tun haben. Sie sind Paul van Kempen, aber auf diesen Namen hören Sie von nun an nicht mehr.« Er lächelte. »Wir haben einen neuen Namen für Sie – Piet de Kruif. Wir sind der Meinung, daß er gut zu Ihnen paßt. Was halten Sie davon?«

Van Kempen lachte. »Nicht schlecht.«

Wyeth nickte. »Machen wir es uns gemütlich, okay?«

Als sie beide in den bequemen Armsesseln Platz genommen hatten, sagte Wyeth: »Wir haben uns lange mit Ihrem Lebenslauf beschäftigt.« Wieder lächelte er. »Zumindest eine kleine Entschädigung für die langweiligen Fragen an der Patriotic School. Und wir haben versucht, eine Legende für sie zu stricken, die einigermaßen den Tatsachen entspricht. Ich möchte, daß Sie übers Wochenende alles gründlich durchlesen und sich Notizen machen, wenn Ihnen etwas auffällt. Am Montag werden wir dann darüber reden.«

»Soll ich als Funker eingesetzt werden?«

Wyeth zögerte einen Augenblick. »In den ersten Monaten wäre uns das sehr recht, bis wir andere Funker im Einsatz haben. Wir bilden bereits ununterbrochen Funker aus. Wenn wir mehr vor Ort haben, möchten wir Sie mit der Organisation und Schulung der bislang eher amateurhaft agierenden Widerstandsgruppen betrauen.« Er lächelte. »Sie wissen ja selbst, wie wenig organisiert die sind.«

»Wann werde ich abgesetzt?«

Lächelnd schüttelte Wyeth den Kopf. »Alles zu seiner Zeit. Darf ich Ihnen eine persönliche Frage stellen?«

»Ja.«

»Warum wollen Sie zurück?«

»Um gegen die Deutschen zu kämpfen. Damit wir sie loswerden.«

»Glauben Sie nicht, daß es für die Zivilbevölkerung in Holland besser wäre, sich zu fügen und abzuwarten, bis die Alliierten den Deutschen Paroli bieten können? Ich frage das allen Ernstes, weil wir das manchmal auch von Leuten hören, deren Ansichten wir respektieren.«

»Auch wenn es keinen Widerstand gäbe, würden die Deutschen immer einen Grund finden, um Zigtausende von Holländern umzubringen. Juden, Zigeuner, sogenannte Unerwünschte ...« Van Kempen zuckte die Achseln. »Die brauchen keinen Vorwand mehr. Sie können tun, was sie wollen. Die Widerstandsbewegung kann sie lehren, daß sie dafür büßen müssen, was sie mit unschuldigen Menschen anstellen. Ihnen beibringen, daß die ganze Welt mitverfolgt, was sie treiben, und daß früher oder später der Tag der Abrechnung kommt, an dem sie den kürzeren ziehen werden.«

»Denkt das ganze Land so?«

»Natürlich nicht. Wir sind kein kriegerisches Volk. Nicht mehr als die Leute hier. Es hat auch genügend Briten gegeben, die Frieden um jeden Preis wollten.« Er zuckte die Achseln. »Die konservative Regierung eingeschlossen.«

»Von mir aus.« Wyeth hob fragend die Brauen. »Und was ist, wenn die Sie erwischen?«

Einen Moment lang wirkte van Kempen erschrocken, dann sagte er seelenruhig: »Wie kommen Sie denn darauf?«

»Weil es vorkommt, mein Freund. So was kommt manchmal vor.«

»Dann verhalte ich mich so, wie man es mir beigebracht hat.«

»Und das wäre?«

»Ich bleibe bei meiner Legende.«

»Denken Sie darüber nach.« Lächelnd stand Wyeth auf. »Wir sehen uns am Montag. Wenn Sie wollen, können Sie sich übers Wochenende einen Wagen von der Fahrbereitschaft nehmen.«

Van Kempen befaßte sich fast das ganze Wochenende über mit der Legende, die Wyeth ihm zum Lesen mitgegeben hatte, aber am Samstag besorgte er sich einen Wagen aus der Fahrbereitschaft, fuhr nach Southampton und schaute sich *Mrs. Miniver* an.

Am Montag früh kam Wyeth, und sie redeten über die Tarnung.

»Wieso bin ich angeblich in Niederländisch-Westindien geboren?«

»Weil sie dort nicht in den Akten nachschlagen können.«

»Und wieso soll mein Vater dort als Beamter tätig sein?«

»Aus demselben Grund. In Surinam können sie niemand überprüfen.«

»Sie könnten in den Akten des Außenministeriums in Den Haag nachsehen.«

»Gut mitgedacht. Aber die Mühe werden sie sich nicht machen. Wahrscheinlich wissen sie nicht einmal, daß diese Akten vorhanden sind.«

»Und wenn doch?«

Wyeth grinste. »Dann werden sie feststellen, daß ein gewisser Christiaan de Kruif offizieller niederländischer Konsul in Surinam ist.«

Van Kempen war beeindruckt, und man sah es ihm auch an. »Sie sind sehr gründlich.«

»Natürlich. Sonst noch was?«

»Warum wollen Sie mich als Buchhändler ausgeben?«

»Weil wir den Inhaber einer Buchhandlung kennen, der diese Geschichte bestätigen wird.«

»Wenn Sie die Buchhandlung kennen, dann wissen Sie auch, wo ich abgesetzt werde.«

»Vielleicht. Aber manchmal wird im letzten Moment noch alles geändert. Warten Sie also lieber ab, bis man es Ihnen offiziell mitteilt.« Wieder lächelte er ihn freundlich an. »Noch andere Punkte?«

»Ja. Die Sicherheitskontrolle bei meinem Funkverkehr.«

»Was ist damit?«

»Wir hatten uns ursprünglich darauf geeinigt, daß ich bei jeder Nachricht im sechsten oder jedem weiteren sechsten Wort einen Fehler einbaue, aber in Ihrem Vorbereitungspapier ist auf einmal von jedem neunten Wort die Rede.«

»Erschwert das Ihre Aufgabe?«

»Eigentlich nicht, aber wenn man sich etwas wochenlang eingeprägt hat, kann man sich nur schwer auf etwas Neues einstellen.«

»Einverstanden. Ich bin weder Funk- noch Codeexperte, aber ich werde es mit den Fernmeldeleuten besprechen und wieder auf Sie zurückkommen.«

»Abgesehen davon ist die Tarnung hervorragend.«

»Ich muß Sie darauf hinweisen, daß Sie ab sofort gar nicht mehr daran denken sollten, daß es sich um eine Tarnung handelt. Sie sind Piet de Kruif und sind in Surinam geboren. Ihre Eltern sind nach wie vor dort, und Sie machen sich Sorgen um sie. Sie haben Fotos aus Surinam, Sie kennen sich dort entsprechend aus, wie auch an allen anderen Orten, die für Sie eine Rolle spielen. Verinnerlichen Sie es. Alles. Und wenn Sie sonst noch etwas wissen wollen – fragen Sie mich. In zwei Tagen werden Sie einem scharfen Verhör unterzogen werden. Und anschließend wird man Sie noch zweimal ausquetschen, bevor Sie grünes Licht bekommen. Von morgen an werden Sie holländische Kleidung tragen, und ich würde Ihnen empfehlen, sich ab sofort die Nachrichten der BBC nicht mehr in englischer Sprache anzuhören. Hören Sie sich holländische Sendungen an. Und Radio Hilversum. Sie dürfen nicht mehr über den Kriegsverlauf wissen als jeder andere Holländer.«

Van Kempen lächelte. »Sie wären überrascht, wie viele Landsleute von mir die BBC hören. Nicht nur das holländische Programm, sondern auch die englischen und die Unterhaltungssendungen. Vor allem die Nachrichten am Sonntagabend, wenn unter anderem auch unsere Nationalhymne gespielt wird.«

»Interessant. Ich werde das an die BBC weiterleiten.« Er stand auf. »Wir sehen uns morgen wieder.«

Van Kempen glaubte, das erste Verhör gut überstanden zu haben. Vier Stunden lang hatten ihm zwei Männer Fragen über Fragen gestellt. Am Abend kam Wyeth vorbei und unterrichtete ihn über den Ausgang des Verhörs.

»Wie ist es denn Ihrer Ansicht nach gelaufen?« fragte Wyeth.

»Nicht schlecht. Soweit ich mich entsinnen kann, habe ich nichts preisgegeben. Was haben die beiden gesagt?«

Wyeth blickte erst auf sein Klemmbrett, dann schaute er van Kempen an.

»Sie sind glatt durchgefallen.«

Van Kempen wirkte betroffen. »Aus welchen Gründen?«

»Na schön. Erstens haben Sie zweimal reagiert, als man Sie mit Paul anredete, nicht mit Ihrem Codenamen – Piet. Zweitens haben Sie zu schnell auf ihre Fragen geantwortet. Ein normaler Mensch ist verwirrt und verängstigt, wenn er verhaftet worden ist. Wenn man ihm Fragen stellt, antwortet er nicht so bereitwillig. Er ist viel zu verwirrt. Drittens sagen sie, daß Sie zuviel geredet hätten. Man hätte Ihnen angemerkt, daß Sie genau wüßten, weshalb man Ihnen diese Fragen stellt, selbst bei den ungewöhnlichen. Ein erfahrener Verhörspezialist würde sofort erkennen, daß man Sie auf Vernehmungen vorbereitet hat. Sie haben es auf einen geistigen Wettstreit mit den beiden ankommen lassen. Jeder normale Mensch aber würde nichts weiter wollen, als daß man ihn wieder laufenläßt.«

Van Kempen wirkte ärgerlich und enttäuscht zugleich. Er zuckte die Achseln. »Ich wollte ihnen zeigen, daß ich unschuldig bin und keine Angst habe.«

»Unschuldig? Woran? Man hat Ihnen doch gar nichts vorgeworfen. Die beiden haben Ihnen nur Fragen zu Ihrem Lebenslauf gestellt. Sie haben Ihre Legende nicht zu Gesicht bekommen, daher war die Befragung echt. Nach deren Meinung haben Sie selbst dafür gesorgt, daß ein Verhör daraus wurde.«

Van Kempen seufzte niedergeschlagen. »Tja. Sie sind die Experten. Vermutlich haben sie recht.«

»Allerdings, mein Freund. Jetzt nehmen Sie sich die nächsten zwei Tage Zeit, ohne ständig Ihren Lebenslauf zu pauken. Sie müssen ihn einfach verinnerlichen. Sie – sind – Piet de Kruif – und haben ein ziemlich beschauliches Leben geführt. Sie verkaufen in einer Buchhandlung Bücher, und mit einmal sind Sie in Haft und werden verhört. Wie wäre Ihnen dabei zumute? Wie würden Sie darauf reagieren?«

»Okay. Ich werde mich daran halten.«

»Es ist nur zu Ihrem Besten. Denken Sie daran. Letzten Endes kommt es nicht darauf an, was die beiden Verhörspezialisten denken. Wichtig ist, was ein Gestapo- oder SD-Mann davon hält.«

Die zweite Vernehmung wurde von zwei anderen Verhörspezialisten durchgeführt, und ihr Bericht war weit weniger kritisch. Sie merkten lediglich an, daß van Kempen die Fragen anscheinend erwartet habe. Wyeth teilte ihm mit, daß die letzte Befragung irgendwann innerhalb der nächsten drei Tage stattfinden werde.

Etwa ein Dutzend alter Ausgaben der holländischen Untergrundzeitung *Het Parool* war von London nach Beaulieu geschickt worden, und van Kempen saß fast bis Mitternacht da und las sie. Er war einer der ersten Verteiler des Blattes gewesen und hatte mehrere Artikel darüber verfaßt, wie die Deutschen gegen das Völkerrecht verstießen. In den letzten sechs Monaten schien sich allerhand geändert zu haben. Der einstige Spott über die selbsternannten Baumeister eines neuen deutschen Reiches war in Haß umgeschlagen, und der Ruf nach Rache wurde laut. Und offensichtlich richtete sich dieser Haß nicht nur gegen die Deutschen, sondern auch gegen die Holländer, die mit ihnen kollaborierten.

Als er die Decke hochzog und die Nachttischlampe ausschaltete, fragte er sich, wie es ihm daheim wohl ergehen werde. Zehn Minuten später war er eingeschlafen.

Sie holten ihn um zwei Uhr morgens. Erst dachte er, es wäre ein Alptraum. Das splitternde Holz, als die Haustür eingeschlagen wurde, das Licht der Taschenlampe in seinem Gesicht und die schwarzen Ledermäntel der beiden Gestapomänner. Die Flüche, als sie ihn ergriffen und nackt vom Bett zerrten. Handschellen schnitten ihm ins Gelenk, und sein Kopf wurde an den Haaren zurückgerissen, als sie ihn auf den Holzstuhl stießen, auf den er seine Kleidung gelegt hatte.

Dann die Fragen, das Geschrei, die Fäuste, mit denen sie ihm Gesicht und Bauch traktierten.

Es dauerte zwei Stunden, und ihm war bewußt, daß er am ganzen Körper nach Erbrochenem roch, als sie endlich gingen. Über eine Stunde lang ließ sich niemand blicken, bis schließlich Wyeth und der Militärarzt kamen, der ihm versicherte, daß er abgesehen von ein paar blauen Flecken und einem leichten Schock keinerlei Schaden erlitten habe. Er hatte erwartet, daß Wyeth sich entschuldigen oder das Geschehene zumindest rechtfertigen werde. Doch Wyeth teilte ihm nur mit, daß der Verhörtrupp sein Verhalten unter Streß gelobt habe. Er werde abends wiederkommen, wenn van Kempen sich ausgeschlafen und erholt habe.

Er wachte erst um vier Uhr nachmittags auf und ging ins Badezimmer, um sich ein heißes Bad einlaufen zu lassen und im Spiegel sein Gesicht anzuschauen. Und allmählich verspürte er trotz der Schmerzen eine tiefe Zufriedenheit. Sie hatten getan, was man ihnen aufgetragen hatte, und er ebenso. Er hatte es überstanden. Er hatte es geschafft. Jetzt wußte er, was ihn erwartete, wenn er erwischt wurde. Und er wußte, wie man es überstand. Nie wieder würde er derart erschrocken, ungläubig und furchtsam reagieren.

Er rekelte sich immer noch im warmen Wasser, als Wyeth hereinkam, den Klodeckel herunterklappte und sich darauf setzte.

»Wie fühlen Sie sich?«

»Nicht so schlecht, wie ich erwartet hatte.«

»Wenn es ein Trost für Sie ist: Das hier war nicht annähernd so schlimm wie das, was man mit Ihnen macht, wenn Sie erwischt werden. Zunächst ist da natürlich das Erschrecken. Der Überraschungseffekt. Aber selbst die Gestapo weiß, daß ein Mann nur um so wütender und entschlossener wird, je mehr man auf ihn einprügelt. Die wollen an Ihr Wissen heran.« Er lächelte. »Wir beide werden heute gemeinsam zu Abend essen. Und Ihre Ausbilder werden ebenfalls dabei sein. Nur um Ihnen alles Gute zu wünschen.«

»Heißt das, daß ich bald aufbreche?«

»Beim nächsten Vollmond. Noch beinahe zehn Tage.«

»Wo wird man mich absetzen?«

»Das wird man Ihnen morgen mitteilen.«

»Sie haben mir noch nicht gesagt, was mit meiner Sicherheitskontrolle ist.«

»Man war damit einverstanden, daß wir so verfahren, wie ursprünglich geplant. Das sechste Wort, beziehungsweise jeweils ein weiteres sechstes Wort.«

24. KAPITEL

Wyeth fuhr mit ihm zum Flugplatz von Tempsford. Van Kempen mußte nackt in einer Holzhütte warten, während man seine Kleidung und seine Besitztümer überprüfte. Die Armbanduhr, den Füllfederhalter und die abgeschabte lederne Geldbörse mit ein paar Hundert-Gulden-Scheinen. Ein Sergeant des Royal Corps of Signals kontrollierte ein letztes Mal das Funkgerät und die Ersatzteile. Ein holländischer Offizier, der ihn zuvor nie zu Gesicht bekommen hatte, saß an einem kleinen Tisch und prüfte seine Papiere. Den Reisepaß, die ausgebleichte Geburtsurkunde, die Arbeitsgenehmigung, den Personalausweis, die beschränkte Reisegenehmigung, ein ärztliches Attest und den beglaubigten Begleitbrief vom August 1939, wonach er aufgrund einer fiebrigen Drüsenerkrankung als Kind nicht tauglich für den Militärdienst war. Der Arzt, der beides unterschrieben hatte, war beim Angriff auf Rotterdam ums Leben gekommen.

Schließlich war alles fertig, und sie mußten noch zwanzig Minuten dasitzen und warten, bis der Staffelführer der RAF ihnen mitteilte, daß die Besatzung bereit war. Bevor sie die Hütte verließen, ging Wyeth noch einmal mit ihm die Erkennungszeichen durch, die das Empfangskomitee benutzen würde.

Der Mond war fast voll, und als sie über das Flugfeld gingen, konnte van Kempen sehen, wie sich das Licht auf dem Rumpf des Flugzeuges spiegelte. An der Holzleiter schüttelte Wyeth ihm die Hand und ging dann weg. Der ohrenbetäubende Lärm der Motoren ließ keinerlei Unterhaltung zu.

Im Transportraum der Hudson gab es keine Sitze. Van Kempen hielt sich mit einer Hand an einem Metallrohr fest und setzte sich auf eine Holzkiste, als die Maschine immer schneller über die Rollbahn raste, dann steil aufstieg, sich in die Kurve neigte und Kurs auf die Südküste nahm.

Obwohl er in und um Amsterdam eingesetzt werden sollte, wollte man ihn im Süden, unmittelbar an der holländisch-belgischen Grenze absetzen. Ein paar Kilometer nordöstlich von einem kleinen Dorf namens Sluis, direkt am Kanal nach Brügge.

Etwa vierzig Minuten später deutete das Rütteln der Maschine darauf hin, daß sie über die Küste hinwegflogen. Er spürte den plötzlichen Druckanstieg in den Ohren, als die Hudson an Höhe verlor und im Tiefflug den Kanal überquerte. Zwanzig Minuten später kam der Navigator nach hinten und teilte ihm mit, daß sie in zehn Minuten über der Absprungzone wären. Er werde die runde Klappe an der Abwurfluke öffnen und bis zum Absprung bei van Kempen bleiben. Sie müßten sich erst überzeugen, ob man am Boden die richtigen Leuchtsignale gebe, bevor er springen könne.

Der Navigator löste den Riegel, schob die Sicherungsstange zurück und klappte die runde Lukenabdeckung zur Seite. Er winkte van Kempen zu sich und deutete auf die Lampen an der Rumpfwand.

»Wenn das rote Licht aufleuchtet, heißt das, wir sind über der Absprungstelle. Leuchtet das orange Licht auf, heißt das, das Signal vom Boden ist in Ordnung, und bei Grün springen Sie. Okay?«

»Okay.«

Van Kempen hängte die Beine in die Ausstiegsluke und wurde sofort von dem Luftzug durchgeschüttelt, der von draußen hereindrang. Das rote Licht leuchtete auf und blieb über eine Minute an. Dann leuchtete das orange Licht auf und fast im selben

Augenblick das grüne. Van Kempen spürte einen Klaps auf der Schulter, dann kam der Befehl zum Springen.

Unbeholfen rutschte er hinaus, wurde dann durch das Gewicht des an seinen Beinen festgeschnallten Packsackes aufgerichtet, zog nach Luft schnappend die Reißleine, hörte, wie sich der Schirm mit einem Knall öffnete, und dann hatte er das Gefühl, er werde nach oben gezerrt, als sich die Seide aufblähte. Einen kurzen Moment sah er die im Dreieck ausgelegten Lichter des Empfangskomitees, dann kam der Boden auf ihn zugerast. Er dachte gerade noch daran, daß er die Füße geschlossen und die Knie leicht gebeugt halten sollte, als er auch schon aufprallte und sich schulbuchmäßig vornüber abrollte, aber er vergaß, die Luft aus seinem Fallschirm zu drücken, so daß er mitgeschleift wurde und auf dem stoppeligen Gras hinterherstolperte, bis der Schirm von selbst zusammensackte.

Er hörte, wie jemand zu ihm gerannt kam, und dann beugte sich ein Mann zu ihm herab und half ihm auf die Beine, während er sich aus den Fallschirmgurten schälte.

Lächelnd hielt ihm der Mann die Hand hin. »Willkommen, Piet. Alles in Ordnung?«

»Ein bißchen außer Atem. Ich muß den Fallschirm noch vergraben.«

»Keine Sorge. Das erledigen die anderen.« Er grinste. »Dank der RAF trägt so manches hübsche holländische Mädchen Seidenhöschen. Da drüben wartet ein Lieferwagen auf uns. Kannst du laufen? Es ist nicht weit.«

»Ja. Mir geht es gut.« Aber er keuchte, als sie zusammen über das Feld gingen.

Neben dem blauen Lieferwagen auf dem Feldweg warteten zwei Männer. »Alles in Ordnung«, sagte der Mann, der ihn in Empfang genommen hatte. »Es ist Piet. Er ist nur ein bißchen mitgenommen. Das wird schon wieder.« Er drehte sich zu van Kempen um. »Wir bringen dich zu einem Bauernhaus, etwa zehn Kilometer entfernt. Wir haben Ausgangssperre, deswegen ist es zu gefährlich, nachts zu fahren. Wir könnten zu leicht gesehen werden.« Er öffnete die Hintertür. »Spring rein. Du kannst dich auf das Stroh legen.«

Als sie durch die Nacht fuhren, war van Kempen froh darüber, daß trotz seiner unbeholfenen Landung alles so planmäßig abgelaufen war. Er fragte sich, ob sie ihn wohl schlafen lassen würden.

Er hörte, wie ein Hund anschlug, als der Lieferwagen langsamer wurde und einen anscheinend ziemlich holprigen Weg entlangfuhr. Dann wurde der Motor abgestellt und die Hintertür geöffnet.

»Alles klar, Piet?«

»Mir geht's gut.«

»Komm ins Haus. Es ist niemand da außer uns.«

Drinnen sah es gemütlich aus, und sie zeigten ihm ein Einzelzimmer, in dem er schlafen konnte, bis sie ihn am nächsten Morgen zu ihrem Chef bringen wollten.

Es gab ein kleines Waschbecken mit einem Krug kalten Wassers, und er wusch sich das Gesicht, das immer noch vom Fahrtwind beim Sprung brannte. Dann legte er sich angekleidet, so wie man es ihm in der Ausbildung beigebracht hatte, auf das altmodische Holzbett. Es dauerte eine ganze Weile, bis er einschlafen konnte. Im letzten Augenblick fiel ihm noch ein, daß er vergessen hatte, das Losungswort zu sagen. Aber sie hatten ihn Piet genannt, also wußten sie offensichtlich, wer er war. Und alles andere hatte er genau nach Lehrbuch gemacht.

Als er aufwachte, brannte im Zimmer Licht. Er war sicher, daß er es ausgeknipst hatte, bevor er zu Bett gegangen war. Als er sich umdrehte, sah er den Mann auf einem Stuhl neben dem Bett sitzen. Es war der Mann vom Empfangskomitee, aber er hatte eine Luger in der Hand. Und er lächelte.

»Was geht hier vor?«

»Es ist alles aus, Freundchen. Du hättest im sicheren London bleiben sollen, statt herzukommen und der Bevölkerung Scherereien einzuhandeln.«

»Woher können Sie so gut Holländisch?«

»Das ist meine Muttersprache. Ich bin Niederländer, genau wie du.«

»Und ein Kollaborateur?«

Der Mann zuckte die Achseln. »Immer noch besser als ihr. Ihr sorgt nur für Aufruhr, und ihr seid schuld, wenn Leute umkommen.«

»Ermordet werden sie aber von den Deutschen und von Verrätern wie Ihnen.«

»Wir bringen dich nach Utrecht. Wir werden ja sehen, wie hart du wirklich bist, wenn du mit den Deutschen redest.«

»Es wird nicht mehr lange dauern, mein Freund. Denken Sie daran.«

»Was wird nicht mehr lange dauern?«

»Bis Sie vor einem Erschießungskommando stehen. Sie kommen schon noch an die Reihe.« Van Kempen sah, daß die Drohung einen Augenblick lang ihre Wirkung tat. Der Mann stand auf und hieb mit der Faust an die Wand.

Einer der anderen Männer kam herein und ließ lächelnd ein paar Handschellen vor van Kempens Gesicht hin- und herbaumeln. Sie drückten ihn bäuchlings zu Boden und fesselten ihm die Hände auf dem Rücken.

Er schloß die Augen und wartete auf die Schläge, aber statt dessen rollten sie ihn herum und befahlen ihm aufzustehen. Zehn Minuten später fuhren sie in einem schwarzen Vorkriegsmercedes los, in dessen Kofferraum van Kempens Funkgerät und sein Tornister verstaut waren.

Die Straßenschilder waren entfernt worden, aber als sie durch Breda fuhren, wußte er, daß sie ihn nicht nach Utrecht brachten.

Sie bogen auf die Hauptstraße nach Rotterdam ein. Van Kempen saß stramm gefesselt auf dem Rücksitz, neben ihm der Mann, der sich als Bootsen vorgestellt hatte. Sie hatten ihm seine Papiere abgenommen, bevor sie das Bauernhaus verlassen hatten, und Bootsen blätterte sie durch, während sie nach Rotterdam fuhren.

Der Wagen hielt vor einem großen, von einem Grundstück umgebenen Haus am Stadtrand von Rotterdam. Am Tor standen ein Feldwebel und zwei Gefreite der Wehrmacht auf Posten. Der Feldwebel bückte sich, schaute in den Wagen, nickte Bootsen zu und winkte einem der Soldaten, der daraufhin einen der hohen, schmiedeeisernen Torflügel öffnete.

Die halbrunde, mit Kies bestreute Auffahrt führte an Rasenflächen und Blumenrabatten vorbei, die sich in jeder Gartenbauausstellung von Haarlem hätten sehen lassen können. Am Eingang des Hauses stand ein SS-Unteroffizier.

Drinnen wurde van Kempen in einen kalten, feuchten Keller geführt, den man in Zellen aufgeteilt hatte. Drei an jeder Seite des kurzen Ganges, allesamt mit Metalltüren verschlossen, an denen sich kleine, runde Gucklöcher befanden.

Sie stießen ihn in die erste Zelle und schlugen die Tür hinter ihm zu. Knirschend wurde der Schlüssel in dem schweren Schloß umgedreht, während van Kempen sich umschaute. Auf dem Zementboden lag eine schäbige Decke, und über ihm hing eine mit einem dicken Gitter versehene Lampe. Ansonsten war die Zelle leer.

Eine Stunde später wurde er aus der Zelle geholt und über eine breite Treppe in ein Büro im ersten Stock des Hauses gebracht. Der Wachposten klopfte an die Tür, und eine Stimme rief: »Herein!«

Das Büro war offenbar die Bibliothek des Hausbesitzers gewesen. Bis unter die Decke reichende Bücherregale an zwei Wänden, hohe, elegante Fenster und ein wertvoller alter

Schreibtisch, neben dem ein Rolltischchen mit zwei Telefonen und einer hölzernen Schalttafel mit etwa einem halben Dutzend Knöpfen stand.

Der Mann hinter dem Schreibtisch war nur ein paar Jahre älter als van Kempen. Vielleicht sieben- oder achtundzwanzig. Elegant gekleidet, groß und gutaussehend.

»Nehmen Sie doch Platz.« Er deutete auf einen einzelnen Stuhl vor dem Schreibtisch. Während van Kempen, dessen Hände immer noch gefesselt waren, sich hinsetzte, stand der Mann auf und blickte aus dem Fenster, Hände in den Hosentaschen. Van Kempen preßte die Knie zusammen, damit sie zu zittern aufhörten. Dann drehte sich der Mann um und schaute ihn an. Er legte die Hände auf den Schreibtisch und setzte sich.

»Herr de Kruif, mein Name ist Keller, und ich bin Major beim SD. Dem Sicherheitsdienst. Und Ihr Name ist natürlich nicht de Kruif. Darf ich fragen, wie Sie wirklich heißen?«

Van Kempen antwortete nicht, woraufhin der Deutsche lächelte. »Ich spreche ein bißchen Holländisch, aber vielleicht können wir uns ja auch auf englisch oder deutsch verständigen. Das würde mir leichter fallen. Was ziehen Sie vor?«

»Kein Deutsch.«

Keller lächelte wieder. »Wir wollen doch nicht kindisch werden, Herr de Kruif. Ich glaube nicht an das übliche Ritual, das man Verhör nennt. Für Sie ist der Krieg vorbei. Und entgegen dem, was man Ihnen in Beaulieu erzählt hat, sind Sie kein Kriegsgefangener. Und fallen auch nicht unter den Schutz des Völkerrechts. Sie sind in Holland in Zivilkleidung abgesprungen, mit einem englischen Funkgerät und gefälschten Papieren.« Er hielt inne. »Mit anderen Worten, Sie sind ein Spion, und wir haben das Recht, Sie dementsprechend zu behandeln.

Ein paar von unseren Leuten, die man unter ähnlichen Umständen in England gefaßt hat, wurden hingerichtet. Ein paar hat man auch dazu überredet, die Seiten zu wechseln. Vor allem Funker. Sie schicken uns Nachrichten, die der MI6 für sie zusammenschustert, in der Hoffnung, wir würden nicht bemerken, daß sie unter Zwang arbeiten.« Keller lächelte van Kempen an. »Wir möchten Ihnen dieselbe Chance bieten. Was halten Sie davon?«

Van Kempen schüttelte den Kopf, sagte aber nichts.

»Bevor Sie eine Entscheidung treffen, denke ich, Sie sollten etwas mehr über die Lage hier erfahren.« Der Deutsche schaute auf ein Blatt Papier, das vor ihm auf dem Schreibtisch lag. »Wie ich sehe, war Captain Wyeth Ihr Ausbilder.« Er lehnte sich lächelnd zurück. »Ein reizender Bursche, aber ich hatte schon immer das Gefühl, daß er ziemlich naiv ist. Einen Tick zu militärisch. Zu offen und ehrlich für die kleinen Spielereien der SOE. Ich nehme an, Sie kennen die Geschichte mit seiner Frau. Diese kleine Episode hat ihm gar nicht gutgetan. Er war danach unsicher, schenkte den Leuten an der Baker Street oft allzugern Glauben.« Er hielt inne. »Und an Baker Street ist etwas oberfaul, nicht wahr? Sonst säßen Sie nämlich nicht in diesem Stuhl hier. Haben Sie das gespürt, als Sie im ›Norgeby House‹ waren? Daß es ein Haufen Amateure ist? Ein einziges Chaos?« Keller blickte kurz auf seine Uhr und schaute dann aus dem Fenster, bevor er sich wieder van Kempen zuwandte. »In einer derartigen Lage stellt der Zeitfaktor für uns das größte Problem dar. Wenn jemand zur Mitarbeit bereit ist, müssen wir ihn ziemlich rasch wieder auf Sendung gehen lassen. Behalten Sie das im Gedächtnis. Im übrigen werde ich anordnen, daß man Ihnen diese elenden Handschellen abnimmt.« Er lächelte verschwörerisch. »Ihr Niederländer seid ein bißchen so wie wir Deutschen. Ihr haltet euch gern an die Spielregeln.« Er stand auf, beugte sich vor und drückte auf einen der Knöpfe an dem Schaltkasten. »Denken Sie über meine Worte nach. Wir werden morgen weiter darüber reden.«

In der Zelle nahm ihm der Wächter die Handschellen ab und steckte sie in die Jackentasche.

»Der Major hat gesagt, Sie sollen was zu essen kriegen. Was wollen Sie denn, Käseomelett oder überbackenen Käse?«

»Ich nehme das Omelett.«

Nachdem van Kempen gegessen hatte, kam der Wächter zurück und holte den Teller ab. Van Kempen bat um etwas zu lesen, und zu seiner Überraschung brachte ihm der Posten eine Taschenbuchausgabe mit den gesammelten Gedichten von Hendrik Walsman. Walsman war 1940 bei dem Versuch ertrunken, nach England überzusetzen.

Er legte sich auf den Zementboden, das Buch ungeöffnet auf der Brust. Ihr Wissen über die SOE schockierte ihn. Aber ihm war auch bewußt, daß sie ihn dadurch demoralisieren wollten. Der SD-Major wirkte einigermaßen zivilisiert. Oder war auch das nur ein Trick, auf den man sofort verzichten würde, wenn er nicht entsprechend reagierte? Würden sie dann die Schläger schicken, um ihn zum Reden zu bringen?

Am nächsten Morgen sah van Kempen zu seiner Überraschung, daß eine junge Frau bei seiner Unterredung mit Keller zugegen war und Protokoll führte.

»Haben Sie sich entschieden, Herr de Kruif?«

»Ich bin nicht zur Zusammenarbeit bereit.«

»Warum nicht?«

»Dadurch könnten andere Leute erwischt werden.«

»Herr de Kruif, ich habe über zwanzig Ihrer SOE-Kameraden in Gewahrsam.« Er schob ihm ein Blatt Papier zu. Es war eine mit Maschine geschriebene Namensliste. Van Kempen las sie langsam durch und erkannte fünf Namen. Drei hatten an seinem Trainingsprogramm teilgenommen, einer war Jan Maas, und beim fünften handelte es sich um einen Mann, den er im Hauptquartier der SOE an der Baker Street kennengelernt hatte. Es sah nicht so aus, als würden sie bluffen. Er lehnte sich zurück und schaute Keller an.

»Warum steht hinter einigen Namen ein Sternchen?«

»Das sind die Gefangenen, die mit uns zusammenarbeiten.«

»Kann ich einen von ihnen unter vier Augen sprechen?«

»An wen haben Sie gedacht?«

»An Mijnheer Maas.«

Keller schaute zu der jungen Frau. Sie nickte. Dann blickte er wieder van Kempen an.

»Wenn man Ihnen den Wunsch erfüllt – werden Sie dann mit uns arbeiten?«

»Vielleicht.«

Keller nickte. »Ich sorge dafür, daß Sie mit ihm reden können.«

Die Sekretärin begleitete van Kempen bei der Autofahrt.

»Sind Sie Holländerin?«

Das Mädchen lachte. »Freilich. Warum überrascht Sie das so?«

»Ich bin überrascht, daß Niederländer mit den Deutschen kollaborieren.«

»Das ist der einzige Ausweg, Piet.« Sie lächelte. »Ich nehme an, Piet ist nicht Ihr richtiger Name, stimmt's?«

»Wie heißen Sie?«

»Maria Koolstra.«

»Sind Sie aus Rotterdam?«

»Ich wohne dort. Aber ich war in Leyden, an der Universität, bevor ... bevor die Deutschen kamen.«

»Was haben Sie studiert?«

»Wirtschaft und Jura.«

»Und da arbeiten Sie für die Deutschen?«

Sie lachte. »Die sind wenigstens Profis, nicht wie diese Kerle in London. Keller und seine Leute spielen Katz und Maus mit denen.«

»Woher wissen Sie das?«

»Ich muß die Nachrichten tippen, die die Kollaborateure zurück nach London funken.« Sie lächelte. »Haben Sie eine Sicherheitskontrolle? Einen Fehler, den Sie einbauen sollen, damit man weiß, daß Sie nicht von den Deutschen gesteuert werden?«

Als er nicht antwortete, fuhr sie fort. »Ein paar von Ihren Kameraden haben die Sicherheitskontrolle weggelassen, ohne daß wir es wußten. Ihr Freund Jan Maas war einer davon. Aus London kam eine Nachricht, in der man ihnen vorwarf, sie wären unvorsichtig, weil sie ihre Sicherheitskontrolle nicht eingebaut hätten.« Sie grinste. »Fragen Sie Ihren Freund, wenn Sie mir nicht glauben.«

»Wie geht es Jan?«

»Gut. Sie tun es nicht gern, kein einziger. Aber es ist besser, als im Konzentrationslager zu landen.«

Sie bogen in eine Auffahrt ein, die zu einem langgestreckten, niedrigen Gebäude führte. »Das war früher mal ein Kloster«, sagte das Mädchen. »Jetzt ist es ein Gefängnis.«

»Meinen Sie damit, die Kollaborateure sitzen im Gefängnis?«

»Selbstverständlich.«

Der Wagen hielt vor dem Eingang des Gebäudes. Der bewaffnete Fahrer blieb sitzen, und van Kempen und das Mädchen stiegen aus. Als sie sich dem Haus näherten, blieb das Mädchen plötzlich stehen und schaute ihn an.

»Wenn Sie mit Jan Maas reden, sollten Sie ihn nicht wie einen Kollaborateur behandeln. Wir können nicht alle Helden sein, und nicht mal die wollen in der Gaskammer enden.«

»Machen sie das wirklich mit einem, wenn man nicht kollaboriert?«

»Sie lassen einen erst ein paar Monate schmoren, und wenn man dann seine Meinung immer noch nicht geändert hat, endet man in Dachau oder Mauthausen – das sind Konzentrationslager.«

»Soviel also zu Major Kellers Charme.«

Sie lächelte, antwortete aber nicht. Dann traten sie in das Gebäude. Überall waren Wachen, und als das Mädchen am Kontrollposten seinen Paß und die maschinengeschriebenen Anweisungen von Keller vorlegte, wurden sie in einen kleinen Warteraum geführt, in dem die Bilder von Hitler und Seyß-Inquart an der Wand neben der Tür hingen. Seyß-Inquart war Reichskommissar der Niederlande.

Als van Kempen etwas sagen wollte, legte das Mädchen die Finger an die Lippen und deutete auf einen Ventilator an der Decke. Eindeutig eine Warnung, daß der Raum abgehört wurde.

Ein Zivilist kam herein und sagte zu dem Mädchen: »Wo soll ich ihn hinbringen?«

»Wir gehen nach draußen.«

»Das kann ich nicht zulassen. Das ist mir zu unsicher.«

»So wurde es aber vom Major angeordnet. Ich übernehme die volle Verantwortung.«

»Dann muß ich Keller anrufen.«

»Wie Sie wünschen. Aber ich weiß nicht, wo er ist. Er kommt erst morgen wieder nach Rotterdam.«

Der Mann zögerte. »In Ordnung. Aber einer meiner Männer geht mit hinaus.«

»Wie Sie wünschen. Aber die Gefangenen sollen ungestört miteinander reden können.«

»Habe verstanden. Bringen Sie Ihren Mann raus, und Maas wird zu Ihnen geführt werden.«

Sie standen unter den Kastanien, und obwohl Maas grinste, konnte van Kempen erkennen, unter welcher Anspannung er stand.

»Ich hätte nicht gedacht, daß wir uns das nächste Mal hier wiedersehen würden. Übrigens, welchen Namen benutzt du?«

»Piet de Kruif. Wie geht es dir?«

»Ich bin deprimiert.«

»Warum?«

»Es war so leicht für sie. Sie wußten alles über mich. Selbst meinen richtigen Namen. Zuerst mochte ich es gar nicht glauben. Es war wie ein böser Traum.«

»Erzähl weiter.«

»Sie sagten, wenn ich nicht mit ihnen zusammenarbeite, schicken sie mich in eins ihrer verfluchten Lager, und das wäre mein Ende. Ich dachte, wenn ich schon mitspiele, könnte ich wenigstens meine Sicherheitskontrolle weglassen, damit man in London weiß, daß ich von den Deutschen gesteuert werde. Du wirst es nicht glauben, aber ich habe drei Nachrichten ohne Sicherheitskontrolle abgesetzt, und diese blöden Mistkerle haben doch tatsächlich zurückgefunkt und mich darauf aufmerksam gemacht, daß ich sie vergessen hätte. Ich dachte schon, die Deutschen würden mich erschießen. Aber die haben bloß gelacht. Anscheinend ist das schon häufiger vorgekommen. Sie haben über zwanzig SOE-Leute in diesem Loch. Ist für die schon fast zur Gewohnheit geworden, den nächsten Blödmann einzukassieren, der abgesetzt wird.«

»Wieviel wissen sie?«

»Alles. Sie haben mir sogar eine Skizze der Räumlichkeiten an der Baker Street unter die Nase gehalten. Sie kennen die Namen der SOE-Offiziere und ihre Zuständigkeitsbereiche. Sie kennen die Namen der Ausbilder. Und sie wissen, welche Ausbildung wir bekommen haben.«

»Was meinst du, wie haben sie das alles erfahren?«

Maas zuckte mit der Schulter. »Ich denke, die holländische Abteilung in London ist unfähig. Und die Deutschen haben sich anhand der Verhöre ein genaues Bild gemacht. Sie spüren jede noch so kleine Einzelheit auf. Sie wußten mehr über meinen Führungsoffizier als ich. Sie erfahren ein bißchen von dem, ein bißchen vom nächsten, und noch ein wenig von hier, und wenn sie es einem dann vorhalten, weißt du, daß das Spiel aus ist.« Er stockte. »Tja, ich setzte nach wie vor Nachrichten ab, und die antworten immer noch, so, als wäre alles in schönster Ordnung.« Er stockte erneut. »Vermutlich bin ich für dich nur ein mieser Kollaborateur.«

»Nein. Du hattest keine andere Wahl. Und du hast niemanden verraten.«

Maas seufzte. »O doch. Das habe ich.«

»Wen?«

Jan Maas schaute ihm ins Gesicht und sagte ruhig: »Die ganzen SOE-Leute, die nach mir gekommen sind, weil man in London annahm, alles wäre in Ordnung.«

»Das war nicht deine Schuld. Dafür ist London verantwortlich, verdammt noch mal. Du hast sie dreimal gewarnt, und entweder haben sie bewußt nicht darauf geachtet oder sie sind leichtsinnig.«

Jan Maas verzog den Mund zu dem altbekannten schiefen Grinsen. »Oder es ist noch was anderes.«

»Erzähl mir etwas über Keller. Den Charmeur.«

Maas lachte. »Der Charme ist ziemlich echt, glaube ich. Aber er ist kein Weichling. Der Bursche ist stahlhart.«

»Was ist mit dem Mädchen? Sie ist eine echte Kollaborateurin. Ich bin sicher, daß er ihr nicht mit der Gaskammer gedroht hat.«

Maas warf ihm einen kurzen Blick zu, wollte etwas sagen und schaute dann zum Gebäude zurück. »Da mußt du selbst dahinterkommen.« Er sah van Kempen wieder an. »An deiner Stelle würde ich mit ihnen zusammenarbeiten.«

Dann trat das Mädchen zu ihnen und schaute auf die Uhr. »Die Zeit ist leider abgelaufen.«

Sie gingen zum Haus zurück, und Jan Maas wurde von dem Zivilisten weggeführt.

Als sie wieder draußen waren, sagte das Mädchen: »Ich muß etwas klarstellen.«

Van Kempen schaute ihr ins Gesicht. »Was?«

»Ich weiß, wer du bist. Als ich dich das erste Mal bei Keller gesehen habe, hatte ich das Gefühl, daß ich dich von irgendwoher kenne. Und als ich dich zusammen mit Jan Maas sah, ist es mir wieder eingefallen.«

»Sprich weiter.«

»Ich sage nur: Anna van Steen. Klingelt es jetzt bei dir?«

»Nein.«

Sie lächelte. »O doch. Du bist Paul van Kempen. Ich habe einmal Foxtrott mit dir getanzt. In Leyden. Auf einem Universitätsball. Du bist wegen Anna gekommen und hast dir gewünscht, du müßtest nicht mit ihren sämtlichen Freundinnen tanzen.« Sie lächelte. »Erinnerst du dich jetzt?«

»Nein. Du mußt dich irren.«

»Ich werde es weder Keller noch sonst jemandem verraten. Du brauchst dir also keine Sorgen zu machen, daß Anna etwas zustößt.« Sie seufzte leise. »Darf ich dir einen Rat geben?«

»Ich bin sicher, das wirst du sowieso tun, egal, was ich sage.«

»*Touché.* Arbeite mit Keller zusammen. Das hier wird nicht ewig so weitergehen. Besser, man ist noch am Leben, wenn es vorbei ist.«

»Arbeitest du deswegen mit Keller zusammen?«

Sie lachte. »Hat Jan es dir nicht erzählt?«

»Was erzählt?«

»Ich liebe ihn. Ich bin seine Mätresse.«

»Herrje. Warum?«

»Warum ich ihn liebe, oder warum ich seine Mätresse bin?«

»Beides.«

»Er ist der interessanteste Mann, den ich jemals kennengelernt habe. Und ich schlafe mit ihm, weil Männer das so wollen. Er mag junge Mädchen.«

»Warum erzählst du mir das alles?«

»Als ich dich und Jan Maas unter den Bäumen miteinander reden sah, kam es mir fast wieder so vor wie damals. Ich habe euch beide miteinander reden sehen, als wir am Sonntag nach dem Ball alle picknicken gegangen sind. Und du hast dagestanden und dich leicht umgedreht, um Anna zu beobachten, weil du ein bißchen eifersüchtig warst. Sie war sehr hübsch, und du hattest etliche Rivalen. Und ein paar Wochen später stand eure Verlobungsanzeige in der Zeitung. Was ist danach passiert?«

Einen Moment lang zögerte van Kempen, dann stieß er bitter hervor: »Dann kamen die Dornier und Heinkel.«

»Hast du sie seitdem wiedergesehen?«

»Nein.«

»Sie wohnt jetzt in Amsterdam. Sie arbeitet in der öffentlichen Bibliothek.«

»Erzähl mir nicht mehr, bitte.«

»Wir sollten lieber gehen. Aber ich habe dir ja noch gar keinen Rat gegeben, stimmt's?«

»Nein?«

»Nimm das alles nicht so ernst. Dein Leben ist wichtiger als irgendein falsches Ehrgefühl. Du bist einfach nur ein Mann. Keller ist auch nur ein Mann. Wir sind alle aus Fleisch und Blut. Wir müssen nur den Krieg überstehen und am Leben bleiben.« Sie lachte. »Gehen wir.«

25. KAPITEL

Nach dem Treffen mit Jan Maas ließ man ihn zwei Tage lang in Ruhe. Bei der Ausbildung hatte man ihm gesagt, dies geschehe häufig, damit die Gefangenen eingeschüchtert würden und sich den Kopf darüber zermarterten, was danach kommen werde. Und außerdem werde einem dadurch gezeigt, daß man unwichtig war, daß sie sich nicht mehr für einen interessierten.

Am dritten Tag führte man ihn in Kellers Büro. Das Mädchen war nicht da.

»Was haben Sie denn von unserem Freund Maas erfahren?«

»Nicht viel. Er kollaboriert, das ist alles.«

»In Ihrem Ausweis lag ein loser Papierstreifen ...« Er legte ihn auf den Tisch. »Da steht eine verschlüsselte Nachricht drauf. Können Sie die für mich entschlüsseln?«

Van Kempen warf einen kurzen Blick darauf und schüttelte dann den Kopf. Keller lächelte. »Ich habe es bereits erledigt. Es ist die Anschrift des sicheren Hauses in Amsterdam, die man Ihnen mitgab, richtig?«

»Wenn Sie es sagen.«

»Es ist dieselbe Adresse, die man allen mitgegeben hat. Eine Schlachterei an der Utrechtstraat.« Wieder lächelte er. »Wir haben vor neun Monaten eine Razzia durchgeführt und den Laden dichtgemacht. Seitdem ist er geschlossen. Aber noch lange, nachdem er dichtgemacht wurde, haben wir dort zwei SOE-Leute aufgegriffen. Ihre Freunde an der Baker Street gehen ziemlich leichtsinnig mit dem Leben anderer Menschen um.«

»Wann soll ich anfangen?«

»Aha. Sie wollen also doch kollaborieren?«

»Nein. Aber ich will auch nicht in einem eurer Vernichtungslager in der Gaskammer enden.«

Keller nickte. »Das ist sehr klug.« Er schwieg einen Moment. »Ich lasse Sie heute nachmittag in das alte Kloster bringen. Die Fernmelder werden Sie in alles einweisen, und am nächsten Tag können Sie dann Ihre erste Sendung durchgeben.«

Keller stand auf und reckte die Arme, während er van Kempen anschaute. »Ich möchte Sie lieber gleich warnen: Sollten Sie einen Fluchtversuch unternehmen, werden Sie erschossen. Es gibt kein zweites Mal. Und übrigens, wenn Sie uns Ihren richtigen Namen nennen, sind wir bereit, ihn an das Rote Kreuz in Genf weiterzuleiten. Das schützt Sie zwar nicht, aber Ihre nächsten Angehörigen werden davon verständigt, daß Sie gefangengenommen wurden.«

Van Kempen schüttelte den Kopf. »Nein, danke.«

Keller zuckte die Achseln, drückte auf einen Knopf und rief den Wachposten, der van Kempen in seine Zelle zurückbrachte.

Am nächsten Tag wurde van Kempen in das Gefängnis gebracht. Hier ging es anders zu als bei Keller. Hier war er ein Gefangener. Ein Gefangener in einer Zelle, der zu niemand anderem Kontakt hatte als zu seinen Wächtern und der Fernmeldeeinheit des SD.

Die Fernmelder waren typische deutsche Soldaten, die ihr Handwerk, Funken und Verschlüsseln, im Zivilberuf und bei einer speziellen Ausbildung gelernt hatten. Die einzige Ausnahme stellten die beiden SD-Offiziere dar, die die Nachrichten zusammenstellten, die sie nach London absetzen sollten. Beide handelten auf direkten Befehl und unter Aufsicht des Reichssicherheitshauptamtes in Berlin. Sie waren dafür verantwortlich, daß die Nachrichten glaubwürdig waren, daher mußten sie so viele Informationen liefern, daß man in London annahm, der

SOE-Agent wäre noch auf freiem Fuß. Und die Mitteilungen mußten für London wertvoll sein. Manchmal waren diese Mitteilungen nicht nur glaubwürdig, sondern auch wahr und für die Deutschen kurzfristig sogar von Nachteil, aber meistens dienten sie dazu, einen falschen Eindruck von der Truppenstärke der Deutschen in Holland zu erwecken und die Alliierten von jedem Landeunternehmen abzuschrecken.

Die Fernmelder verachteten die Kollaborateure offenbar. Nicht, weil sie kollaborierten, sondern weil die Organisation, für die sie arbeiteten, so unfähig war.

Van Kempen hatte lange überlegt, ob er bei der ersten Nachricht seine Sicherheitskontrolle einbauen sollte. Er war wütend darüber, daß all die Mühe, die ganze Ausbildung, vergebens gewesen sein sollte. Aber er erinnerte sich daran, was Jan Maas gesagt hatte – daß die Deutschen viele SOE-Männer inhaftiert hatten, die entweder gemeinsame Sache mit den Deutschen machten oder die Kollaboration verweigerten und ihres Schicksals harrten. Aber Jan Maas hatte gesagt, mit seiner Hilfe gelänge es den Deutschen, weitere Männer zu erwischen, die nach ihm kämen. Daher beschloß van Kempen, seine Sicherheitskontrolle bei der ersten Nachricht wegzulassen. Auf diese Weise erhielte man in London wenigstens einen Hinweis, daß er von den Deutschen gesteuert wurde. Als er fertig war, wurde er in seine Zelle zurückgebracht.

Während der nächsten drei Monate mußte van Kempen fünf weitere Nachrichten nach London absetzen. Jedesmal ließ er die Sicherheitskontrolle weg, aber zu seinem Entsetzen hielt man in London den Funkverkehr mit ihm aufrecht, obwohl er klargestellt hatte, daß er unter deutscher Führung stand.

Wie die anderen Agenten saß er in einer Zelle und konnte mit niemandem reden, es sei denn mit den Deutschen in der Funkzentrale, und die hatten Anweisung, jedes überflüssige Gespräch zu vermeiden. Gegen Ende der zweiten Woche hatte er entdeckt, daß Jan Maas nur zwei Zellen weiter lag, und so tauschten sie über die Wasserrohre, die durch die Zellen führten, kurze Morsenachrichten aus. Während des ersten Monats hörte er zweimal Bomber der Royal Air Force über sie hinwegfliegen, sah Suchscheinwerfer den Himmel abtasten und vernahm das Feuer der Flak-Batterien. Im dritten Monat flogen fast jede Nacht die Bomber, und die Klopfzeichen über die Rohre besagten, daß Berlin schon etliche Male bombardiert worden sei. Doch die Gefangenen waren so mißtrauisch, daß sie einander per Klopfzeichen warnten, die Deutschen hätten sich möglicherweise in ihr behelfsmäßiges Übermittlungssystem eingeschlichen, um den Gefangenen falschen Mut zu machen, nur um sie dann entdecken zu lassen, daß die guten Nachrichten gar nicht stimmten.

Nur weil ihm das Tageslicht, das durch das kleine Gitterfenster hoch oben an der Wand einfiel, heller vorkam als sonst, begriff van Kempen, daß es über Nacht geschneit haben mußte. Ein paar Tage später zog die Fernmeldeeinheit bis auf zwei Männer, die weiterhin Bereitschaft hatten, vorübergehend ab. Doch aus London trafen keinerlei Nachrichten für die Gefangenen ein. Und Jan Maas hatte per Rohrfunk durchgemorst, daß es Weihnachten war.

Eine Woche nach Neujahr flogen schwere Bomber der US Air Force zum ersten Mal einen Tagesangriff, und das Gebäude bebte bis in die Grundfesten, als die großen Boeing Welle um Welle in Richtung Deutschland über sie hinwegzogen. In der Woche darauf mußte van Kempen London per Funk bestätigen, daß alle Vorbereitungen für den sicheren Empfang eines Agenten mit dem Codenamen »Bernard« getroffen seien. Zum ersten Mal würde eine von ihm abgesetzte Nachricht zur Festnahme eines anderen Agenten führen.

Zwei weitere Wochen verstrichen, und nach seinem Behelfskalender zu urteilen, müßte es jetzt Anfang Februar sein. Im Jahr 1944. Und dann teilte man ihm mit, daß er und drei andere

Gefangene verlegt werden sollten. Der Wachposten weigerte sich, einen Grund dafür zu nennen, und hatte angeblich auch keine Ahnung, wohin es ging.

Am nächsten Tag wurde er vor das Haus geführt, und dort warteten schon die drei anderen. Einer davon war Jan Maas. Als er Maas ansprechen wollte, befahl ihm der Wachsoldat zu schweigen. Ein Wehrmachtslastwagen fuhr vor, und der Posten legte allen Handschellen an, bevor er sie hinten aufsitzen ließ. Er zurrte die Segeltuchplane fest, dann hörten sie, wie er mit dem Fahrer redete und neben ihm ins Führerhaus kletterte.

Als der Lastwagen hinter dem großen Tor nach rechts abbog, hörten sie, wie Fliegeralarm gegeben wurde. Doch der Laster fuhr weiter. Einmal wurden sie von einer Patrouille angehalten, setzten die Fahrt aber kurz darauf fort. Jan hörte die Flugzeuge zuerst. Er deutete zu der Segeltuchplane hinauf. Sie flogen sehr tief, und Sekunden später hörten sie Maschinengewehrfeuer und Raketeneinschläge,. dann wurden sie herumgeschleudert und durcheinandergeworfen, als sich der Wagen überschlug und jählings zum Stehen kam. Sie hörten den Fahrer fluchen, dann setzte wieder Maschinengewehrfeuer ein. Ohne nachzudenken, steckte van Kempen den Kopf durch einen Riß in der Segeltuchplane. Der Lastwagen lag umgekippt in einem Graben. Rasch drehte er sich zu den anderen um.

»Der Fahrer ist nirgendwo zu sehen, und der Wachposten auch nicht. Hauen wir ab.«

Die Lederlaschen an der verwitterten Plane ließen sich leicht lösen, und wenig später sprang van Kempen hinunter in den Graben. Die anderen folgten auf dem Fuß. Er wartete ein paar Sekunden und kletterte dann hinauf zur Straße, neben das Führerhaus des Lkws. Der Wachsoldat lag blutüberströmt hinter der zertrümmerten Windschutzscheibe. Vom Fahrer war nichts zu sehen.

Langsam stand van Kempen auf und schaute sich um. Sie befanden sich auf einer schmalen Landstraße. Weit und breit sah man keine Häuser, doch auf der anderen Straßenseite war ein Fahrweg, der zu einem etwa fünfhundert Meter weit entfernten Wäldchen führte. Er fragte die anderen, die immer noch im Graben kauerten, ob sie bereit wären, dort Unterschlupf zu suchen. Sie waren einverstanden, und er bestand darauf, daß sie langsam, ohne einen schnellen Schritt, in Richtung Wald gingen.

Zehn Minuten später waren sie im Schutz der Bäume.

»Hat irgendwer eine Ahnung, wo wir sind?« fragte van Kempen.

Einer der beiden anderen, die er nicht kannte, antwortete. »Ich glaube, wir sind in der Nähe eines Dorfes mit Namen Bodegraven. Es liegt an einer Nebenstraße nach Utrecht.«

»Kennst du die Gegend?«

»Früher mal. Vor dem Krieg.«

»Wie weit erstreckt sich der Wald?«

»Ziemlich weit. Bis zum Dorf und dann um einen See.«

»Dort werden sie zuerst nach uns suchen. Wir sollten uns lieber aufteilen. Jeweils zwei Mann. Einverstanden?«

Die anderen nickten, und Jan hielt seine gefesselten Hände hoch. »Was machen wir damit?«

Van Kempen zuckte unwirsch mit der Schulter. »Die kann uns jeder Bauer abmachen. Wir müssen halt darauf setzen, daß sie keine Kollaborateure sind.«

Der Mann, den er nicht kannte, sagte: »Kollaborateure sind sie vielleicht nicht gerade, aber sie haben eine Heidenangst vor den Deutschen.«

Van Kempen nickte. Er wollte möglichst schnell aufbrechen. »Das müssen wir riskieren. Wir sollten uns lieber ranhalten. Ihr zwei zieht zuerst los.«

»Wir gehen nach Utrecht.« Der Mann zuckte die Achseln. »Viel Glück.«

Maas und van Kempen sahen zu, wie die beiden anderen Männer einen Weg in Richtung Osten nahmen. Als sie außer

Sicht waren, sagte Maas: »Wir könnten uns nach Alphen durchschlagen und von da nach Leyden.«

»Ich würde mich lieber in Richtung Amsterdam halten.«

»Warum?«

»In Leyden könnten wir Leuten begegnen, die uns noch von der Universität her kennen. Wir könnten auffallen.«

»Hast du irgendwelche Bekannten in Amsterdam?«

»Keine, mit denen ich mich direkt in Verbindung setzten könnte. Außerdem können wir sowieso nicht viel machen, solange wir die Handschellen nicht losgeworden sind.«

Maas nickte. »Ich kenne jemand in der Nähe von Leyden, der sie uns abnehmen kann. In weniger als zwei Stunden könnten wir dort sein.«

»Wer ist das?«

»Genaugenommen ein Mädchen, aber ihr Vater hat eine Fahrradreparaturwerkstatt.«

Van Kempen zögerte einen Augenblick, dann sagte er achselzuckend: »Na schön, probieren wir's.«

Zwanzig Minuten später traten sie aus dem Schutz der Bäume, wandten sich nach Westen, immer am Flußufer entlang. Die Straße war eben, so daß sie lange im voraus sehen konnten, ob irgendwelche Fahrzeuge kamen. Als sie schließlich an eine Stelle gelangten, wo ihnen die Uferböschung keine Deckung mehr bot, rasteten sie. Sie legten sich ins hohe Gras und warteten den richtigen Zeitpunkt ab. Gegen vier Uhr nachmittags waren sie so durchgefroren, daß sie weitergehen mußten, obwohl es noch nicht ganz dunkel war. Aber die wenigen Fahrzeuge, die auf der Straße entlangfuhren, hatten das Licht angeschaltet, so daß sie rechtzeitig gewarnt wurden. Mittlerweile zitterten sie nicht nur vor Kälte, sondern hatten auch ungeheuren Durst. Nachdem sie so lange in einer Zelle zugebracht hatten, waren sie völlig außer Form.

Fast eine Stunde dauerte es, bis sie Lederdorp erreichten, wo Jans Freundin wohnte. Sie sahen schmale Lichtstreifen am Rand der verdunkelten Fenster, aber die lange, einspurige Straße war menschenleer. An der Einmündung einer Gasse blieb Maas stehen und deutete auf ein Haus. »Es liegt gegenüber von der Kapelle. Ich gehe vor, falls es Schwierigkeiten gibt. Wenn ich in einer Viertelstunde nicht rauskomme, gehst du weiter. Okay?«

»Okay.«

Maas hielt sich dicht an der Wand, als er vorsichtig die schmale Gasse entlangging. Dann hörte van Kempen, wie er klopfte, und er bekam es mit der Angst zu tun, als er das Morsezeichen erkannte – es war das V, das Zeichen des Widerstands. Er konnte nicht sehen, ob die Tür geöffnet und Maas eingelassen wurde. Es war zu dunkel. Ein paar Minuten später hörte er einen unterdrückten Ruf, und er ging zu dem Haus. Er sah, wie die Tür geöffnet wurde, und dann wurde er hineingezogen. Er blinzelte in das grelle Licht und sah ein junges Mädchen, das etwa Anfang Zwanzig sein mochte, und einen kleinen, aber breitschultrigen Mann im Arbeitsanzug. »Das ist mein Freund«, hörte er Jan Maas sagen.

Der Mann schaute ihn sich genau an, und das Mädchen lächelte nervös. Ohne ein Wort zu sagen, ergriff der Vater Maas' Hand, zog ihn durch eine Tür auf der anderen Seite des Zimmers und bedeutete van Kempen, er solle ihnen folgen. Hinter der Tür war die Werkstatt. Fahrräder hingen von den Dachsparren, und an der Wand standen allerlei Ersatzteile, Räder und Rahmen.

Sobald sie allein waren, wandte sich der Mann an van Kempen und reichte ihm die Hand. »Deinen Freund kenne ich bereits. Mein Name ist Drost. Sehen wir zu, daß wir die Dinger da runterkriegen.«

Er führte sie zu einer Holzbank und nahm einen mächtigen Bolzenschneider von der Wand. Jan Maas war zuerst an der Reihe. Zunächst wurde die Kette zwischen den beiden Schellen durchtrennt, dann setzte Drost den Bolzenschneider an den Handschellen an, achtete darauf, daß er die Haut nicht verletzte, und öffnete erst die eine und dann die andere. Desgleichen verfuhr er mit van Kempen. Als auch der befreit war, nahm Drost die Handschellen und legte sie in einen Metalltiegel, den er auf eine Esse mit glühenden Holzkohlen stellte. Mit einem Blasbalg fachte er das Feuer an und wartete, bis die Handschellen mit dem flüssigen Metall verschmolzen, das bereits im Tiegel war. Dann ließ er das Feuer ausgehen.

Drost stemmte die Hände in die Hüften. »Wir haben Kartoffelsuppe für euch beide. Wenn ihr gegessen habt, könnt ihr da oben schlafen. Dort bleibt ihr, bis ich euch Bescheid gebe.« Er deutete auf eine roh zusammengezimmerte Holzleiter, die zu einer Art Empore führte, die voller Kartons mit Fahrradersatzteilen stand. Als sie sich abwandten, sagte Drost: »Soll ich mich mit der Widerstandsgruppe am Ort in Verbindung setzen?«

Van Kempen und Maas blickten einander an und nickten. »Kann ein paar Tage dauern«, sagte Drost.

Die erste Nacht in der Werkstatt war ungemütlich, aber wenigstens hatte jeder von ihnen eine Decke. Sie schliefen unruhig und schreckten bei jedem Ton im Haus auf. Sie waren so daran gewöhnt, allein zu sein, daß es ihnen schwerfiel, miteinander ins Gespräch zu kommen.

Drost machte ihnen klar, daß sie oben in dem Verschlag bleiben sollten, es sei denn, sie müßten zur Toilette oder er rufe sie zum Essen herunter.

Es dauerte drei Tage, bis endlich etwas passierte. Drost rief sie abends herunter. Er hatte einen Besucher dabei, einen Mann in holländischer Polizeiuniform. Er musterte sie eine Zeitlang und deutete dann auf Jan Maas.

»Du zuerst. Komm mit.« Er schaute van Kempen an. »Du bleibst hier. Rühr dich nicht von der Stelle.« Er bedeutete Jan Maas, ihm in den Nebenraum zu folgen.

Nach einer Viertelstunde hörte van Kempen, wie vor dem Haus ein Wagen losfuhr. Zehn Minuten später hörte er ihn zurückkommen. Eine Autotür wurde zugeschlagen. Der Polizist kam allein zurück.

»Los«, sagte er. »Komm mit.«

Van Kempen folgte ihm in die Küche, wo der Mann auf einen Stuhl an dem Holztisch deutete. Er nahm sich ebenfalls einen Stuhl und setzte sich gegenüber von van Kempen hin.

»Dein Freund kommt nicht wieder zurück.«

Van Kempen schwieg.

»Er sagte, du heißt van Kempen. Stimmt das?«

»Ja.«

»Du warst Offizier bei der SOE. Genau wie er.«

»Ich bin es noch.«

»Der SD hat dich geschnappt.«

»Ja.«

»Und du bist entkommen.«

»Ja.«

»Erzähl mir, wie du entkommen bist. Alles.«

Van Kempen berichtete ihm, was passiert war, und der Polizist sagte: »Was willst du jetzt machen?«

»Ich möchte wissen, wer Sie sind.«

»Keine Sorge. Ich bin Polizist. Ich arbeite mit den Deutschen zusammen, wenn es sein muß. Und ich helfe nebenbei einer Widerstandsgruppe. Sie kümmern sich um deinen Freund, aber er hat mir gesagt, daß du nach Amsterdam willst. Stimmt das?«

»Ja.«

»Na gut. Ich bringe dich mit den Leuten von dort zusammen. Die sind bestimmt froh, wenn sie einen ausgebildeten Mann kriegen. Einen Funker zumal. Sie haben ein Funkgerät und eine eigene Frequenz, aber niemand kann damit was anfangen.« Er hielt inne. »Sie werden dich auch mit allem Notwendigen versorgen, Papiere, Kleidung und Geld.«

»Müssen Sie mich nicht trotzdem noch einmal überprüfen?«

Der Polizist lächelte. »Ich habe vorhin kurz mit deinem Vater telefoniert. Ich mußte mich zwar etwas gewunden ausdrücken, aber die Beschreibung, die er mir von seinem Sohn gegeben hat, paßt genau auf dich. Und ich nehme an, nach dem, was ich ihm erzählt habe, kann er sich auch zusammenreimen, daß du wieder in Holland bist. Ich habe ihm mitzuteilen versucht, daß es dir gut geht.«

»Wie haben Sie ihn so rasch dazu gebracht, mit Ihnen zu reden?«

Der Polizist lächelte. »Es waren einmal drei junge Burschen, die zusammen zur Schule gingen, in derselben Fußballmannschaft spielten und sich alle in dasselbe Mädchen verliebten. Ich war einer davon. Dein Vater gehörte auch dazu. Er hat das Mädchen geheiratet. Wir haben uns seitdem nur ein-, zweimal gesehen. Beide Male rein zufällig.« Er hielt inne. »Geh jetzt schlafen. Ich komme in ein paar Tagen wieder. Wir werden hauptsächlich nachts unterwegs sein, aber das macht mir nichts aus.«

»Sind Sie im Widerstand?«

»Nein. Ich stehe nur im Seitenaus und gebe Ratschläge, wenn welche gebraucht werden.«

»Jedenfalls vielen Dank für Ihre Hilfe.«

»Du wirkst immer noch mißtrauisch, mein Freund.«

Einen Moment lang schwieg van Kempen, dann schaute er den Polizisten an und sagte: »Das wird man mit der Zeit. Sollte sich morgen herausstellen, daß Sie ein Kollaborateur sind, und ich lande wieder im Gefängnis, würde mich das nicht schockieren. Ich wäre nicht einmal überrascht. Mich kann nichts mehr überraschen. Niemals.«

»Wie lange warst du in Einzelhaft?«

»Ich weiß es nicht genau. Vier, vielleicht fünf Monate.« Er zuckte mit den Achseln. »Es hat keine Rolle gespielt.«

Der Mann nickte. »Das geht vorbei, mein Freund. In einem Monat geht's dir nicht anders wie uns. Du zerbrichst dir den Kopf über dies und jenes, was niemals passieren wird.«

26. KAPITEL

Van Kempen saß eine ganze Weile da, ohne etwas zu sagen, und Mallory betrachtete das Gesicht des Holländers, während dieser aus dem Fenster schaute.

Dann wandte van Kempen sich seufzend an Mallory.

»Sie heißen Charlie Mallory, nicht wahr?«

»Ja.«

»Ich glaube, ich habe für heute genug, Charlie. Vielleicht können wir ein andermal weiterreden.«

»Wann soll ich wiederkommen?«

»Haben Sie es eilig?«

»Ich würde diesen Auftrag gern abschließen.«

»Sind Sie es leid, den Geschichten alter Männer zuzuhören?«

»Nein.«

»Was wollen Sie denn noch wissen?«

»Haben Sie Keller damals zum letzten Mal gesehen?«

Van Kempen lächelte. »Nein.«

»Glauben Sie, daß er Dinge getan hat, die man als Kriegsverbrechen einstufen könnte?«

»Kommt darauf an, was Sie als Kriegsverbrechen bezeichnen«, erwiderte van Kempen achselzuckend. »Befehl ist Befehl.«

»Nicht, wenn er ungesetzlich ist.«

Van Kempen lachte leise. »Sie sind naiv, Charlie. Es war Krieg.«

»Lebt Keller noch?«

»O ja. Er ist sogar sehr lebendig.«

»Was ist aus ihm geworden, als die Alliierten Holland befreiten?«

»Da war er schon wieder in Deutschland.«

»Besteht die Möglichkeit, daß ich seine Sekretärin ausfindig machen könnte? Das Mädchen.«

»Nein. Das ist nicht möglich.«

»Haben Sie versucht, sie aufzuspüren?«

»Sie schloß sich meiner Widerstandsgruppe an. Ich mußte sie nicht aufspüren.«

»Was ist aus ihr geworden?«

»Sie starb vor ungefähr fünf Jahren. Nach langer Krankheit.« Van Kempen deutete auf ein Foto in einem Silberrahmen, das auf einem kleinen Tisch stand. Es war das Porträt einer gutaussehenden Frau. »Das war Maria. Meine Frau. Wir haben geheiratet, sobald der Krieg vorüber war.«

»Was ist mit Jan Maas passiert?«

»Er wurde von der Gestapo gefaßt und starb in einem KZ.«

»Sie wurden nicht gefaßt?«

»O doch. Zwei Tage nach der Invasion.«

»Aber offensichtlich konnten Sie entkommen.«

»Sozusagen. Man half mir dabei.«

»Aber Sie wollen mir nichts von Ihrer Zeit im Widerstand erzählen.«

»Im Augenblick nicht. Es war übrigens Commissaris van Steen, Annas Vater, der mir zur Flucht verholfen hat.«

»Wann?«

»Sie sind sehr hartnäckig. Und das ist wirklich nicht nötig.«

»Warum nicht?«

»Warum nicht?« Van Kempen hob die Augenbrauen. »Weil Ihre Leute in London genau wissen, was passiert ist.«

»Die Leute von damals sind längst im Ruhestand. Inzwischen vielleicht sogar schon tot.«

»Die Leute von heute wissen auch Bescheid.«

»Sie hätten mir diesen Auftrag nicht gegeben, wenn sie die Fakten bereits kennen würden.«

»Sie sind schon wieder naiv, mein Freund.«

»Ich verstehe nicht recht.«

»Sie müssen von alleine darauf kommen.«

»Wieso sagt mir eigentlich jeder der damals Beteiligten, ich müßte von alleine darauf kommen?«

»Weil sie alle die Antwort kennen. Und manch einem gefällt sie ganz und gar nicht.« Er zuckte mit der Schulter. »Vielleicht hoffen sie ja, daß Sie nicht herausfinden, was wirklich geschehen ist.«

»Wer sollte hoffen, daß ich nicht herausfinde, was wirklich geschehen ist?«

Van Kempen betrachtete einen Moment lang das Foto in dem silbernen Rahmen, bevor er Mallory wieder ansah. »Ich glaube, ich bin vermutlich der einzige, dem es nichts ausmacht, wenn Sie die Wahrheit aufdecken.«

»Was ist mit meinen Vorgesetzten in London?«

»Ach die. Ja. Nun, die kennen die Wahrheit. Und zwar schon immer.«

»Warum sollten sie mich dann auf Hirngespinste ansetzen?«

»Das sind keine Hirngespinste. Sie sind ihr Spürhund. Die wollen sehen, was Sie aufdecken können. Wenn Sie die Wahrheit nicht entdecken – um so besser. Denn wenn Sie es nicht können, dann kann es niemand.«

»Warum sollten sie sich um so etwas kümmern? Sie hatten doch nichts damit zu tun.«

»Man nennt so was Beziehungen, Kameradschaft, Kumpanei. Ihre Aufgabe ist es unter anderem, den SIS und seinen Ruf zu schützen.«

»Aber wenn ich Beweise finde und dazu rate, diese Männer zu verhaften und vor Gericht zu stellen – was dann?«

Van Kempen schüttelte bedächtig den Kopf. »Das werden Sie nicht schaffen, mein Freund.«

»Sie meinen, sie sind unschuldig?«

Van Kempen seufzte. »Ich meine genau das, was ich sagte. Nicht mehr und nicht weniger.«

»Benutzt Keller noch immer seinen alten Namen?«

»Nein.«

»Würden Sie noch mal mit mir reden, nachdem ich über alles nachgedacht habe, was Sie mir heute erzählt haben?«

Van Kempen zuckte die Achseln. »Wenn Sie das wirklich für notwendig halten.«

»Könnte ich morgen nachmittag vorbeikommen?«

»Einverstanden. Sagen wir um vier Uhr.«

Mallory stand auf. »Danke, daß Sie soviel Zeit für mich erübrigen konnten.«

Van Kempen nickte und brachte Mallory zur Haustür. »Denken Sie genau darüber nach, junger Mann«, riet ihm van Kempen, als sie sich die Hände schüttelten. »Lange und gründlich.«

Mallory dachte lange darüber nach – und gründlich. Aber er kam zu keinem brauchbaren Ergebnis. Er hatte einen Mann ausfindig gemacht, der von bewaffneten Wächtern und scharfen Hunden abgeschirmt wurde. Zudem hatte er gute Beziehungen zur sogenannten besseren Gesellschaft. Und Mallory wußte nicht einmal, welcher Verbrechen – und ob überhaupt – er sich schuldig gemacht hatte. Er hatte zwar eine Menge über Keller herausgefunden, aber nichts, was darauf hinwies, daß er irgendwelche Kriegsverbrechen begangen hatte. Und dann noch ständig diese ominösen Warnungen und Andeutungen, daß er nur seine Zeit vergeude. Wenigstens war er sich jetzt sicher, daß Keller der entscheidende Mann war. Er wollte von diesem Holländer nur zweierlei. Eine Spur zu Keller, oder wie er sich jetzt nennen mochte. Und einen Hinweis darauf, was er getan hatte. Hauptsache, er brachte diese Geschichte unter Dach und Fach, damit er endlich wieder einen ordentlichen Auftrag bekam. Er respektierte diese alten Männer und all das, was sie im Krieg getan hatten, aber sie benahmen sich, als gehörten sie irgendeinem Geheimbund an, und ließen ihn nur zu deutlich spüren, daß er keinen Zugang hatte. Und alle waren sie sich so sicher, daß er nichts finden würde, wenn sie es nicht wollten. Sie waren bereit, mit ihm über die seinerzeitigen Ereignisse zu reden, aber immer zogen sie eine Grenze, die sie nicht überschritten. Es war, als hätte neben dem eigentlichen Krieg noch ein weiterer, davon unabhängiger Kampf stattgefunden, und entweder man hatte daran teilgenommen, oder man blieb immer ein Außenstehender. So lauteten die Regeln. Aber er gehörte dem Club nicht an, und für ihn galten diese Regeln nicht.

Mallory hatte die fünf Angelruten an der Wand von van Kempens Wohnzimmer bemerkt, und so sah er sich den ganzen Morgen über in den kleinen Antiquitätenläden um. Es dauerte ein paar Stunden, bis er das Gesuchte fand. Ein Satz Allcock-Köder von 1918, alle in hervorragendem Zustand. Seines Erachtens konnte das Spesenkonto des SIS ein bescheidenes Bakschisch für den Holländer verkraften.

Van Kempen entfernte vorsichtig das Pergamentpapier und schlug dann das kleine Samttuch auf, in dem die Köder lagen. Er betrachtete sie einige Minuten lang, ohne sie zu berühren, und schaute dann zu Mallory.

»Das ist sehr nett von ihnen. Und sehr aufmerksam.« Er lächelte. »Sie sind viel zu schön, um benutzt zu werden.« Behutsam legte er sie neben sich auf die Couch und hob dann sein Whiskyglas.

»Cheers.« Er lächelte gewinnend. »Ich war gestern vermutlich ein wenig barsch zu Ihnen.« Er stellte das Glas ab, lehnte sich zurück und verschränkte die Arme. »Es fällt mir nicht leicht. Ich traue den Briten nicht, vor allem nicht dem SIS, aber vermutlich kommt einmal die Zeit, da man die Vergangenheit ruhen lassen muß. Als ich gestern mit Ihnen redete, hatte ich das Gefühl, benutzt zu werden. Manipuliert. Meine ganze Erfahrung mit der SOE während des Krieges sagt mir, daß die Briten sehr, sehr skrupellos sind. Wenn Krieg herrscht, muß ein Befehlshaber wohl oder übel hinnehmen, daß ein paar seiner Soldaten in den Tod gehen. Das gehört zum Krieg. Einige müssen vielleicht sogar um der anderen willen geopfert werden. Aber Ihre Leute haben uns einfach den Wölfen zum Fraß vorgeworfen. Bei der SOE war man sträflich leichtsinnig, und der SIS war skrupellos.«

»Welche Verbindungen hatten Sie zum SIS?«

»Nachdem ich entkommen war und mich der Widerstandsgruppe in Amsterdam angeschlossen hatte, setzte ich zu allererst eine Funkmeldung nach London ab, in der ich mitteilte, daß sämtlicher Funkverkehr an die SOE von den Deutschen gesteuert wurde. Und ich bat darum, außer Landes geschafft und nach London gebracht zu werden.« Er lachte. »Ob Sie es glauben oder nicht, aber die gaben mir lediglich Bescheid, daß ich mich allein durchschlagen müßte. Kein Wort über die Funkgeschichte. Die Gruppe, der ich angehörte, war von einem SIS-Agenten aufgebaut worden, der 1942 abgesetzt worden war. Er war Brite. Ein guter Mann. Hart, erfahren, und er konnte Menschen führen. Wir taten alles, was er verlangte, wir sprengten Brücken, kappten Telefon- und Telegraphenleitungen. Ich nehme an, für die Deutschen waren wir kaum mehr als ein Ärgernis, aber je näher die Invasion rückte, desto schärfer waren sie hinter uns her. Beim SIS war man nicht besonders zufrieden mit uns. Sabotage interessierte sie nicht. Die wollten nachrichtendienstliche Erkenntnisse, Aufmarschpläne, politische Hintergründe. Und dafür waren wir nicht ausgebildet.

Am Ende führte ich nur noch einen versprengten Haufen mit etwa einem Dutzend Leuten. Alle anderen hatte die Gestapo aufgerieben. Ein gewisser Becker, ein Deutscher, leitete die Einsatzgruppen, die uns aufspüren und vernichten sollten, und jeder, den sie erwischten, wurde auf der Stelle erschossen. Sie begruben sie nicht einmal. Sie ließen die Leichen einfach verwesen. Was aus Becker geworden ist, weiß ich nicht.«

»Er hat in Hamburg ein Pornoimperium. Und genießt mächtigen Schutz.«

»Wie passend. Jemand sollte ihn umlegen.« Van Kempen grinste. »Vielleicht können Sie ja den SIS dazu überreden.«

»Was hat Keller getan?«

»Als die Landung in der Normandie gelungen war, waren die SOE-Funker für die Deutschen nicht mehr von Nutzen. Keller unterzeichnete den Hinrichtungsbefehl für sie. Mehr als fünfzig Mann wurden erschossen. Einige Briten, aber hauptsächlich waren es Holländer.«

»Könnte jemand eine Kopie dieses Befehls haben?«

»Die dürften alle längst vernichtet sein. Verschwenden Sie Ihre Zeit nicht damit. In unserem Staatsarchiv gibt es eine Liste mit den Namen der Opfer. Nach dem Krieg fand eine gerichtliche Untersuchung statt, aber weit ist man damit nicht gekommen.« Er schaute Mallory an. »Und Keller würde sicherlich behaupten, er habe nur Befehle von oben ausgeführt.«

»Bei den Nürnberger Kriegsverbrecherprozessen wurde das nicht als Entschuldigung akzeptiert.«

Van Kempen grinste. Es war eher eine Grimasse als ein Lächeln. »Hängt ganz davon ab, wer die Befehle gab.«

»Was soll das heißen?«

»Das heißt, daß ich weiß, wer Keller grünes Licht gab. Man erteilte ihm nicht direkt den Befehl dazu, aber man hätte ihn von der Ausführung abhalten können.«

»Wer hätte ihn abhalten können?«

»Sagen wir mal, seine Herren hätten ihn aufhalten können.«

»Und wer war das?«

Van Kempen schüttelte den Kopf. »Ich habe gesagt, man sollte die Vergangenheit lieber ruhen lassen. Aber sie ruht ja noch gar nicht. In diesem besonderen Fall ist die Vergangenheit noch nicht zu Ende.« Er schaute Mallory lange an, ohne etwas zu sagen. »Ich bin überrascht, daß man Sie in dieser Mission losgeschickt hat, mit diesem Auftrag.«

»Warum?«

»Weil Sie zu jung sind. Ganz gleich, mit wie vielen Männern, die damals dabei waren, Sie reden werden, Sie werden es nicht verstehen. Weil Sie es nicht einmal dann glauben würden, wenn man Ihnen die Wahrheit sagt.«

»Versuchen Sie es.«

»Nein. Das müssen Sie selbst herausfinden.«

»Woher wissen Sie, daß Keller die Hinrichtungsbefehle für die SOE-Leute unterschrieben hat?«

»Als die Deutschen sich aus Holland zurückzogen, wurde Keller in der Nähe von Venlo, kurz vor der deutschen Grenze, von einer Abteilung meiner Widerstandsgruppe geschnappt. Maria war bei ihnen, und sie machte Keller ein Angebot – wenn er ihr sagte, was mit den Gefangenen geschehen war, würde sie ihn freilassen. Er willigte ein. Als er es ihr sagte, war sie furchtbar wütend, aber sie ließ ihn laufen. Sie hatte vor diesem Kuhhandel Rücksprache mit London gehalten, und dort hatte man zugestimmt. Nachdem sie wußte, daß die SOE-Männer hingerichtet worden waren, hielt sie Keller weiter fest und setzte sich erneut mit London in Verbindung. Der SIS befahl ihr, ihn laufenzulassen. Sie gehorchte.«

»Wie kann ich Keller finden?«

»Es würde Ihnen nichts nützen. Sie würden ein Minenfeld betreten.«

»Ich möchte ihn dennoch finden.«

»Sind Sie sich da ganz sicher?«

»Absolut.«

»Okay. Er nennt sich jetzt Kern.«

»Wo finde ich ihn?«

Van Kempen zuckte die Achseln. »In Hollywood, in London, in Rom – überall.«

»Meinen Sie etwa den Filmregisseur Kern?«

»Allerdings, mein Freund.« Er stand auf. »Mehr Hilfe kann ich Ihnen nicht bieten. Und ich flehe Sie an, denken Sie an meine Warnung.«

27. KAPITEL

Der Mann stand an dem hohen Fenster und schaute hinab auf die Menschen und den Verkehr. Er fragte sich, ob es nicht allmählich Zeit wurde, daß er umzog. Wie etliche andere Londoner Straßen war auch die Bond Street nichts Besonderes mehr. Genaugenommen war ganz Mayfair nicht mehr das, was es einmal gewesen war. Einstmals war es versnobt gewesen, exzentrisch, aber stilvoll. Und jetzt entwickelte es sich zu einer Art zweiten Oxford Street. Die Fifth Avenue blieb ihrem alten Image treu, ebenso der Faubourg St. Honoré. Der Kurfürstendamm hatte nach wie vor einen gewissen Charme. Aber am Ende siegte immer die Gier der Immobilienhaie. Früher einmal hatte ihm das ganze Haus gehört, aber als die Grundstückspreise gestiegen waren, hatte er es verkauft und nur mehr die beiden obersten Stockwerke gemietet. Eins zum Wohnen, das andere als Büro. Er hatte bei dem Geschäft eine hübsche Stange Geld verdient und den Großteil wieder verloren, als er *Firebird* gedreht hatte. Aber lieber verlor er Geld bei einem Film, als mit Grundstücksbesitz welches zu verdienen. Manche Menschen verstanden sich eben darauf, ihren Reichtum zu mehren, andere mußten ihr Geld mittels Talent und harter Arbeit verdienen. Er hatte immer zu den letzteren gehört.

Der Raum war groß, und er benutzte ihn sowohl als Wohnzimmer als auch als Arbeitsplatz. Wände und Decken sowie sämtliche Holzleisten und -rahmen waren weiß gestrichen. Das Mobiliar, ein wildes Sammelsurium, hatte er da und dort bei

Dreharbeiten zusammengetragen und mitgenommen. Die einzelnen Stücke waren wunderschön und jedes für sich interessant, aber für einen Innenarchitekten war es der reinste Alptraum.

Die Gemälde an den Wänden waren der Lohn seiner lebenslangen Vorliebe für die Impressionisten. Das größte Bild, eine Dorfstraße, stammte von Sisley, die Kohlezeichnung eines Bergwerksarbeiters von van Gogh, die Szene auf dem Bauernhof war ein früher Daubigny, und sein Lieblingsbild, eine Kreidezeichnung zweier junger Mädchen, war von Berthe Morisot.

Der Mann war gebaut wie ein Bär. Groß und breitschultrig wie ein Boxer. Der gutgeschnittene Anzug kaschierte die Leibesfülle, die von zuviel gutem Essen und Trinken herrührte. Es war eine mächtige Gestalt mit einem großen Kopf. Die etwas schlaffe Kinnpartie und die halbgeschlossenen, wachsamen braunen Augen wurden durch das rundliche Gesicht ausgeglichen, das ständig liebenswürdig zu lächeln schien. Es war das Gesicht eines Mannes, der zuhören konnte. Obwohl die Haare vorne immer lichter wurden, versuchte er die Geheimratsecken nicht zu verstecken, so daß es aussah, als werde seine Stirn immer höher. Der Bart war weder übertrieben männlich noch aggressiv, eher französisch savant. Ein bißchen affektiert vielleicht, aber weder eine Provokation noch eine Verkleidung. Es war ein vergleichsweise neues Zugeständnis an die Moderne.

Er drehte sich um, als es an der Tür klopfte. »Herein.«

»Sie sind da, Erich. Ich habe sie ins Eßzimmer geführt.«

»Danke, Patty.«

Miss Patterson war Mitte Vierzig. Groß und attraktiv. Mit hohen Wangenknochen. Eine Attraktivität, die wenig mit herkömmlicher Schönheit oder gutem Aussehen zu tun hatte, sondern durch die Ausgewogenheit ihrer Züge entstand, das Gleichgewicht von Kanten und Flächen, Schärfe und Weichheit. Es war ein Gesicht, das edel und hoheitsvoll wirken konnte, wenn ein guter Beleuchter am Werk war. Ein Katharine-

Hepburn-Gesicht. Wie guter Wein würde es im Lauf der Jahre immer vollkommener werden.

Er schaute auf seine Uhr. Fünf Uhr nachmittags. Sie würden mindestens zwei Stunden bleiben. Reine Zeitverschwendung. Aber da mußte er durch.

Connors vertrat die Versicherungsgesellschaft, die fünfundneunzig Prozent des Filmetats aufbringen wollte. Er bemühte sich nach Kräften, nicht wie ein Banause zu wirken, den nur die Investition seines Klienten interessiert.

»Es hat mich überrascht, Erich, daß keine Mittel für eine Marktanalyse bezüglich der Zuschauerakzeptanz dabei waren.«

Der Mann lehnte sich so heftig zurück, daß der wuchtige, aus der Zeit Eduards VII. stammende Sessel bedrohlich knarrte.

»Sie wissen doch, warum, Connors ...« Er zuckte mit der Schulter. »Weil wir das alles schon gemacht haben. Durch Marktforschung erfährt man, warum der letzte Film, den man gedreht hat, beim Publikum angekommen ist oder nicht. Was die Leute von einem Stoff halten, der noch gar nicht existiert, erfährt man dabei nicht.« Er beugte sich vor, so daß sich das Sakko um seine Oberarme spannte. »Das ist fauler Zauber, Connors. Jeder Film ist ein Glücksspiel. Es liegt nicht daran, ob er gut ist oder nur reines Handwerk.« Er zuckte mit der Schulter. »Es kann unter Umständen am Wetter liegen. Oder an einem aktuellen Ereignis, wenn es zum Beispiel um gewisse Werte geht, die in den Augen der Allgemeinheit auf dem Spiel stehen. Wir sind Zocker, Connors. Sie setzen auf mich, und ich setze ... worauf eigentlich? Dreißig Jahre Erfahrung, ein Gespür dafür, was das Publikum sehen will, dazu der Ruf, daß ich die Produktionskosten nicht überziehe.«

Rowe, der Vertreter der norwegischen Investoren, nahm das Stichwort auf. »Meine Investoren haben vollstes Vertrauen in Sie, Erich, das wissen Sie. Aber es wäre ihnen lieb, wenn

Sie zumindest eine Andeutung machen könnten, wie Ihnen selbst zumute ist. Oder ist das heute abend nicht das richtige Thema?«

»Wenn es das wäre, mein Freund, dann säßen wir nicht hier. Ich jedenfalls nicht. Wir reden über etwas, das in zwei Jahren stattfinden wird. Vielleicht auch erst in zweieinhalb.« Er deutete mit dem Finger auf Rowe. »Können Sie mir sagen, wie der Dow-Jones-Index in zwei Jahren steht oder der FT-Index? Natürlich nicht.«

Rowe lächelte. »Okay, Erich, regen Sie sich nicht auf. Wir brauchen Sie noch.«

Der massige Mann lächelte und zuckte mit der Schulter. »Die wissen Bescheid, mein Freund. Die Investoren haben meine Vita vermutlich genauestens unter die Lupe genommen. Die kennen den Namen von jedem Starlet, das ich auf der Couch hatte. Nicht geschieden, weil ich nie verheiratet war. Ich bin kein Schluckspecht, ich bumse nicht mit Kerls, und ich habe erst ein einziges Mal meinen Etat überzogen; und das war meine Knete, nicht das Geld anderer Leute. Und jeder Film, den ich gemacht habe, hat zumindest die Kosten wieder eingespielt. Mit dreien haben wir schwer Geld gemacht, bei fünfen waren alle glücklich und mehr als zufrieden, und für die Ergebnisse von mindestens zehn weiteren konnten sich ein paar Jungs mächtig einen hinter die Binde gießen.« Er hielt inne und zog die Augenbrauen hoch. »Was noch?«

Jetzt war Kramer dran. Kramers Leute hatten die Verleihrechte erworben.

»Meine Leute halten das Drehbuch für schwach.«

»Inwiefern, wenn ich fragen darf?«

»Zuviel Improvisation und zu viele Dialoge.«

»Letztes Mal haben sich Ihre Leute darüber beschwert, daß ich den beiden Hauptdarstellern zuviel zahle.«

»Was hat das damit zu tun?«

»Sehr viel.« Der große Mann flüsterte jetzt fast. »Weil diese beiden Schauspieler nämlich spielen werden, und nicht, ich wiederhole, improvisieren. Dafür werden sie bezahlt, Freddie.«

»Wie auch immer ...«

»Nichts ist mit wie auch immer. Wenn ihr aussteigen wollt, von mir aus. Die Fernsehrechte in den USA, Großbritannien, den Commonwealthstaaten, in Frankreich, Deutschland und Holland sind bereits verkauft. Das reicht mir, und ihr mit eurem Scheiß in L. A. könnt euch zum Teufel scheren.«

»Wir haben die Verleihrechte bereits erworben. Wir schlagen doch nur vor ...«

»Ihr wollt doch bloß vorschlagen, daß wir noch mal ein Achtel Prozent für Werbung ausgeben. Vergiß es. Entweder steht der Deal, oder es gibt gar nichts.«

»Sie sind sehr aggressiv, Erich. Haben Sie irgendwelche Probleme?«

Der große Mann lachte. »Dutzende. Aber deswegen bin ich ja hier. Probleme entstehen nur durch die Warterei. Wenn die Leute nichts zu tun haben. Sobald die letzten Außendrehs feststehen, gebe ich das Startzeichen.« Er hielt inne. »Sind wir fertig, Gentlemen?«

Zustimmendes Gemurmel erhob sich, und einige der Anwesenden nickten und lehnten sich zurück.

»Erzählen Sie uns etwas darüber, Erich.«

Erich lächelte. Sein Kinn bebte, und die Augenwinkel legten sich in Fältchen.

»Es wird ein neuer *Schiwago.*«

»Um Himmels willen«, sagte Kramer. »Der war über drei Monate in den Kinos und hatte noch nicht einmal die Materialkosten wieder eingespielt.«

Der Regisseur nickte lächelnd. »Wartet nur ab, Jungs. Ihr alle werdet noch sehr froh darüber sein.« Er schaute auf seine Uhr. »Und jetzt muß ich euch rauswerfen. Der nächste Termin ruft.«

Es war kein typisches Männerschlafzimmer, dafür sorgten schon das große Doppelbett mit den gerüschten Kissen und das zweite Toilettentischchen mit den drei Spiegeln und einem Sortiment von Make-up, Kosmetika und Parfüms. Es waren große, über hundert Dollar teure Flaschen von Madame Rochas bis zu Obsession, dazu Klassiker wie Chanel, Guerlain und Rive Gauche.

Jemand hatte bei einer Dinnerparty einmal gesagt, wenn man seine Phantasien auslebe, zerstöre man sie, weil es dann keine Phantasien mehr seien. Erich Kern war von der Logik dieses Gedankens beeindruckt gewesen, obwohl er wußte, daß es nicht stimmte. Alle Männer stellten sich vor, jedes junge, hübsche Starlet komme nur via Besetzungscouch zu seiner ersten Rolle, und trotz noch so vieler Artikel im *Playboy* oder in *Penthouse*, in denen das Gegenteil behauptet wurde, waren sie der festen Überzeugung, genau so ginge es bei ihnen auch zu, wenn sie Hollywoodtycoons wären.

Für Erich Kern war es immer so gewesen. Schon lange bevor er ein bekannter Filmregisseur geworden war. Am liebsten mochte er Marilyn-Monroe-Typen, die er anschließend mit kleinen Nebenrollen belohnte, als Eisverkäuferinnen zum Beispiel oder als Chormädchen. Aber Erich Kern war fair und sorgte dafür, daß sie wenigstens zehn Worte Dialog bekamen.

Das nackte Mädchen auf seinem Bett war zwanzig Jahre alt. Sie lag auf dem Rücken und beobachtete ihn, während er in seinem Paisley-Morgenmantel dastand und sich die Zähne putzte.

»Wie alt bist du, Erich?«

»Warum fragst du das?«

»Jemand hat mir gesagt, du wärst neunundsechzig.«

»Stimmt.«

»Für neunundsechzig bist du noch ganz schön scharf.«

»Ganz schön was?«

»Scharf.«

»Du meinst geil.«

»Wenn du unbedingt willst. Möchtest du noch mal?«

»Warten wir erst mal das Essen ab, Schätzchen.«

»Ich mag es, wenn du mich Schätzchen nennst.«

»Warum?«

»Weil ich mir dann schon vorkomme wie in L. A.«

»Wir drehen in Spanien und Brasilien, Kleines.«

»Was für Rollen habe ich?«

»Du bist das eine Mal eine Schäferin, aber du hütest Ziegen, keine Schafe. Und ein andermal bist du Kellnerin in einem Nachtclub. Mit breitem Lächeln und jeder Menge Busen.«

Sie lachte. »Gefallen dir meine Titten?«

Er drehte sich um und betrachtete sie, als könne er sich nicht mehr genau erinnern. »Sie sind phantastisch, Schätzchen. Wenn du im Bild bist, schinden die Mistkerle an der Kamera bis zu zwanzig Takes raus. Merk dir meine Worte.«

Er hatte das Frühstückstablett ans Ende des Tisches geschoben und griff nach den Tageszeitungen. Miss Patterson brachte eine Thermoskanne mit frischem Kaffee herein und sagte: »Da ist ein junger Mann, der Sie dringend sprechen möchte.«

»Oh. Wer ist es?«

»Er hat gesagt, er heißt Mallory.«

»Klingt wie ein Dichter. Aber wahrscheinlich ist es irgend ein Schreiberling, der mit einem Drehbuch für *Der Weiße Hai – die nächste Generation* hausieren geht.«

»Das glaube ich nicht. Ich glaube, er ist Polizist. Jedenfalls hat er diesen gewissen Blick.«

»Okay. Rein mit ihm.«

Kern stand im Frotteebademantel da, die Kaffeetasse in der Hand, als Mallory hereinkam. Kern war genauso, wie Carter ihn beschrieben hatte, nur größer, als er erwartet hatte. Ein massiger Mann, dessen Blick nichts entging. Aber er starrte nicht, er beobachtete nur.

»Nun. Was gibt's?«

»Ich heiße Mallory, Mister Kern. Ich ...«

»Das weiß ich. Was wollen Sie? Patty meint, Sie sehen aus wie ein Bulle. Sind Sie einer?«

Mallory griff in die Innentasche seiner Jacke, holte den SIS-Ausweis heraus und hielt ihn Kern hin, der ihn anschaute, ohne ihn in die Hand zu nehmen. Dann wandte er sich wieder an Mallory.

»Fahren Sie doch fort.«

»Ich würde gern mit Ihnen über die Zeit sprechen, als Sie für die Briten an grenzüberschreitenden Operationen in Deutschland teilnahmen.«

»Wer hat Ihnen denn diesen Bären aufgebunden?«

»Major Carter.«

»Wer ist das?«

»Er leitete die Operation. Sie haben für ihn gearbeitet.«

»Dann reden Sie doch mit ihm, um Himmels willen. Ich schreibe nie die Texte anderer Leute um.«

»Ich glaube, es wäre auch für Sie von Vorteil, wenn Sie mit mir reden würden.«

»Inwiefern?«

»Es geht um eine Anschuldigung wegen angeblicher Kriegsverbrechen.«

Kern deutete auf einen Rattansessel. »Setzen Sie sich doch.« Er nippte an seinem Kaffee, während er Mallory anschaute. »Wer ist Ihr Vorgesetzter?«

»Mein direkter Vorgesetzter ist Mike Daley. Sein Chef ist Toby Young.«

Kern ging barfuß zum Telefon, drückte auf einen Knopf und sagte: »Patty, bringen Sie bitte Papier und Bleistift mit.«

Als Miss Patterson mit ihrem Schreibzeug das Zimmer betrat, sagte Kern: »Dieser Mann hier wird Ihnen zwei Namen und eine Telefonnummer nennen. Holen Sie mir einen davon an den

Apparat. Ich nehme das Gespräch in meinem Schlafzimmer entgegen.«

Ohne Mallory auch nur eines Blickes zu würdigen, ging Kern langsam zu der Tür am anderen Ende des Zimmers, trat in den Nebenraum und zog sie hinter sich zu.

Obwohl ihn Kerns herablassende Art wurmte, nannte Mallory der Sekretärin die Namen und die Telefonnummer.

Während er wartete, sah er sich in dem Zimmer um. Es sah fast so aus, als hause hier ein Abenteurer. Afrikanische Masken, ein Indianerkopfschmuck im Kleinformat, ein Paar roter Boxhandschuhe, die offenbar in Gebrauch gewesen waren, eine klassische Gitarre und eine kleine Steinfigur, offenbar eine Miniaturausgabe der Jesusstatue von Rio de Janeiro. An der einen Wand hingen gerahmte Fotografien, auf denen Kern mit bekannten Filmstars und Politikern zu sehen war.

Zehn Minuten später kam Kern zurück, nach wie vor barfuß und im Bademantel. Er blieb ein, zwei Sekunden stehen, so daß er den sitzenden Mallory überragte, dann nahm er sich einen Stuhl und setzte sich langsam und gemächlich hin.

»Gut, mein Freund. Fragen Sie.«

»Wie sind Sie aus Holland herausgekommen?«

»Sie meinen am Schluß, nach der Invasion?«

»Ja.«

»Da war ein junges Mädchen. Sie war mal meine Sekretärin gewesen, ist dann aber in den Widerstand gegangen. Den holländischen Widerstand. Es war ein verfluchtes Schlamassel. Ich wollte bei Arnheim über die Grenze, aber die Briten haben dort einen derartigen Zauber veranstaltet, daß ich mich lieber nach Nijmegen verzogen habe. Dort aber hielt die SS die Brücke über den Fluß, so daß ich lieber abgetaucht und nach Venlo gegangen bin. Ich schlief gerade irgendwo im Wald, als diese Leute mich erwischten. Das Mädchen war die Anführerin, und sie ließ mich laufen.«

»Können Sie sich an ihren Namen erinnern?«

»Meine Güte, nein. Das ist lange her.«

»Warum hat sie Sie laufenlassen?«

Kern zuckte mit der Schulter. »Wir hatten einige Gemeinsamkeiten. Und sie wußte, daß die Alliierten den Krieg gewonnen hatten.«

»Wohin sind Sie gegangen, nachdem man sie freigelassen hatte?«

»Ich bin schließlich bis Hannover gekommen, aber zu dem Zeitpunkt waren mir Montgomerys Truppen schon dicht auf den Fersen. In einer kleinen Stadt namens Peine wurde ich aufgegriffen und zum Verhör nach Bad Salzuflen gebracht.« Wieder zuckte er mit der Schulter. »Anscheinend wissen Sie ja, was danach passiert ist.«

»Was geschah, nachdem Sie Major Carter über die Grenze gebracht hatten?«

»Ich ging wieder nach Magdeburg und drehte für die Sowjets einen Film über die Rote Armee. Er kam gut an, und sie nahmen mich mit nach Berlin. Dort habe ich etliche Filme gemacht und mir einen gewissen Ruf erworben, worauf man mich nach Moskau einlud. Eine derartige Einladung durch die Russen kam damals einem Befehl gleich. Also fuhr ich hin.«

»Was geschah dort?«

»Meine Güte, Ihnen das zu erklären würde stundenlang dauern.« Er seufzte, als erschöpfe ihn schon der bloße Gedanke daran.

Mallory lächelte. »Es ist ein ziemlich großer Sprung aus den Ruinen von Magdeburg zu dem hier.« Er deutete mit weitausholender Armbewegung auf das Zimmer.

»Ist das für Ihre Ermittlung wirklich von Belang?«

»Sicher. Ich kann Ihnen auch gleich sagen, daß ich Sie überprüfe, um festzustellen, ob es irgendeine Rechtfertigung dafür gibt, was Sie mit diesen SOE-Gefangenen gemacht haben.« Er hielt inne. »Die Tatsache, daß Sie für die Briten gearbeitet und Major Carter zweifellos das Leben gerettet haben, wird natürlich ebenfalls aufgerechnet. Aber Sie sind verantwortlich für die Hinrichtung vieler tapferer Männer.«

»Ich habe lediglich meine Befehle ausgeführt. Ich kann nur davon ausgehen, daß diese Befehle irgendwie gerechtfertigt waren.«

»Glauben Sie, daß sie gerechtfertigt waren?«

Kern zuckte mit der Schulter. »Das habe ich mich damals schon gefragt, und seitdem immer wieder. Wer weiß? Seinerzeit sagte man mir, es müßte so sein.«

»Aus welchem Grund?«

»Das sagte man mir nicht. Aber ich kann es mir denken.«

»Warum?«

»Tut mir leid, aber ich bin nicht bereit, mit Ihnen darüber zu sprechen. Ich könnte mich irren.« Kern schaute auf seine Uhr und blickte dann Mallory an. »Ich muß in die Pinewood Studios. Darf ich Sie bitten zu gehen.«

»Wären Sie bereit, mir Ihren Reisepaß auszuhändigen?«

Kern wirkte überrascht. »Sind Sie dazu berechtigt?«

»Ich könnte mir auch eine Vollmacht besorgen, aber dadurch würden Dinge ins Rollen gebracht, die nur schwer wieder aufzuhalten sind.«

»Meinen Sie etwa rechtliche Schritte?«

»Ja.«

»Weil ich einen britischen Paß habe?«

»Ja.«

»Das wäre kein Problem für mich. Vielleicht sollte ich Sie darauf hinweisen, daß ich noch einen brasilianischen und einen amerikanischen Reisepaß habe. Sie sind beide gültig und in Ordnung.«

Mallory lächelte, obwohl es ihm schwerfiel. »Sie haben für alles gesorgt, nicht wahr?«

Er zuckte wieder mit der Schulter. »So läuft der Hase nun mal, mein Junge.« Er lächelte. »Ich hatte sogar zehn Jahre lang einen russischen Paß. Aber zuletzt hatte ich damit mehr Ärger, als er wert war.«

»Wann kann ich wieder mit Ihnen reden?«

»Ist das wirklich nötig?«

»Ja.«

»Gut, sagen wir, in einer Woche – hier. Wir treffen uns zu einem Arbeitsfrühstück. Sagen wir, um halb elf, okay?«

»Ja. Wenn ich Sie vorher sprechen möchte, kann ich mich dann mit Ihrer Sekretärin in Verbindung setzen?«

»Auf jeden Fall. Lassen Sie sich von ihr die Nummer geben, wenn Sie gehen.«

Und so, als wolle er betonen, daß Mallory damit entlassen sei, ging Kern wieder in sein Schlafzimmer. Die Tür wurde von innen abgesperrt, und Mallory hörte ein Mädchen lachen.

Mallory nahm ein Taxi zu der Werkstatt, und Freddie grinste, als er ihn zu dem Healey führte.

»Neuer Kotflügel, neuer Scheinwerfer auf der Fahrerseite, ein bißchen ausbeulen und lackieren.« Er lachte. »Sie hat gesagt, sie hat 'nen Pfosten gerammt, als sie in die Auffahrt zum Haus eines Freundes einbiegen wollte.«

»Wieviel, Freddie?«

»Sie hat schon bezahlt.«

»Wie teuer war es?«

»Hundertfünfundsiebzig.« Er lachte erneut. »Ich hab' ihr gesagt, wenn Sie's bezahlt hätten, wär's 'n Hunderter mehr gewesen. Das ist echt 'n heißer Feger, die Braut. Ganz schön keß.« Er deutete auf das Armaturenbrett. »Schlüssel steckt. Wenn Sie mal 'n bißchen Geld übrig haben, sollten Sie lieber den Auspuff erneuern lassen. Hängt zu weit runter. Der schleift jedesmal auf, wenn Sie über 'nen Hubbel fahren.«

Der nächste Parkplatz, den er finden konnte, war oben an der Sloane Street, hinter Harrods. Er ging langsam zurück zu seiner Wohnung und dachte über Kern nach. Der Mann war sich seiner so sicher gewesen. Aber er war eine international bekannte Persönlichkeit. Und vermutlich mehrfacher Millionär. Er sprach perfekt Englisch, und trotz der Auseinandersetzung, die er mit ihm hatte, war er ein faszinierender Mensch. Mallory mußte an das Mädchen auf dem Foto in dem silbernen Rahmen denken. Van Kempens Exfrau, Kerns ehemalige Geliebte. Er fragte sich, warum sie Kern verlassen und sich dem Widerstand angeschlossen hatte. Vielleicht hatte ihr die Reaktion des SD nicht gefallen, als sich die Lage zugespitzt hatte. Und wenn sie Kern attraktiv gefunden hatte, was hatte sie dann zu van Kempen hingezogen? Er war ein völlig anderer Mensch. Alles andere als extravagant. Aber vielleicht war es gerade seine Ruhe gewesen, die sie gebraucht hatte.

In seiner Wohnung setzte er Tee auf, trank eine Tasse und ging seine Post durch. Eine halbe Stunde später kam Debbie herein.

»War der Wagen okay?«

Er lächelte. »Besser als vorher. Du hättest die Rechnung nicht übernehmen müssen.«

»Aber natürlich. Schließlich habe ich ihn ja demoliert.«

»Ich dachte, du wolltest gestern abend herkommen.«

Sie rümpfte die Nase. »Ich hatte ein echtes Ekel am Hals.« Sie lachte. »Aber ein großzügiges Ekel. Er hat mich spätabends zum Dinner ins Savoy ausgeführt. Und dann ins Hilton. Er hatte dort eine Penthouse-Suite.«

»Klingt, als wär's einer von deinen Saudi-Freunden gewesen.«

»Nein. Ein Grieche. Öltanker und alte Meister.«

»Hast du Lust, heute abend ins Theater zu gehen?«

Sie schaute zweifelnd drein, und er sagte: »Das *Phantom.* Ich habe Karten.«

»Oh, das ist was anderes. Ich dachte, du meinst irgendwas Furchtbares über unterdrückte Arbeiter und so.«

»Aber das *Phantom* ist okay?«

»Und ob. Übrigens, wenn du mal Radio oder Fernseher repariert haben willst, egal wann, dann sag mir Bescheid. Ich habe jemand kennengelernt, der so was macht.«

»Großartig. Wir sollten gegen sechs aufbrechen.«

»Setzt du mich danach im Club ab?«

»Sicher. Willst du heute abend hier schlafen oder bei dir?«

Sie seufzte. »Ich weiß es nicht, Charlie. Das kommt drauf an.«

»Okay. Du darfst zuerst ins Bad.«

Sie wirkte enttäuscht. »Ich habe im Club eine Flasche Champagner abgestaubt. Ich dachte, wir machen sie jetzt auf und feiern.«

»Was feiern wir denn?«

»Keine Ahnung. Irgendwas.« Sie lachte. »Los, gehen wir ins Bett. Bloß eine Stunde. Es ist noch so früh.«

Als das Telefon klingelte, nahm Mike Daley den Hörer ab und lauschte. Toby Young stand auf, trat ans Fenster und lockerte seine Krawatte, während er dastand und über die Dächer von London blickte. Mallory hatte sich schon gefragt, wieso Young an der Besprechung teilnahm. Normalerweise schaltete er sich bei einer reinen Routineüberprüfung nicht in laufende Operationen ein.

Er spürte, daß die beiden ihm nicht glaubten. Entweder das, oder sein Bericht gefiel ihnen nicht.

Daley legte auf und wandte sich über die Schulter an Toby Young.

»Mortimer will uns beide sehen.«

»Wann?«

»Heute. Zum Lunch in seinem Club.«

»Im ›Garrick‹?«

Daley lächelte. »Sie belieben zu scherzen. Im Reform-Club natürlich.«

Toby Young ging wieder zu seinem Stuhl, und Daley wandte sich an Mallory.

»Haben Sie irgendwelche Aufzeichnungen über das Zeug, was Sie bisher aufgetan haben?«

»Ja, natürlich.«

»Dabei?«

»Ja.«

»Lassen Sie sie hier. Ich will sie mir ansehen.«

Mallory griff in seinen Aktenkoffer, holte den ledergebundenen Ordner heraus und reichte ihn Daley, der ihn in eine Schublade seines Schreibtisches legte.

»Wenn ich von dem ausgehe, was Sie mir bisher erzählt haben, haben Sie nicht einmal annähernd genug Material für eine Anklage.«

»Ich dachte, ein persönlich unterschriebener Mordbefehl für über fünfzig Gefangene wäre eine ganz gute Ausgangsbasis.«

»Welchen Beweis haben Sie denn dafür?«

»Van Kempen könnte bezeugen, was seine Frau ihm erzählt hat.«

»Ach, um Himmels willen, Charlie! Kein Gericht würde eine Aussage akzeptieren, die auf bloßem Hörensagen beruht. Nicht einmal bei einem Handtaschendiebstahl, geschweige denn wegen mutmaßlicher Kriegsverbrechen.«

»Und was wollen wir dann tun? Soll ich zusehen, ob ich sonst noch etwas finde?«

Daley warf einen kurzen Blick zu Young, doch der reagierte nicht. Daley dachte einen Moment nach und malte auf seinem Notizblock herum. Dann sagte er: »Schreiben Sie mir einfach einen kurzen Bericht. Zwei Absätze reichen vollauf. Sie haben diese Leute überprüft und in keinem Fall Beweise gefunden, die es erfordern … nein, Moment mal – Sie haben keinerlei Beweise gefunden, die ein weiteres Vorgehen, legal oder nicht, rechtfertigen würden.«

»Aber das stimmt nicht. Wir wissen zumindest, was Kern getan hat.«

»Das wissen wir nicht. Wir wissen nur, daß jemand behauptet, er hätte es getan. Und selbst das beruht auf reinem Hörensagen.«

»Lassen Sie mich die Beweise suchen.«

»Wo? Wie?«

»Weiß ich noch nicht.«

»Vergessen Sie die Sache, Charlie. Wir haben genug Arbeit für Sie. Sie brauchen keine Phantome zu jagen.«

»Werden Sie meine Aufzeichnungen lesen, bevor Sie endgültig darüber entscheiden?«

Daley schaute zu Young, der fast unmerklich nickte.

»Okay, Charlie. Wenn Sie darauf bestehen. Aber ...« Er wedelte drohend mit dem Finger. »Wenn ich sie gelesen habe, tun Sie, was ich Ihnen sage.«

»Okay.«

Als Mallory gegangen war, sagte Young: »Wäre unnütz, die Aufzeichnungen abzulehnen, wenn er dadurch bei Laune bleibt.«

»Was soll ich tun?«

»Stecken Sie sie in den Reißwolf und sagen Sie ihm, Sie seien nach der Lektüre noch mehr davon überzeugt, daß wir nur unsere Zeit verschwenden.«

»Wenigstens können wir davon ausgehen, daß kein verdammter Journalist irgend etwas herausfindet. Jedenfalls nichts, was sich eine Zeitung abzudrucken getraut.«

Daley lehnte sich zurück. »Wie konnten diese alten Jungs nur so einen Mist bauen?«

»Sie haben keinen Mist gebaut, Mike. Was sie getan haben, war dumm und skrupellos, aber Mist war es nicht. Es war Absicht.«

»Glauben Sie das wirklich?«

»Ich weiß es. Und Mortimer auch. Deshalb müssen wir ja die Spuren verwischen. Wenn wir das nicht tun, Mike, gehen wir genauso den Bach runter wie die anderen. Machen Sie sich da nichts vor.«

»Wir sind ja noch nicht mal zur Schule gegangen, als die ihre Spielchen getrieben haben.« Daley schrie jetzt beinahe. »Aber jetzt sind wir hier. Und wir stehen für den SIS.« Er schlug mit der Faust auf den Tisch und stand auf. An der Tür blieb er stehen. »Lassen Sie Mallory nicht zu weit gehen. Wir machen hier die Regeln, nicht Kindsköpfe wie er.«

Mallory hob 200 Pfund von seinem Bankkonto ab und zahlte das Flugticket nach Amsterdam mit seiner Kreditkarte. Er hob sämtliche Quittungen auf, damit er jederzeit beweisen konnte, daß er diese Reise auf eigene Kosten unternommen hatte.

Abends um acht wurde er vom Flughafenbus am Amsterdamer Hauptbahnhof abgesetzt, wo er sich ein Taxi nahm und zu van Kempen fuhr. Er wollte es nicht darauf ankommen lassen, daß ihn der alte Mann am Telefon abwimmelte.

Van Kempen erkannte ihn zunächst nicht.

»Ich bin Charlie Mallory, Mijnheer van Kempen. Hätten Sie einen Moment Zeit für mich?«

Van Kempen zögerte und öffnete dann die Tür. »Selbstverständlich. Sie wirken ein bißchen ... wie ist noch mal das passende Wort dafür – gehetzt, nicht wahr? Gehen wir ins Wohnzimmer. Sie kennen ja den Weg.«

Nachdem Mallory Platz genommen hatte, sagte van Kempen: »Sie sehen aus, als hätten Sie ein Problem. Stimmt das?«

Mallory nickte. »Ich fürchte, ja.«

»Erzählen Sie es mir.«

»Darf ich Ihnen zuvor eine Frage stellen? Und ich brauche eine ehrliche Antwort.«

»Wie lautet die Frage?«

»Würden Sie sagen, daß Kern mit dem Unterzeichnen der Todesurteile für die Gefangenen ein Kriegsverbrechen begangen hat, beziehungsweise ein Verbrechen gegen die Menschlichkeit?«

»Nun ja, da gibt es doch gar keinen Zweifel, Charlie. Nach den bei den Nürnberger Prozessen angesetzten Maßstäben würde ich unseren Freund Kern eindeutig als Kriegsverbrecher bezeichnen.«

»Meiner Ansicht nach auch. Aber als ich meiner Zentrale meine Meinung vorgetragen habe, sagte man mir, ich sollte die Operation abschließen und einen kurzen Bericht verfassen, allenfalls zwei Absätze, in dem ich erkläre, daß ich bezüglich der Deutschen Nachforschungen angestellt, aber nichts gefunden hätte, was eine Anklageerhebung rechtfertigen würde.«

Van Kempen lächelte. »Und diese Haltung überrascht Sie?«

»Allerdings. Und als ich später darüber nachgedacht habe, war ich sogar ziemlich wütend.«

»Das kann ich verstehen. Aber warum reden Sie mit mir darüber?«

»Ich sage Ihnen besser gleich, daß ich nicht in offiziellem Auftrag hier bin. Ich bin auf eigene Faust hergekommen. Ich wollte mit Ihnen reden. Vor allem über das, was Kern beziehungsweise Keller getan hat – ich möchte genau wissen, ob ich nicht übertreibe.«

»Das tun Sie bestimmt nicht. Haben Sie den Verdacht, daß Ihre Vorgesetzten jemanden reinwaschen wollen?«

»Entweder das, oder die ganze Sache langweilt sie.«

»Wie sind Sie mit ihnen verblieben? Nein, fangen Sie mit Ihrem mündlichen Bericht an.«

»Ich habe ihnen alles gesagt, was in meinen Aufzeichnungen stand. Ich habe Roß, Mann und Reiter genannt – alles. Mein direkter Vorgesetzter forderte mich auf, alles zu vergessen, es gäbe keinerlei Beweis. Ich sollte nur den Bericht schreiben, wie schon gesagt.«

»Wenn ich eine neugierige Frage stellen darf. Wo bewahren Sie Ihre Notizen auf? An einem sicheren Ort?«

»Mein Chef hat sie.«

»Haben Sie sie ihm angeboten, oder hat er danach gefragt?«

Mallory schloß die Augen. »Er hat danach gefragt.«

»Und dann?«

»Ich bat ihn, meine Aufzeichnungen zu lesen, vielleicht noch einmal über die Sache nachzudenken und mich weitere Nachforschungen anstellen zu lassen.«

»War er einverstanden?«

»Ja.«

»Haben Sie eine Kopie Ihrer Aufzeichnungen?«

»Nein. Sie waren handschriftlich.«

»Die werden Sie nicht mehr wiedersehen, Charlie. Haben Sie Kern gefunden?«

»Ja, in London. Ich habe ein kurzes Gespräch mit ihm geführt. Er war sehr abweisend. Wollte Namen und Telefonnummer meiner Vorgesetzten haben und hat mit einem von beiden gesprochen.«

»Haben Sie das Gespräch mitgehört?«

»Nein, er hat den Anruf in seinem Schlafzimmer entgegengenommen.«

»Und als er zurückkam?«

»Er war genau wie vorher. Ziemlich arrogant. Das ist vielleicht zuviel gesagt, aber er war sich seiner Sache sehr sicher. Ich habe ihm mit Entzug seines Reisepasses gedroht, aber das war ihm offensichtlich völlig egal. Angeblich hat er noch einen brasilianischen und einen amerikanischen Paß. Ich habe ihm gesagt, daß ich noch mal mit ihm reden müßte, worauf er vorschlug, wir sollten uns in einer Woche zusammensetzen. Das wäre in vier Tagen.«

»Und womit kann ich Ihnen sonst noch helfen?«

»Wenn Sie vielleicht darüber nachdenken würden, ob es irgend jemanden gibt, vielleicht sogar einen offiziellen Bericht hier in Holland, eventuell auch in Berlin oder in Bonn, mit dessen Hilfe man beweisen könnte, daß er diese Todesurteile unterschrieben hat?«

»Wie ich Ihnen bereits sagte. Er würde behaupten, daß er nur die Befehle aus Berlin ausgeführt hat. Befehl ist Befehl, die alte Leier.«

»In Nürnberg ließ man das nicht gelten.«

»Das war eine andere Zeit. Der Krieg war kaum vorbei. Die ganze Welt war gegen die Deutschen eingestellt. Die Alliierten wollten sich rächen. Und es ist lange her. Große Namen. Ein gewaltiger Propagandafeldzug. Göring, Himmler, Hess, Streicher und der ganze Generalsklüngel.«

»Werden Sie trotzdem darüber nachdenken?«

»Natürlich. Wohnen Sie wieder im ›Damrak‹?«

Mallory lachte. »Leider nicht. Diesmal muß ich selbst bezahlen. Ich werde mir eine Pension an einer der Grachten suchen.«

»Sie sollten heute nacht lieber hierbleiben. Wir können morgen früh weiterreden. Ich zeige Ihnen Ihr Zimmer, und danach gehen wir etwas essen.« Er lächelte. »Holländische Küche, einfach, aber gut.«

28. KAPITEL

Sie frühstückten zusammen, gingen dann hinunter zum Fluß und anschließend wieder zurück. Van Kempen hatte zwei Segeltuchstühle auf die kleine Terrasse hinter dem Haus gestellt, und sie setzten sich in die Sonne und unterhielten sich eine Weile über die lockere Einstellung der Holländer zu Drogen. Van Kempen hatte einen Freund bei der Polizei, der zwar fand, daß der Drogenmißbrauch durch diese neue Haltung zurückgegangen sei, persönlich aber nicht davon überzeugt war.

»Um zu Ihrem Problem zu kommen«, sagte van Kempen schließlich. »Ich habe darüber nachgedacht. Könnten Sie etwas tun, was mir den Entschluß erleichtern würde?«

»Wenn ich das kann. Was denn?«

»Sie haben die Telefonnummer von Erich Kern, nicht wahr?«

Mallory nickte. »Ja.«

»Und Sie sollen sich in drei Tagen mit ihm treffen?«

»So war es jedenfalls abgemacht. Auf seinen Vorschlag hin.«

»Okay. Wählen Sie die Nummer, und fragen Sie, ob Sie sich nicht statt dessen morgen mit ihm treffen können.«

»Aber ...«

»Tun Sie einfach, was ich sage.« Er lächelte. »Mir zuliebe. Das Telefon steht im Wohnzimmer.«

Verwirrt ging Mallory in das Zimmer, suchte in seinem Adreßbuch die Nummer und im Fernsprechbuch die Vorwahl von London. Er wählte. Nach mehrmaligem Klingeln meldete sich eine Frauenstimme.

»Sind Sie Miss Patterson?«

»Ja. Wer spricht da?«

»Hier ist Charlie Mallory. Ich habe für Freitag morgen um halb elf einen Termin mit Mister Kern. Könnte ich ihn statt dessen vielleicht schon morgen sprechen?«

»Mister Kern ist in Brasilien. Er filmt dort und geht dann nach Indien. Vor nächstem Frühjahr wird er nicht wieder in London sein.«

»Hat er eine Nachricht für mich hinterlassen?«

»Nein.«

»Kann ich ihn irgendwie erreichen?«

»Sie können ihm hierher schreiben. Wir senden ihm die Post nach.«

»Wann ist er abgereist?«

»Letzten Sonntag. Er will noch ein paar Tage Urlaub machen, bevor er mit dem Film anfängt.«

»Und Sie sind sicher, daß keine Nachricht für mich da ist?«

»Absolut.«

Damit legte sie auf.

Mallory ging wieder auf die Terrasse, und van Kempen lächelte, als er seine Miene sah. »Er hat das Land verlassen, nicht wahr?«

»Ja. Am Sonntag. Woher wußten Sie das?«

»Nach Ihrer gestrigen Schilderung ging ich davon aus, daß er das Land verlassen würde. Ich bin überrascht, daß er nicht noch am selben Tag abgereist ist.«

»Aber er ließ sich nicht anmerken, daß ihm mein Besuch nahegegangen wäre. Nicht einmal, als ich die Hinrichtung der Gefangenen ansprach. Er war kühl, ruhig und abweisend.«

»Das glaube ich Ihnen gern. Aber Sie übersehen dabei den entscheidenden Punkt.«

»Und der wäre.«

»Man hat ihm befohlen abzureisen.«

»Wer hat das getan?«

Van Kempen lächelte. »Denken Sie nach. Strengen Sie sich an.«

Mallory versuchte sich seinen Unmut nicht anmerken zu lassen. »Wissen Sie, ich habe es allmählich satt, daß mir ständig jemand sagt, ich soll nachdenken. Wenn Sie die Antwort wissen, dann verraten Sie sie mir doch einfach, um Himmels willen.«

Van Kempen schüttelte den Kopf. »Das geht nicht. Es spielt keine Rolle. Aber ...« Er hielt inne. »Ich kann Ihnen den entsprechenden Beweis verschaffen, wenn Sie wirklich entschlossen sind, eine Gerichtsverhandlung anzustrengen und ihn bloßzustellen.« Er zuckte die Achseln. »Maria hat ihn ein Geständnis unterschreiben lassen. Ich habe es an einem sicheren Ort verwahrt.«

»Und Sie würden es mir überlassen?«

Van Kempen lächelte wieder. »Nein. Das ist meine Lebensversicherung. Aber ich überlasse Ihnen eine Fotokopie. Und eine notariell beglaubigte Aussage meiner verstorbenen Frau, in der sie bestätigt, wie dieses Geständnis zustande kam.« Van Kempen griff in seine Jacke, holte ein Blatt Papier heraus und reichte es Mallory. Der faltete es auseinander und las es sorgfältig.

Het Grubbenvorst,
Venlo,
Nederland
9. Februar 1945

Ich, Erich Ludwig Keller, bestätige hiermit, daß ich in Erfüllung meiner Pflicht und auf Anweisung der entsprechenden Dienststellen den Befehl unterzeichnete, 51 gefangene holländische und britische Agenten hinzurichten.

Unterzeichnet: *Erich Ludwig Keller,*
(Oberst) Abwehr/SD

10. Mai 1957
c/o Bank of America
Keizersgracht 617
Amsterdam

Ich, Maria van Kempen (geborene Koolstra), bestätige hiermit, daß ich zugegen war, als obige Aussage unterschrieben wurde. Ich war eine Zeitlang Sekretärin von Oberst Keller, bevor die Abwehr in den SD eingegliedert wurde.

Maria van Kempen

Mallory las das Blatt mehrmals und schaute dann van Kempen an.

»Danke. Das dürfte reichen. Damit sind sie gezwungen, etwas zu unternehmen.«

»Aber vielleicht reagieren sie nicht so, wie Sie das wollen, mein Freund«, sagte van Kempen ruhig.

»Warum sagen Sie das?«

»Wie ich Ihnen schon erklärte. Ich traue dem SIS nicht.«

»Aber zu Ihrer Zeit, während des Krieges, waren da ganz andere Leute dabei.«

»Das ändert gar nichts, Charlie. Es ist nach wie vor der SIS, und ich traue ihnen immer noch nicht.«

»Weiß sonst noch jemand von dieser Aussage?«

»Nur einer. Mein Bankdirektor. Er war ebenfalls im Widerstand und traut Ihren Leuten auch nicht. Sollte mir irgend etwas zustoßen, erhalten die Medien unverzüglich Kopien dieses Schriftstücks.«

»Glauben Sie etwa, daß Sie auch heute noch vom SIS belästigt werden würden?«

»In diesem Stadium belästigen sie einen nicht mehr, Charlie. Sie töten einen.«

»Das glaube ich nicht.«

»Nicht Sie, Charlie. Aber die sind mit allen Wassern gewaschen. Jeder Nachrichtendienst hat Leute für ›schmutzige Tricks‹. Der SIS ist da keine Ausnahme.«

»Darf ich diese Kopien mitnehmen?«

»Natürlich. Wenn Sie wollen.«

Mallory lächelte. »Die werden einen Schreck bekommen, wenn ich das hier vorlege.«

»Das kennen sie bereits. Sie reiben es ihnen lediglich unter die Nase.«

»Glauben Sie wirklich, daß die das kennen?«

Van Kempen stand auf. »Soll ich Sie hinaus nach Schipol fahren?«

»Nein. Schon okay. Ich nehme den Bus. Trotzdem danke für das Angebot.«

Mallory rief Daley an, doch dessen Sekretärin sagte ihm, daß er erst am nächsten Tag zurückkäme. Er bat sie, einen Termin für ihn einzutragen, und sie gab ihm eine halbe Stunde, von halb elf bis elf.

Als er bei Debbie anrief, meldete sich der Anrufbeantworter, und Mallory lächelte, während er ihrer Schlafzimmerstimme zuhörte. »Hier ist Debbie. Ich bin im Moment nicht erreichbar. Aber ich bin bald wieder da. Bitte hinterlassen Sie mir nach dem Signalton eine Nachricht. Vielen Dank für Ihren Anruf. Tschüß.« Er wartete auf den Piepston und sagte dann: »Hier spricht Burt Lancaster. Warren Beatty hat mir von Ihnen erzählt. Wie wär's, wenn Sie mich im Park Lane Hilton anrufen, Zimmer 504. Tschüß, Schätzchen.«

Er ging zum Sloane Square und zog sechs Kopien von van Kempens Schriftstück. Dann rief er seinen Vater an.

Sie aßen zusammen bei seinem Vater zu Abend. Es gab Lammleber mit Kartoffelpüree und als Nachtisch Melone mit viel braunem Zucker.

Als sie allein waren, berichtete er seinem Vater so knapp wie möglich, woran er derzeit arbeitete.

»Erzähl mir etwas zur Rechtslage bei Kriegsverbrechen.«

»In welchem Land?«

»Hier. In Großbritannien.«

»Aber du hast doch gesagt, der Mann hätte diese angeblichen Verbrechen in Holland begangen. In diesem Fall muß ihn die holländische Regierung vor Gericht stellen.«

»Aber er besitzt einen britischen Paß.«

»Das ändert gar nichts. Außerdem hat er deinen Worten zufolge ja auch noch einen brasilianischen und einen amerikanischen Paß.« Sein Vater schwieg kurz. »Außerdem gibt es eine internationale Vereinbarung, derzufolge nach einer bestimmten Verjährungsfrist wegen Kriegsverbrechen keine Anklage mehr erhoben werden kann. Die Staatsanwaltschaft könnte vielleicht in Erwägung ziehen, ob es sich um ein Verbrechen gegen die Menschlichkeit handelt. Aber es bliebe dennoch den Holländern überlassen, ob sie den Fall vor Gericht bringen wollen. Sie müßten das jeweilige Land, in dem er sich gerade aufhält, um eine Auslieferung ersuchen. Und eine Auslieferung ist keine leichte Angelegenheit.«

»Aber wenn er einen britischen Paß benutzt, könnten wir ihn doch festnehmen und an die Holländer überstellen. So ähnlich wie im Fall Barbie.«

»Ich nehme an, wenn deine Leute ihn wirklich vor Gericht stellen wollten, ließen sich schon ein paar Abkürzungsmöglichkeiten finden.«

»Wenn das alles so unmöglich ist, warum sind dann die Zeitungen weiter hinter diesen Leuten her?«

»Du kennst die Zeitungen doch genausogut wie ich. Sie drucken erst ab und denken hinterher darüber nach.«

»Aber wenn man ihnen eine Kopie des Schriftstücks zuspielen würde, könnten sie Kern bloßstellen?«

»Vermutlich schon. Sag mir eins. Warum hat dein holländischer Freund sein Material nicht längst den holländischen Behörden übergeben?«

»Weiß ich nicht.«

»Ich würde ihn bei Gelegenheit mal danach fragen.«

»Ich will erst mal abwarten, was meine Leute sagen. Zumindest können sie es nicht mehr einfach ignorieren.«

Sein Vater lächelte. »Denk daran, was ich dir immer gesagt habe, mein Junge. Halte dein Pulver trocken, wenn du dich mit diesen Kerlen anlegst.«

Mallory lachte. »Das werde ich.«

Als Mallory Daley die Fotokopie von Kellers Geständnis und Maria van Kempens Anmerkung gab, las Daley beides sorgfältig durch. Es dauerte eine ganze Weile, ehe er Mallory wieder anschaute.

»Sie haben das von van Kempen erhalten, richtig?«

»Ja.«

»Womit haben Sie ihm das aus der Nase gezogen?«

»Ich habe ihn darum gebeten.«

Erst jetzt bemerkte er Daleys wütenden Blick. Daley lehnte sich zurück. »Okay. Noch etwas für die Akten.«

»Was wollen wir deswegen unternehmen? Wie gedenken wir weiter vorzugehen?«

»Ich glaube, wir haben schon genug unternommen, Charlie. Was immer er auch getan haben mag, es ist in Holland passiert.«

»Wir können ihn doch damit nicht einfach davonkommen lassen. Er hat diese Gefangenen hinrichten lassen. Ein paar davon waren Briten, und alle waren sie bei der SOE.«

»Die Staatsanwaltschaft würde den Fall nicht anrühren.«

»Dann sollten wir die Geschichte der Presse zuspielen. Dann wüßten die Leute wenigstens, was dieser Mistkerl getan hat. Er ist ein Kriegsverbrecher, ganz gleich, wie man es sieht.«

Daley schüttelte langsam den Kopf. »Vergessen Sie es, Charlie. Wir müssen uns um wichtigere Dinge kümmern.«

»Aber dieser Mann hat den Tod von über fünfzig Männern angeordnet, und es ist ihm scheißegal. Er ist Millionär. Weltberühmt. Und er hat seinen Ruf mit Filmen über die Unterdrückung kleiner Leute erworben.«

»Vergessen Sie es«, sagte Daley barsch. »Das ist ein Befehl.«

Einen Moment wußte Mallory nicht, was er tun sollte. Dann faßte er einen Entschluß. »Dürfte ich um ein Gespräch mit dem Direktor ersuchen, Sir?«

»Nein.«

Daleys Blick war hart, und neben dem einen Auge zuckte eine Ader. Er war jetzt offenkundig wütend.

»In diesem Fall, Mister Daley, bitte ich um meinen Abschied.«

Daley explodierte. »Sie haben wohl völlig den Verstand verloren, Mallory! Sie, ein Mann in verantwortlicher Position, wollen Ihren Abschied nehmen, weil wir keine Lust haben, uns zum Gespött der Staatsanwaltschaft zu machen!«

»Das ist nicht der Grund.«

»Gut, dann klären Sie mich auf. Was ist der Grund?«

»Ich weiß verdammt genau, daß der SIS einen Kriegsverbrecher deckt. Das ist der Grund. Ich weiß zwar nicht, warum, aber ich will damit nichts zu tun haben.«

Mallory sah, wie Daley seinen Unmut unterdrückte und in Sekundenschnelle den cleveren Vorgesetzten hervorkehrte, der die Rebellion eines Untergebenen mit Charme und Überredungskunst unterdrücken möchte.

»Wie lange hatten Sie schon keinen richtigen Urlaub mehr, Charlie?«

»Zwei Jahre.«

»Und wie lange arbeiten Sie schon für mich?«

»Etwas über fünf Jahre.«

»Habe ich Sie jemals bei einem Auftrag im Stich gelassen?«

»Nein.«

»Gut. Regen wir uns wieder ab. Ich muß über den Kerl ein bißchen nachdenken. Vielleicht fällt Toby Young ja etwas ein. Ich kann aber nichts versprechen.« Er zuckte die Achseln. »Sie wissen genausogut wie ich, wie es ist. In Westminster treiben sich Politiker herum, die man eigentlich an einen Laternenpfahl hängen müßte, aber man kann nichts gegen sie unternehmen. So ist eben die Politik, Charlie. Der CIA und das FBI werden Ihnen dasselbe erzählen. Man kann jemanden auf frischer Tat ertappen, mit den Fingern in der Keksdose sozusagen, aber der weiß dann wieder etwas über jemand anderen. Wenn ihr mich einbuchtet, bringe ich das ganze Gebäude zum Einsturz. Also, tun Sie mir einen Gefallen. Nehmen Sie eine Woche Urlaub. Ich werde mich ein wenig umhören, und dann setzen wir uns zusammen und überlegen, was wir tun können. Okay?«

Mallory nickte. »Okay. Ich bin zu Hause, wenn Sie mich brauchen.«

»Okay. Überlassen Sie alles weitere mir.«

Toby Young warf die Fotokopie auf den Schreibtisch und schaute Daley an.

»Was haben Sie mit ihm vor?«

»Ich werde das Arschloch fertigmachen.«

Young gab ein langes, tiefes Seufzen von sich. »Keine schwere Körperverletzung, Mike. Er ist offensichtlich naiv, sonst hätte er die Andeutungen schon längst kapiert.« Er lächelte. »Wir sollten ihm lieber eine kleine Warnung zukommen lassen, wie schnell gewisse Dinge außer Kontrolle geraten können.«

Daley lächelte. »Ich habe mir überlegt, ob ich …«

Toby Young hob die Hand. »Ich will es nicht wissen, Mike. Ich will es wirklich nicht wissen. Aber sorgen Sie dafür, daß für den kleinen Dummkopf ein Stuhl vorhanden ist, auf den er sich setzen kann, wenn die Musik aufhört.« Er lächelte.

»Und vielleicht noch ein kleines Bonbon. Ein Jahr Rio, zum Beispiel.«

»Ich habe schon kapiert. Überlassen Sie das mal mir.«

Mallory hatte die Hände in die Hüfte gestützt und schaute sich in der Wohnung um. Es war das reinste Chaos. Schmutziges Geschirr in der Spüle, zerrissene Vorhänge und windschiefe Lampenschirme. Auch wenn Oktober war – seine Wohnung brauchte trotzdem dringend einen Frühjahrsputz. Und natürlich waren wie immer weder Spülmittel noch Scheuerpulver, weder Glasreiniger noch Schwämme oder Staubtücher da.

Er ging zum Supermarkt und kehrte mit einem Karton mit den notwendigen Utensilien zurück. Am darauffolgenden Nachmittag sah seine Wohnung wieder so gut aus, daß er sie gern Debbie vorgeführt hätte. Doch als er bei ihr anrief, meldete sich wieder nur der Anrufbeantworter.

Am späten Abend läutete es an der Tür. Debbie konnte es nicht sein, dafür war es einerseits zu früh, andererseits aber auch zu spät. Er schaltete das Radio aus und ging zur Tür.

Die beiden Männer, die draußen standen, waren um die Vierzig. Der eine hatte einen Anzug an, der andere trug ein Sportsakko und leichte Baumwollhosen. Lächelnd fragte er: »Mister Mallory? Charles Mallory?«

»Der bin ich.«

»Sergeant Tucker. Das hier ist mein Kollege Sergeant Adams.« Er hielt einen Ausweis der Metropolitan Police hoch. »Könnten wir Sie kurz sprechen?«

Mallory nickte. »Sicher. Kommen Sie herein.«

Die beiden Polizisten blieben stehen, bis Mallory auf die Sessel deutete. »Nehmen Sie Platz. Möchten Sie etwas trinken?«

Sergeant Tucker lächelte. Es war ein liebenswürdiges, freundliches Lächeln. »Später vielleicht, Sir.« Er schaute sich in der Wohnung um. Unauffällig, aber professionell.

»Wie lange wohnen Sie schon hier, Mr. Mallory?«

»Ungefähr vier Jahre. Warum? Gibt es ein Problem?«

»Ich denke, ich sollte Ihnen sagen, daß wir offiziell hier sind und ...« – wieder das liebenswürdige Lächeln – »daß alles, was Sie sagen, vor Gericht gegen Sie verwendet werden kann.«

»Ich verstehe nicht recht, Sergeant. Worum geht es?«

»Wir sind vom Sittendezernat an der Savile Row, und wir haben Grund zu der Annahme, daß Sie von den auf sittenwidrige Weise erzielten Einkünften einer weiblichen Person mit Namen Deborah Primrose Harper leben.«

»Sie machen wohl Witze«, sagte Mallory. Doch im ersten Moment fiel ihm nichts anderes ein, als daß sie ihm nie verraten hatte, daß sie mit zweitem Vornamen Primrose hieß.

»Leider nicht. Laut Strafgesetzbuch, wie es 1956 erlassen und 1967 ergänzt wurde, macht sich jemand eines Sittlichkeitsdelikts schuldig, wenn er wissentlich ganz oder teilweise von den Einkünften einer Prostituierten lebt.«

»Das ist doch verrückt. Da muß ein Irrtum vorliegen. Ich bin Beamter beim SIS.«

»Das wissen wir, Sir. Unser Vorgesetzter hat bereits mit dem Century House Rücksprache gehalten.«

»Mit wem?«

»Mit einem gewissen Mister Faraday von der Rechtsabteilung.«

»Herrgott. Was hat er gesagt?«

Sergeant Tucker zuckte mit der Schulter. »Er bat nur darum, auf dem laufenden gehalten zu werden.« Er griff in seine Tasche, schob das Gummiband von seinem Notizbuch und blätterte einige Seiten um. »Sie haben das Recht, Ihren Anwalt anzurufen, Mister Mallory, bevor ich Ihnen ein paar Fragen stelle.«

»Machen Sie nur.«

»In Ordnung, Sir. Sie wußten, daß Miss Harper eine Prostituierte ist? Ist das zutreffend?«

»Das kommt darauf an, was Sie unter einer Prostituierten verstehen. Sie treibt's vielleicht ein bißchen wild, aber ich würde sie auf keinen Fall als Prostituierte bezeichnen.«

»Die juristische Definition – ich zitiere hier den entsprechenden Paragraphen aus dem Jahr neunzehnhundertneunundfünfzig – lautet: ›eine Frau, die sich gemeinhin gegen ein Entgelt zum Geschlechtsverkehr oder zu ähnlichen anstößigen Tätigkeiten feilbietet‹.« Er lächelte. »Klingt ein bißchen nach Dickens, aber so lautet die Definition.«

»Was, zum Teufel, verstehen Sie unter anstößig?«

»Das betrifft diverse Dinge. Öffentlicher Geschlechtsverkehr, Fellatio, Cunnilingus – und so weiter, und so fort.«

»Aber Debbie will sich doch nur amüsieren. Wie ich schon sagte – sie ist vielleicht ein bißchen wild, aber niemals eine Professionelle.«

Sergeant Tucker lächelte. »Sie geben sich alle möglichen schicken Berufsbezeichnungen. Hostessen, Models, Gesellschafterinnen – Partygirls. Alles mögliche. Aber sie vögeln für Geld, und damit sind sie in den Augen des Gesetzes Prostituierte.«

»Haben Sie schon mit Debbie darüber geredet?«

»Ja. Sie war heute fast den ganzen Tag an der Savile Row. Sie wurde gegen Kaution auf freien Fuß gesetzt. Morgen wird die Sache an der Marlborough Street verhandelt.«

»Sie muß am Boden zerstört sein.«

»Sie wirkte ganz fröhlich. Ist nicht das erste Mal, daß sie vor Gericht steht.«

»Haben Sie mit ihr über mich und unsere Beziehung gesprochen?«

»Selbstverständlich. Sie hält große Stücke auf Sie. Hat alles abgestritten, soweit es Sie angeht.«

»Und warum sind Sie dann hier?«

»Wir haben uns eine Vollmacht besorgt, Sir. Gestern morgen. Um Ihre beiden Konten zu überprüfen.«

Zum ersten Mal lächelte Mallory. »Auf meinem Konto werden Sie keine reiche Beute aus sittenwidrigen Einkünften finden.«

»Das stimmt nicht ganz, Sir. Wir stießen auf insgesamt vierzehn Überweisungen von dem Mädchen, zu Ihren Gunsten.« Er hielt inne. »Besitzen Sie einen Healey 3000 mit dem Kennzeichen URE 390P?«

»Ja.«

»Und er wurde vor drei Wochen nach einem Unfallschaden von ...« – er schaute in seine Notizen – »... Fellowes Auto Services repariert. Die Rechnung belief sich auf einhundertfünfundsiebzig Pfund?«

»Ja.«

»Eine Rechnung, die Miss Harper bezahlt hat?«

»Ja. Aber nur, weil sie sich meinen Wagen geliehen und den Schaden verursacht hat.«

»Das hat sie ebenfalls gesagt. Doch als wir sie fragten, wo der Unfall passiert sei, hatte sie plötzlich keine Ahnung mehr.« Er schaute wieder in seine Notizen. »Es gibt auch einige Überweisungen von ihrem Konto an Sie.«

»Nun, sie hat gelegentlich das eine oder andere bezahlt. Ich kann mich entsinnen, daß sie mir ab und zu das Geld für lange Ferngespräche zurückerstattet hat. Das waren Anrufe nach Amerika und Kanada.« Er lächelte. »Es waren Freunde von ihr.«

»Männliche Freunde?«

»Wahrscheinlich.«

»Kunden?«

»Sie versuchen mir da etwas in den Mund zu legen, Sergeant.«

»Ich versichere Ihnen, daß ich das nicht tue, Mister Mallory. Es gibt noch etwas, das ich erwähnen sollte. Sie hat zugegeben, daß sie bei mehreren Gelegenheiten mit Männern in Ihrer Wohnung verkehrte. Ich vermute, das geschah mit Ihrer Zustimmung?«

»Ich habe ihr erlaubt hierzubleiben, wenn sie es wollte. Ihre Wohnung ist ziemlich grauenhaft.«

»Und Sie haben ihr auch gestattet, diese Wohnung in Ihrer Abwesenheit zu benutzen?«

»Ja. Ich muß oft kurzfristig verreisen.«

»Besitzt sie einen Schlüssel für diese Wohnung?«

»Ich habe ihr vor einiger Zeit einen gegeben. Ich weiß nicht, ob sie ihn noch hat.«

»Nun, zurück zur Gegenwart. Miss Harper muß vermutlich zwanzig Pfund Strafe zahlen. Doch in Ihrem Fall nimmt das Gesetz die Sache ernster. Sollte gegen Sie vor dem Einzelrichter verhandelt werden, könnten sechs Monate herausspringen, aber wenn es zu einem Prozeß kommt, könnten es bis zu sieben Jahre werden.«

»Was ist der Unterschied zwischen Einzelrichter und einem Prozeß?«

»Eine schwere Straftat wird vor einem Schwurgericht verhandelt. Aber weil die Gerichte soviel zu tun haben, werden Fälle manchmal an niedere Kammern abgegeben, wo die Angeklagten auf ihr verfassungsmäßiges Recht auf eine Verhandlung vor einem Geschworenengericht verzichten können.« Sergeant Tucker lächelte. »Manche Leute glauben eben, bei einer Verhandlung vor zwölf verständnisvollen Geschworenen hätten sie eine größere Chance, freigesprochen zu werden.«

»Wer entscheidet, vor welches Gericht ein Fall kommt?«

»Normalerweise die Rechtsabteilung der Polizei.«

»Und in diesem Fall?«

»Ich denke, das hängt davon ab, inwieweit Sie mit uns zusammenarbeiten.«

»Kommt es in die Presse?«

»Ich fürchte, ja. Aber nicht, bevor wir Sie in aller Form überführt haben.«

»Haben Sie mich jetzt überführt?«

»Gute Güte, nein. Wir kommen in ein paar Tagen wieder und reden dann noch einmal mit Ihnen. Aber ich möchte Sie davor warnen, sich in der Zwischenzeit mit Miss Harper in Verbindung zu setzen. Sie können jedoch jederzeit einen Anwalt zu Rate ziehen, wenn Sie möchten.« Als er aufstand, sagte er: »Ihr Vater ist Anwalt, wenn ich mich recht entsinne, stimmt's?«

»Ja.«

»Ein netter Mann. Hat bei unserer Scheidung meine Frau vertreten. Sehr korrekt, wollte mich nicht ruinieren. Fand einen guten Mittelweg. Tja, wir müssen los.« Er schaute Adams an, worauf dieser nickte, und nach einem letzten Blick durch die Wohnung gingen die beiden.

Als Mallory wieder allein war, setzte er sich hin und versuchte einen klaren Gedanken zu fassen. Zuerst hatte er gedacht, es handle sich lediglich um ein Mißverständnis. Doch als der Sergeant langsam die einzelnen Punkte aufgezählt hatte, die sie als Beweise betrachteten, war Mallory klargeworden, daß eine gute Anklage das Gericht jederzeit von der Stichhaltigkeit der Vorwürfe überzeugen könnte – unabhängig davon, ob ein Mißverständnis vorlag oder nicht. Schwer zu sagen, was Mike Daley und Toby Young davon halten würden. Und erst die Presse. Er konnte sich schon die Schlagzeilen vorstellen: »Geheimdienstmann in Sexskandal verwickelt«. Und es würde noch andere, weit schlimmere geben. Er überlegte, ob er seinen Vater anrufen sollte, aber es wäre ihm peinlich, auf sämtliche Einzelheiten einzugehen. Je länger er darüber nachdachte, desto absurder kam ihm die Sache vor. Allein schon die Haltung des Polizisten. Liebenswürdig und locker, weil er das Gefühl hatte, die Sache sei unter Dach und Fach. Mallory kannte dieses Gefühl aus eigener Erfahrung. Wenn er einen Verdächtigen nach wochenlanger Beschattung endlich dingfest gemacht hatte. Dann war man nicht mehr aggressiv. Man hatte ihn im Sack. Sergeant Tucker hatte es so hingestellt, als handle es sich um nichts Weltbewegendes. Wir sind doch unter Männern, auch wenn einer von uns zufällig von den sittenwidrigen Einkünften einer gewissen Debbie Harper lebt. Von Debbie Harper, der Prostituierten. Oder Debbie Harper, der schusseligen, sorglosen Debbie, die keiner Fliege etwas zuleide tun konnte.

Er fragte sich, wie sein Vater wohl reagieren würde, wenn das herauskäme. »Prominenter Anwaltssohn als Loddel entlarvt«. Ihm fiel auf, daß er nicht einmal den Unterschied zwischen einem Loddel und einem Luden kannte. Lief wahrscheinlich auf dasselbe hinaus. Und nichts tat die Presse lieber, als Eltern wegen der Sünden ihrer Kinder zu behelligen. Anscheinend machte es einigen Leuten Spaß, wenn jemand, der Geld oder Erfolg hatte, durch den Dreck gezogen wurde, weil seine Kinder Drogen nahmen oder anderweitig mit dem Gesetz in Konflikt gerieten.

Das Telefon klingelte. Mallory schaute auf seine Uhr. Beinahe Mitternacht. Hoffentlich war es nicht Debbie. Er nahm den Hörer ab und nannte seine Nummer, nicht seinen Namen.

»Hier spricht Mike Daley, Charlie. Was geht da vor? Faraday, dieser Idiot aus der Rechtsabteilung, springt im Dreieck. Was soll das ganze?«

»Zwei Bullen sind vorbeigekommen. Sie sagten, sie seien von der Sitte. Beschuldigten mich der Zuhälterei.«

Daley schwieg eine ganze Weile. »Nicht zu glauben«, sagte er dann. »Haben Sie die Sache geklärt?«

»Keine Chance. Sie sagen, sie haben genügend Beweise für eine Anklage. Deuteten an, ich könnte bis zu sieben Jahre bekommen, wenn ich nicht geständig wäre.«

»Diese unverschämten Mistkerle. Wie lange brauchen Sie, um Ihren Kram zusammenzupacken?«

»Zwanzig Minuten.«

»Nehmen Sie nur das Wichtigste mit, und kommen Sie bei mir vorbei. Inzwischen werde ich mit Toby reden. Machen Sie sich keine Sorgen. Wir werden diese Kerle zurechtstutzen, das verspreche ich Ihnen. Und jetzt sputen Sie sich!«

Damit legte er auf. Eine halbe Stunde später nahm Mallory am Sloane Square ein Taxi und ließ sich zu Daleys Haus an der Fulham Road bringen.

Daley öffnete selbst die Tür und führte ihn hinauf in sein sogenanntes Arbeitszimmer. Es war ein kleiner, gemütlicher Raum, dessen Wände mit Fotos von Boxern und Fußballern bepflastert waren. Sogar ein Mannschaftsbild vom FC Fulham hing da, als Jimmy Hill noch der Kapitän gewesen war.

»Setzen Sie sich, Mann.« Daley deutete auf den einzigen Sessel und zog sich ein Ledersitzkissen heran.

»Ich habe mit Toby gesprochen. Er stimmt mir hundertprozentig zu.« Er grinste. »Ich gehe doch recht mit der Annahme, daß das, was diese Jungs Ihnen vorwerfen, nicht stimmt?«

»Natürlich stimmt es nicht. Sie hat den Kotflügel meines Healey zerbeult und die Reparatur bezahlt, weil es ihre Schuld war. Für die Bullen ist das mein Anteil an sittenwidrigen Einkünften. Außerdem hat sie mir ab und zu ein bißchen Geld gegeben, wenn sie lange Ferngespräche geführt hat. Aber bei denen hörte es sich so an, als hätte ich vor Gericht so gut wie keine Chance.«

»Nun ja, es wird nicht vor Gericht kommen. Darauf können Sie sich verlassen.« Er hielt inne. »Erinnern Sie sich an ihre Namen – ich meine die beiden Polizisten?«

»Der Wortführer war ein gewisser Sergeant Tucker. Der andere hat nur zugehört und sich Notizen gemacht. Seine Name war Adams. Sergeant Adams. Sie sagten, sie kämen beide vom Revier an der Savile Row.«

»Sprechen Sie Spanisch?«

Mallory war überrascht. »Nein. Leider nicht.«

»Nun, dann bekommen Sie jetzt die Gelegenheit, es zu lernen. Wir arbeiten mit einer Spezialeinheit der spanischen Polizei zusammen, die in Malaga stationiert ist. Es geht um Antiterror-Geschichten. Sie werden dort unser Verbindungsmann.«

»Wie lange bleibe ich dort?«

»Bis wir unseren Freunden an der Savile Row einen übergebraten haben.«

»Und wenn sie nicht mitspielen?«

»Das werden sie schon. Keine Angst. Diese Mistkerle wissen genau, wo der Bartel den Most holt. Sie hatten nicht einmal den Anstand, uns zu benachrichtigen, bevor sie sich auf Sie gestürzt haben. Und jetzt sollten Sie lieber schlafen gehen. Tun Sie so, als wäre diese Farce nie passiert. Ich bringe Sie persönlich zum Flughafen. Ihr Flug geht um Punkt elf, also müssen wir kurz nach neun hier los. Die Verwaltung besorgt Ihnen einen Platz in der Maschine und eine Unterkunft in Malaga.« Er grinste. »Okay, Charlie?«

»Vielen Dank, Mike. Es war wirklich ein Alptraum.«

»Wie ich bereits sagte, vergessen Sie es. Das Badezimmer ist nebenan. Ich zeige Ihnen Ihre Schlafgelegenheit.«

Fünfzehn Minuten später wählte Daley am Telefon im Eßzimmer eine Nummer. Als er die vertraute Stimme hörte, sagte er leise: »Alles klar. Das reinste Lämmchen«, und legte auf.

Packard, der ebenfalls für die spanische Staatssicherheit arbeitete, holte ihn am Flughafen von Malaga ab und fuhr mit ihm zu einer freundlichen, im Hochland hinter El Palo gelegenen Villa. Er blieb einige Stunden bei Mallory und erklärte ihm den Stand der Dinge. Ihre Aufgabe war es, angehende Undercoveragenten für komplizierte Beschattungsaktionen im Gebrauch von Funksprechgeräten, im Abhören von Telefongesprächen und anderen allgemein üblichen Praktiken auszubilden. Darüber hinaus sollten sie ausgewanderte Landsleute beschatten, die sich mitsamt der Beute aus etlichen großen Raubüberfällen nach Spanien abgesetzt hatten. Man hatte sie im Verdacht, am Drogenhandel beteiligt zu sein und hauptsächlich den Schmuggel nach Großbritannien zu organisieren. Mallory sollte sich vor allem um diesen Teil der Operation kümmern. Packard hatte ihm dazu mehrere Akten mitgebracht. Man stellte ihm eine Haushälterin zur Verfügung, eine ältere Spanierin, und einen Wagen samt Fahrer, der ihn von der Villa zur Einsatzzentrale chauffieren sollte, die sich in einem großen Gutshaus am Stadtrand von Malaga befand.

Drei Tage nach seiner Ankunft in Spanien hatte Daley ihn von London aus angerufen. Man habe die Polizei überreden können, die Ermittlungen gegen ihn einzustellen, allerdings hätten sie sich geweigert, die Aufzeichnungen zu vernichten. Aber Daley war auch in dieser Hinsicht zuversichtlich. Jedenfalls müsse er sich jetzt keine Sorgen mehr machen. Als er fragte, was aus Debbie Harper geworden sei, erwiderte Daley, er wisse es nicht.

Mallory hatte versucht, nicht mehr an die Kriegsverbrechen zu denken. Aber es wurmte ihn noch immer, daß Kern davongekommen war. Und er mußte ständig daran denken, was sein Vater gefragt hatte. Warum unternahmen die holländischen Behörden nichts gegen Kern? Er hatte diese Verbrechen in Holland begangen, so daß sie das Recht hätten, seine Auslieferung zu beantragen. Holland hatte mit fast allen Ländern Auslieferungsabkommen. Zu guter Letzt beschloß er, sich mit van Kempen in Verbindung zu setzen und ihm die Sache vorzutragen.

Er rief mehrmals bei van Kempen an, und schließlich teilte man ihm bei der holländischen Fernsprechvermittlung mit, daß der Anschluß nicht mehr existiere. Daher schrieb er dem Holländer einen kurzen Brief, in dem er auf eine mögliche Auslieferung hinwies. Damit war die Sache für ihn mehr oder weniger abgehakt. Er hatte getan, was er konnte – jetzt ging ihn die Sache nichts mehr an.

29. KAPITEL

Die neue Aufgabe nahm Mallory zunehmend in Beschlag, und mit der Zeit schwanden die Zweifel und der Groll, die sich in den letzten Wochen angestaut hatten. Er wußte zwar nicht, was er schlußendlich unternehmen würde, aber im Augenblick war er unentschieden, ließ sich treiben und konzentrierte sich statt dessen auf seine Aufgabe in Spanien.

Etwa eine Stunde vor Sonnenuntergang nahm er seinen Kaffee und das Kofferradio mit hinaus auf die gepflasterte Terrasse vor der Villa. Er hatte sich mittlerweile an diesen wunderbaren Blick aufs Meer gewöhnt, an die wie ein Amphitheater aufsteigenden Berge, die üppigen Bougainvilleen, die ausgedehnten Geranienbeete und die Stille, die wie Balsam für seine Seele wirkte.

Er sah von weitem, wie sich der Wagen langsam die mit Schlaglöchern übersäte Straße hochmühte, die nach Olias führte, wie er den tiefen Gräben auswich, die die Sturzbäche dort ausgewaschen hatten, wenn sie während der Regenzeit in Richtung Küstenstraße hinabrauschten. Überrascht stellte er fest, daß der Wagen auf einen Weg abbog, der an der Villa vorbeiführte und bei einer Reihe kleiner Landhäuser hangaufwärts endete.

Der Wagen hielt kurz an und bog dann in die abschüssige Auffahrt ein, die zu dem Parkplatz neben der Villa führte. Auf halbem Weg blieb er stehen, und ein Mann stieg aus. Er richtete sich auf, zog seine Jacke an und schaute zur Terrasse hoch. Er war groß, und Mallory schätzte ihn auf Ende Sechzig. Der Mann hinkte leicht, wie Mallory feststellte, als er die Auffahrt heraufkam. Dann war er an der Treppe zur Terrasse und stieg vorsichtig die sechs Stufen herauf.

Mallory stand auf und ging dem Mann entgegen. »Tut mir leid, ich spreche kein Spanisch. Kann ich Ihnen helfen?«

Lächelnd richtete sich der Mann auf und sagte etwas atemlos auf englisch: »Ich spreche auch kein Spanisch.« Nachdem er Luft geholt hatte, sagte er: »Sie müssen Mister Mallory sein. Charles Mallory.«

»Ja.« Er deutete auf einen Rattansessel. »Nehmen Sie Platz. Der Weg zur Villa hinauf ist steil.« Er lächelte. »Selbst mit einem Auto ist es nicht einfach.«

»Da haben Sie recht. Es wäre sicher leichter, wenn ich nicht rauchen würde.« Er stellte den Aktenkoffer, den er in der Hand hatte, neben den Stuhl. »Etwas dagegen, wenn wir ein bißchen plaudern, Mister Mallory?«

»Bitte, nur zu.«

»Ich heiße Verwoord. Frank Verwoord. Ich bin der Filialleiter der Bank of America in Amsterdam. Paul van Kempen ist ein sehr alter Freund von mir. Er hat mir von seinen Gesprächen mit Ihnen berichtet. Ich kannte auch seine Frau Maria.« Er lächelte und sagte achselzuckend: »Wir waren gemeinsam beim Widerstand. Deswegen bin ich auch zu Ihnen gekommen.« Er hielt kurz inne. »Sie haben ihm einen Brief geschrieben, richtig? In dem Sie ihn fragen, warum die holländische Regierung nichts gegen den Mann unternimmt, den wir alle unter dem Namen Keller kennen.«

»Dann hat er ihn wenigstens bekommen.«

»Leider nicht. Er gelangte in meine Hände, weil ich sein Testamentsvollstrecker bin.«

»Ich verstehe nicht ...«

»Paul van Kempen ist leider tot, Mister Mallory.«

»Mein Gott. Ich kann's nicht glauben. Was ist passiert? Er wirkte so rüstig.«

»Er wurde von einem Auto überfahren. Unfallflucht. Paul war auf der Stelle tot.« Er stockte. »Aufgrund Ihres Briefes und nach dem, was er mir über die Gespräche mit Ihnen erzählt hatte, hielt ich es für ratsam, mich mit Ihnen in Verbindung zu setzen. Ihre Nummer stand in seinem Adreßbuch. Ich habe tagelang bei Ihnen angerufen, bis sich schließlich die Vermittlung einschaltete und mir mitteilte, daß es unter Ihrer Nummer keinen Anschluß mehr gebe. Das gab mir zu denken. Daher rief ich im Century House an.« Er schwieg bedeutungsvoll. »Dort behauptete man, noch nie von Ihnen gehört zu haben. Und das bereitete mir erst recht Sorgen.«

»Wie haben Sie herausgefunden, daß ich hier bin?«

»Beim SIS gibt es Leute, die mir einen Gefallen schulden. Ein Mann vor allem. Ihm habe ich erklärt, daß ich mit Ihnen reden wolle, worauf er ein bißchen herumsuchte – und hier bin ich nun.«

»Warum wollten Sie sich unbedingt mit mir in Verbindung setzen?«

Verwoord seufzte. »Weil ich sicher bin, daß Sie keine Ahnung haben, in was Sie da hineingeraten sind. Van Kempen wollte sich selbst mit Ihnen in Verbindung setzen, das hat er mir erzählt. Er glaubte, Sie wüßten nicht, wie bedenklich, ja gefährlich, Ihre Lage ist.«

»Ich verstehe kein Wort, Mister Verwoord.«

»Erzählen Sie mir, was passiert ist, nachdem Sie aus Amsterdam zurückgekehrt sind und über Ihre Erkenntnisse berichteten.«

Mallory zögerte und beschloß dann, Verwoord die Wahrheit zu sagen. Der Holländer schwieg noch lange, nachdem Mallory geendet hatte. »Ihnen ist doch klar, daß sowohl dieser Zwischenfall mit der Polizei als auch der Tod von Paul van Kempen etwas mit dem zu tun haben, was Sie herausgefunden haben. Ihre Leute wollten Sie bremsen.« Er hielt inne. »Ihnen muß doch auch klar sein, daß das, was Paul zugestoßen ist, nichts Ungewöhnliches ist, wenn man Nachrichtendiensten ins Gehege kommt, seien es das KGB, die CIA oder der SIS.«

»Sie meinen, der SIS ist für seinen Tod verantwortlich?«

»Dessen bin ich mir ganz sicher. Aber ich könnte es niemals beweisen. Jeden Tag, überall auf der Welt, kommen Menschen durch Autos um. Deswegen greifen die Leute für die ›schmutzigen Tricks‹ ja auch so gern auf Autounfälle zurück, wenn sie jemanden aus dem Weg räumen wollen. Alle tun sie das, Mister Mallory. Das gehört zu deren Spiel. Genauso wie der Polizeibesuch bei Ihnen.«

»Was meinen Sie damit?«

»Nun, betrachten wir doch einmal die Fakten. Van Kempen hat Ihnen verraten, daß Keller Kern ist. Sie suchen ihn auf. Er ruft beim SIS an. Zwei Tage später verläßt er das Land. Sie berichten Ihren Vorgesetzten, was van Kempen Ihnen bei Ihrem zweiten Besuch erzählt hat. Zwei Tage später bekommen Sie unter fadenscheinigen Vorwänden Besuch von der Sittenpolizei. Aber man zeigt Sie nicht an. Man droht Ihnen nur. Der Skandal, die Schande. Sie müßten aus dem Dienst ausscheiden. Wer würde Ihnen danach noch ein Wort glauben? Sie wären nichts weiter als ein straffällig gewordener Beamter des SIS, der gefeuert wurde und sich jetzt an seinem Arbeitgeber rächen möchte.

Und dann, mit einem Mal, legen sich Ihre Freunde für Sie ins Zeug. Überlassen Sie das mal uns. Kein Problem. Sie müssen aus der Schußlinie, das Land verlassen. Natürlich drohen Sie nicht mehr, den Dienst zu quittieren, nachdem sie Ihnen so offenkundig zu Hilfe geeilt sind. Und nur zur Sicherheit erwähnen sie, daß die Anklage gegen Sie zwar fallengelassen wurde, die Polizei aber ihre Unterlagen nicht vernichten will. Sie sind stets zur Hand, falls man sie brauchen sollte. Wenn Sie zum Beispiel auf die dumme Idee kämen, mit der Presse zu sprechen.« Und dann sagte Verwoord ganz leise: »Der einzige andere Mensch, der diese Vertuschungsaktion hätte verhindern können, war van

Kempen. Er muß am selben Tag beseitigt worden sein, an dem Sie Besuch von der Polizei erhielten.« Er schaute Mallory an. »Glauben Sie mir jetzt?«

Mallory nickte. »Leider ja. Ich war ein Narr. Aber ich verstehe nicht, was an meinen Erkenntnissen so wichtig ist.«

»Es würde viel Zeit in Anspruch nehmen, Ihnen das zu erklären.«

»Heißt das, Sie kennen den Grund?«

»Ja.«

»Nennen Sie ihn mir.«

»Dürfte ich vielleicht so unhöflich sein und vorschlagen, daß wir irgendwo essen gehen? Ich habe noch nichts zu mir genommen, weil ich so früh aufbrechen mußte.«

»Tut mir leid. Selbstverständlich. Unten am Berg gibt es ein freundliches Restaurant. Es ist nicht sehr groß, aber das Essen ist gut.«

»Großartig.«

Sie gönnten sich ein gutes Mahl und tranken hinterher einen Kaffee. Bislang hatten sie die jüngsten Ereignisse noch nicht angesprochen.

»Sind Sie gern Bankdirektor?« fragte Mallory.

Verwoord lächelte. »Ja, eigentlich schon. Es ist längst nicht so langweilig, wie die meisten Leute meinen.« Er nippte an seinem Kaffee. »Und abgesehen davon habe ich meine eigene Theorie über Arbeit und Leben entwickelt, durch die alles ganz erträglich wird.«

»Wie lautet diese Theorie?«

»Ich glaube, daß die Menschen ihr Leben verschwenden. Die Arbeit wird zu ihrem Lebensinhalt. Wenn ich mit meiner Arbeit fertig bin, etwa um sechs Uhr abends, dann fängt mein anderes Leben an. Bis Mitternacht. Das sind sechs Stunden, in denen ich tun und lassen kann, was ich möchte. Und ich bin davon überzeugt, jeder könnte tun und lassen, was er möchte – er braucht nur den Willen dazu.«

»Und was tun Sie?«

Verwoord lächelte. »Nun, es gibt natürlich bestimmte zeitliche und altersbedingte Einschränkungen. Ich weiß, daß ich nicht mehr dazu kommen werde, Ajax ins Europapokalfinale zu führen. Genausowenig wie ich einen Beethoven-Abend mit dem Concertgebouw-Orchester dirigieren werde. Aber davon abgesehen – nun, ich spiele zum Beispiel Cello. Leider nicht besonders gut. Aber wenigstens kann ich es jetzt genießen, wenn Fournier oder Casals spielen. Ich sammle außerdem Briefmarken.« Er lächelte. »Britische Kolonien, um genau zu sein. Ebenso wie unser gemeinsamer Freund Paul besitze auch ich eine Amateurfunklizenz und kann mit allen möglichen Menschen auf der ganzen Welt plaudern. Es tut gut, jemandem in Kanada zuzuhören, der gerade einem Funker in Südafrika, der sich über die Moskitos beklagt, erzählt, daß er jetzt rausgeht, um seinen Lastwagen aus dem Schnee zu schaufeln.« Er schwieg kurz. »Und was machen Sie, mein Freund?« fragte er schließlich.

»Ich fürchte, ich vergeude meine Zeit.«

»Nun, bei Ihrem Beruf haben Sie es auch nicht leicht. Sie verbringen zu viele Abende in Hotels im Ausland. Sie sind gelangweilt und ein bißchen einsam und haben das Gefühl, daß ein Nachtclub und ein hübsches Mädchen das ideale Mittel dagegen wären.«

Mallory lachte. »Sie haben leider recht. Darf ich vorschlagen, daß Sie die Nacht in meiner Villa verbringen?«

»Das wäre sehr nett, wenn Sie genügend Platz haben.«

»Es gibt zwei freie Schlafzimmer. Wollen wir aufbrechen?«

»Darf ich die Rechnung übernehmen?«

»Ganz bestimmt nicht. Vom Grund Ihres Besuches einmal abgesehen, verfüge ich hier über ein Spesenkonto.« Er lächelte. »Das Century House wird die Rechnung übernehmen.«

Wetterleuchten flackerte am Himmel, als sie mit Verwoords Mietwagen zur Villa zurückfuhren, und als sie die Treppe zur Terrasse hinaufgingen, fielen die ersten schweren Tropfen.

Mallory hatte Kaffee gekocht und stellte Kanne, Tassen, Zuckerdose und Milch auf ein niedriges Beistelltischchen zwischen ihnen.

Lächelnd schaute er den Holländer an.

»Möchten Sie den Schluß der Geschichte lieber auf morgen verschieben?«

»Ich würde morgen mittag gern abreisen. Sind Sie müde?«

»Nein, keineswegs.«

»Nun, ich sollte vielleicht lieber am Ende beginnen statt am Anfang.« Verwoord holte tief Luft. »Erich Kern war ein SIS-Mann, und zwar schon seit seinem neunzehnten oder zwanzigsten Lebensjahr. Er arbeitete als Assistent des Inspizienten, also als Mädchen für alles, in einem typischen Berliner Vorkriegstheater, das sich auf politische Satire spezialisiert hatte. Sie machten sich über die Regierung lustig und enthüllten die Jugendsünden bekannter Politiker. Es war ein bißchen so ähnlich wie *Le Canard Enchaîné* oder euer *Private Eye.* Und natürlich wurden sie von den Politikern und der Schickeria geliebt. Das Theater war jeden Abend ausverkauft. Sie können sich vielleicht vorstellen, daß ein solches Theater der Traum eines jeden Geheimdienstagenten ist. Lauter sogenannte gutinformierte Kreise, durch deren Klatsch man einen guten Eindruck bekam, wie es um die Ministerien bestellt war, um die Streitkräfte und die Schlüsselindustrien.«

»Wie wurde er denn überhaupt angeworben?«

»Das erzähle ich Ihnen später. Ich möchte Ihnen jetzt kurz die Umstände schildern.« Er hielt inne. »Aber zunächst muß ich Ihnen etwas anderes erklären. Der SIS war eine Organisation, deren Aufgabe es war, überall auf der Welt Nachrichten zu sammeln. Bei Freunden wie auch bei Feinden. Aber offenbar hatte man in den letzten Jahren vor Ausbruch des Krieges das Hauptaugenmerk auf Berlin gerichtet. Und ich nehme an, Erich Kern war trotz seiner Jugend einer der besten Horchposten, die der SIS in ganz Deutschland hatte.

So. Nun bricht der Krieg aus, und die SOE, die geheimen Kommandounternehmen, werden gebildet, um, wie Churchill es so schön ausdrückte, ›ganz Europa in Brand zu setzen‹. Mit der Folge, daß Gestapo, Sicherheitsdienst und Abwehr den Befehl erhielten, die Widerstandsbewegungen unter allen Umständen zu vernichten. Und mit einem Mal gerieten die vor Ort sitzenden SIS-Männer, die bis dahin ein ruhiges Leben geführt hatten, unter Druck. Sie können sich vielleicht vorstellen, was man beim SIS von der SOE und deren Wildwestmethoden hielt.«

»Van Kempen war bei der SOE, nicht wahr?«

»Er fing dort an, schloß sich aber nach seiner Flucht einer Gruppe an, die vom SIS gesteuert wurde. Damals ging alles ein bißchen durcheinander. Die Widerstandsgruppen handelten inzwischen nach ihrem eigenen Gutdünken, und beim SIS beschränkte man sich auf Sabotage, weil sämtliche Verbindungen mit London zusammengebrochen waren. Vor allem nach der Invasion. Aber zurück zu Keller. Im Dezember neunzehnhundertneununddreißig wurde er eingezogen und aufgrund seiner Sprachkenntnisse und seiner großbürgerlichen Herkunft vom Sicherheitsdienst angeworben. In London konnte man sein Glück kaum fassen.

Als die holländische Königsfamilie nach England flüchtete, gehörte ich als junger Reserveoffizier zu ihrem Gefolge. Ich trat dem SIS bei – Gott sei Dank –, wurde entsprechend ausgebildet und als Funker über Holland abgesetzt. Achtzehn Monate später wurde Erich Keller vom SD nach Holland versetzt. Er sollte eine mit modernstem Gerät ausgerüstete Funkmeßeinheit in Den Haag leiten. Der SIS brachte ihn mit mir zusammen, und ich war sein Funkkontakt beim SIS in London.

Wir trafen uns allenfalls zweimal die Woche, es sei denn, es lag ein Notfall vor. Er erzählte mir von den Funksprüchen, mit denen sie die SOE foppten. Er sagte mir, daß deren Sicherheitsvorkehrungen in London so schlecht seien, daß sie jeden SOE-Mann schnappten, kaum daß er gelandet sei. Das Entscheidende dabei aber ist, daß er mir sagte, sie seien nur deshalb so erfolgreich gewesen, weil man bei der SOE in London offenbar sämtliche im Funkverkehr üblichen Sicherheitsmaßnahmen mißachtete. Die meisten der gefangenen Männer hätten in ihrem Funkverkehr unmißverständlich klargemacht, daß sie unter Zwang stünden.« Er stockte. »Und in London achtete man nicht auf diese Warnungen.«

»Warum?«

»Keller sagte mir, er habe es zunächst für Leichtsinn gehalten. Doch am Ende sei es so unglaublich schlimm gewesen, daß er zu dem Schluß gekommen sei, jemand vom SIS müsse einen Mann bei der SOE eingeschleust haben, der die Sicherheitskontrollen der gefangenen Funker bewußt mißachtet habe.«

»Wer hätte so etwas tun können?«

»Es gab da jemand, einen Mann in einer ziemlich hohen Stellung beim SIS, der einen krankhaften Haß auf die SOE hegte, weil sie dem SIS so viele Scherereien bereitete. Ich glaube, einige andere hatten denselben Verdacht. Der Mann ist vor ein paar Jahren gestorben.«

»Das klingt unglaublich.«

»Ich weiß. Aber eins habe ich gelernt, als ich beim SIS war: Was die angeht, ist nichts unmöglich, egal, wie abwegig es einem auch vorkommen mag. Und meiner Ansicht nach gilt das noch heute.

Sei's drum. Die Alliierten sind gelandet. Sie rücken auf Holland vor, und Keller bekommt vom Reichssicherheitshauptamt in Berlin den Befehl, sämtliche SOE-Gefangenen zu exekutieren. Ich mußte einen Funkspruch für ihn nach London absetzen, weil er wissen wollte, was er tun sollte. Die Nachricht, die zurückkam, war in einem Code abgefaßt, den nur Keller entschlüsseln konnte. Ich weiß nicht, was darin stand, aber wir beide wissen, was mit den Männern geschah.«

»Was hat Keller danach gemacht?«

»Er wollte bei Venlo über die deutsche Grenze, als die britische Armee bereits im Anmarsch war. Van Kempens spätere Frau war eine Zeitlang Kellers Geliebte gewesen, aber sie hatte ihn längst verlassen und sich dem Widerstand angeschlossen. Zufällig war es ihre Gruppe, die Keller in einem Wäldchen bei Venlo stellte. Sie ließen ihn aus verschiedenen Gründen laufen. In der Nähe von Hannover wurde er dann von den Briten aufgegriffen, und sobald man herausgefunden hatte, wer er war, übernahm ihn wieder sein alter Führungsoffizier aus Berliner Zeiten. Er erklärte sich bereit, für den SIS zu arbeiten, bis wieder Ruhe eingekehrt sei, und landete bei den Einheiten, die in der sowjetischen Besatzungszone operierten. Den Rest kennen Sie, glaube ich.«

»Denken Sie, daß meine Vorgesetzten in London das alles wissen?«

»Dessen bin ich mir sicher.«

»Warum haben sie mich dann auf diese sinnlose Jagd geschickt?«

»Es war keine sinnlose Jagd. Sie kennen doch das alte Motto beim Militär: ›Die Zeit, die man zur Erkundung aufwendet, ist selten vergeudet.‹«

»Verstehe ich nicht.«

»Sie sind jung und fähig und haben einen großen Apparat hinter sich. Aber nicht einmal Sie hätten etwas herausgefunden, wenn Ihnen nicht der Zufall zu Hilfe gekommen wäre. Und wenn Sie es nicht geschafft haben, dann schaffen es irgendwelche miesen Journalisten von einem Revolverblatt schon zweimal nicht.«

»Welche Zufälle meinen Sie?«

»Erstens Ihre Kontakte zur Hamburger Polizei. Dadurch kamen Sie auf van Kempen – und ich nehme an, auch auf mich. Oder ich auf Sie. Ihre eigenen Leute sind es, die Erich Kern decken. Und sie sind es ihm ganz bestimmt auch schuldig, und noch viel mehr. Wenn jemand dabei über die Klinge springt – nun ja, das ist eben der Preis, den man bei so einer Operation bezahlen muß.«

»Wer im Century House hat Ihnen Bescheid gesagt, wo ich bin?«

»Der Mann, der Kern in Berlin angeworben hat und seitdem sein Führungsoffizier war. Er war es auch, der ihn in die grenzüberschreitende Operation eingeschleust hat.« Verwoord lächelte. »Sie haben ihn kennengelernt. Er heißt Stafford. Brigadegeneral Stafford, jetzt im Ruhestand.«

»Ich habe ihn für einen richtigen alten Haudegen gehalten. Offenbar habe ich mich gewaltig geirrt.«

»Das ist alles nur Tarnung, mein Freund. Paßt aber gut zu ihm. Wie jede gute Tarnung.«

»Was soll ich jetzt mit all dem anfangen?«

»Nichts. Absolut gar nichts. Vergessen Sie es einfach. Tilgen Sie es aus Ihrem Gedächtnis. Es ist nie geschehen. Und Sie sollten auch nicht den Dienst quittieren. Machen Sie einfach weiter.«

»Die werden herausfinden, daß ich weiß, was sie vertuschen wollen.«

»O nein. Werden sie nicht. Die wissen nicht, daß ich bei Ihnen war. Sie wissen nicht einmal, was ich weiß. Sie hätten es übrigens auch nicht erfahren, wenn Paul van Kempen mich nicht schon vor langer Zeit zu seinem Testamentsvollstrecker ernannt hätte.«

»Warum haben Sie wegen mir soviel Mühe auf sich genommen?«

»Aus den gleichen Gründen, aus denen Ihre Vorgesetzten Kern decken.« Er lächelte. »Paul erzählte mir, daß Sie den Eindruck hätten, sämtliche Männer, die am Krieg teilgenommen haben, gehörten einer verschworenen Gemeinschaft an. Einer Art Club, in dem man sich gegenseitig deckt. Nun ja, Sie gehören demselben Club an, mein Freund. Auch wenn es sich zugegebenermaßen um einen anderen Krieg handelt. Einen kalten Krieg. Aber Sie stecken drin, ob Sie es zugeben wollen oder nicht. Es gibt keinen vernünftigen Grund, weshalb Sie diese Sache weiterverfolgen sollten. Deshalb sollten Sie sie vergessen und so weiterleben wie bisher. Verstanden?«

Mallory lächelte. »Ja. Und danke für Ihre Hilfe.« Er zögerte. »Was geschieht wohl in dieser Polizeisache?«

»Meinen Sie diese nach wie vor aktenkundigen Anschuldigungen?«

»Ja.«

Verwoord lachte leise. »Es gibt keine Anschuldigungen, mein Junge. Es hat nie welche gegeben. Und die beiden Kerle waren auch keine Polizisten. Sie waren vom SIS, Abteilung ›schmutzige Tricks‹.«

»Sind Sie sicher?«

»Natürlich bin ich sicher. Der Zeitpunkt war einfach viel zu gut gewählt, um zufällig zu sein. Und jetzt muß ich etwas schlafen, Charlie.«

»Ich auch. Und nochmals danke.«

Als Mallory am nächsten Morgen um elf Uhr aufwachte, war Verwoord bereits abgereist. Er stand im Bademantel in der Morgensonne und hatte das Gefühl, schon lange nicht mehr so gut geschlafen zu haben. Diese alten Männer hatten ihn Tag für Tag immer ein Stück weiter heruntergezogen, aber Verwoord hatte es irgendwie fertiggebracht, ihm klaren Kopf und frische Energien zu verschaffen. Plötzlich fiel ihm etwas ein. Er ging in die Villa zurück, holte sein Adreßbuch heraus und suchte die Nummer heraus. Dann wählte er langsam und sorgfältig. Es klingelte nur zweimal, dann wurde der Hörer abgenommen.

»Hallo. Wer ist da?«

»Ich bin's, Debbie. Charlie.«

»Charlie. Wo, zum Teufel, hast du gesteckt? Ich habe schon sämtliche Unfallstationen in ganz London angerufen. Was hast du gemacht? Und wo bist du?«

»Ich arbeite, Schätzchen. Wie geht's dir?«

»Gut. Du kennst mich ja. Mir geht es immer gut. Also – wo bist du?«

»In Spanien.«

»Du raffinierter Mistkerl. Wahrscheinlich liegst du an einem Oben-ohne-Strand und läßt dir die Sonne auf den Pelz scheinen.«

»In Spanien gibt es keine Oben-ohne-Strände.«

»Wollen wir wetten?«

»Ich müßte nächste Woche zurück sein. Würdest du meinen Vater anrufen und ihm Bescheid sagen?«

»Ich habe ihn einmal angerufen, und einmal hat er mich angerufen. Er meinte, ich sollte mir keine Sorgen machen. Du wärst nun mal ein fauler Kerl, einfach zu träge zum Telefonieren.«

»Und du hattest keinerlei Schwierigkeiten, seit wir uns das letzte Mal gesehen haben?«

»Nein. Was für Schwierigkeiten? Meinst du, ich klinge, als wäre ich schwanger oder so?«

»Nein. Du klingst wunderbar.«

»Bringst du mir was mit?«

»Was denn?«

»Julio Iglesias zum Beispiel. Übrigens, hast du diese anzügliche Nachricht auf meinem Anrufbeantworter hinterlassen?«

»Natürlich nicht.«

»Du lügst! Wenn du es nicht gewesen wärst, hättest du gefragt, was für eine anzügliche Nachricht.«

»Vielleicht solltest du einfach meine Arbeit übernehmen.«

Sie lachte. »Ich muß los, Liebster. *Arrivederci,* oder wie die Spanier dazu sagen.«

Toby Young stand an seinem Schreibtisch und überflog einige Papiere, bevor er sie in seinem schwarzen Aktenkoffer verstaute.

»Glauben Sie, daß Mallory die Sache durchschaut hat?«

Daley zuckte die Achseln. »Das will ich doch hoffen. Gehört alles zum Lernprozeß.«

»Was haben Sie mit ihm vor, wenn er wieder zurückkommt?«

»Eine Woche Urlaub. Ein bißchen Bauchpinseln, und danach habe ich für ihn eine Überwachungsarbeit in Newcastle.«

Young blickte von seinen Papieren auf. »Ist das die Geschichte mit dem tschechischen Konsulat?«

»Genau.«

Young ließ seinen Aktenkoffer zuschnappen und ging langsam zur Tür. Auf halbem Weg blieb er stehen, schaute zu Daley und sagte: »Ich würde gern einen Blick in Ihren Bericht werfen, bevor er an den Direktor geht, Mike.«

Daley grinste. »Selbstverständlich. Die autorisierte Version.«